크로스
파이어
유혹 ❷

A Crossfire Novel
Bared to You

실비아 데이 지음 | 정미나 옮김

크로스
파이어
유혹 ❷

19.0

데이비드 알렌 굿윈 박사에게 이 책을 바치며
무한한 사랑과 감사를 전한다.

고마워요, 데이브. 당신은 내 삶의 구원자예요.

13

나는 가운의 끈을 꽉 조였다.

"옷 갈아입고 가봐야겠어요."

"가다니? 어딜?"

기데온이 눈을 부릅뜨며 말했다.

"집에요. 당신에게도 지금 들은 얘기를 생각해볼 시간이 필요할 테니까요."

내가 기운이 쏙 빠진 채로 말했다.

그가 팔짱을 꼈다.

"같이 생각해."

"그럴 순 없어요."

내가 턱을 치켜들며 말했다. 수치심이나 가슴 터질 듯한 절망보다 슬픔이 더 컸다.

"당신이 날 불쌍하게 쳐다보는 한은요."

"내가 무슨 목석도 아니잖아, 에바. 아무렇지 않다면 그게 사람이겠어?"

점심의 사건 이후로 응어리가 남아 있던 데다 슬픔으로 가슴이 탈 듯이 아파오자 기어이 분노가 폭발했다.

"당신의 동정 같은 건 필요 없어요."

그가 두 손으로 머리를 쥐어뜯었다.

"그럼 당신이 원하는 게 대체 뭔데?"

"당신요! 당신을 원해요."

"난 당신 거야. 그 얘길 몇 번이나 해줘야 해?"

"말만 하면 뭐해요. 그 말을 믿게 행동해야죠. 우리가 만난 순간부터 당신은 나한테 몸이 달아 있었어요. 당신은 날 볼 때마다 뜨거운 잠자리를 원한다는 것을 드러내지 않고는 못 배기잖아요. 이젠 끝이에요, 기데온."

눈물이 차올라 눈이 화끈거렸다.

"그런 표정……. 이젠 끝이에요."

"설마 진심은 아니겠지."

그가 믿기지 않는 얼굴로 빤히 쳐다봤다.

"당신은 당신의 욕망이 나에게 어떤 영향을 주는지 모를 거예요."

나는 가슴을 감싸며 양팔로 몸을 끌어안았다. 갑자기 이루 말할 수 없이 치욕스럽게 발가벗겨진 기분이 들었다.

"당신은 나를 아름다운 사람으로 느끼게 해줘요. 내게 힘을 주고, 내가 살아 있다는 걸 느끼게 해줘요. 난, 나는, 당신이 더 이상 나에게 그런 느낌을 주지 못한다면……, 당신과 함께 있는 걸 견딜 수가 없어요."

"에바, 난……"

그는 말을 잇지 못했다. 손을 옆구리에 붙인 채 굳은 얼굴에 혼자만의 생각에 잠긴 듯한 표정을 짓고 있었다.

나는 가운의 띠를 풀며 가운을 벗어버렸다.

"날 봐요, 기데온. 내 몸을 봐요. 어젯밤에 당신이 갈망하던 바로 그 몸이에요. 당신이 너무 갖고 싶어서 그 망할 호텔 방으로 데려갔던 그 몸이요. 이 몸을 더 이상 원하지 않는다면, 이 몸을 보는 게 힘들어진다면……"

"그럼 당신에겐 이게 힘든가?"

그가 바지의 조임끈을 풀더니 굵고 힘줄이 도드라진, 그의 발기된 페니스를 드러냈다.

우리는 동시에 서로에게 확 달려들었다. 우리의 입이 서로를 핥았다. 그가 나를 들어 올려 그대로 소파로 쓰러트렸다.

나는 숨을 헐떡이고 흐느끼며 누워 있었고 그는 바닥으로 내려가 무릎을 꿇고 내 클리토리스를 핥았다. 지금껏 익숙하던 그 섬세함이 느껴지지 않는, 거칠고 성마른 애무였다. 그의 그런 애무가 좋았다. 그가 내 위로 올라와 내 안으로 밀고 들어올 때는 더 좋았다. 아직 충분히 젖지 않아서 그 얼얼함에 헉 하고 신음이 터졌지만 곧 그의 엄지손가락이 내 클리토리스를 빙빙 문질러주면서 엉덩이를 들썩이게 만들었다.

"좋아요."

나는 손톱으로 그의 등을 긁어내리며 신음했다. 그는 이제 차갑지 않았다. 뜨겁게 타오르고 있었다.

"그렇게 해줘요, 기데온. 더 세게요."

"에바."

그가 입으로 내 입을 덮었다. 내 머리카락을 움켜쥐며 나를 꼼짝 못하게 붙잡은 채로 찌르고 또 찌르며 깊게 치고 들어왔다. 한 발로 소파 팔걸이를 걷어차더니 내 안으로 더 세게 밀고 들어오며 오로지 한 가지, 오르가슴을 향해 맹렬히 질주했다.

"당신은 내 거야……. 내 거……."

그의 묵직한 고환이 리드미컬하게 내 엉덩이 안쪽을 쳐오며 거친 소유욕을 되풀이해 표출하자 나는 갈망으로 미칠 것만 같았다. 쿡쿡 쑤시는 통증이 느껴질 때마다 더욱 흥분이 되면서, 그곳이 조여왔다.

허스키한 목소리의 긴 신음 소리와 함께 그가 절정에 이르기 시작했고 수축되는 몸을 떨면서 내 안에 자신을 비웠다.

나는 절정에 이른 그를 꼭 붙잡고 등을 어루만지며 어깨를 따라 키스해주었다.

"아직 안 끝났어."

그가 거칠게 내뱉으며 두 손으로 나를 안아 몸을 일으켜 앉혔다. 그리고 내 다리를 벌려 그의 엉덩이를 감싸도록 했다.

오르가슴으로 나는 미끌미끌 젖어 있었고 덕분에 그가 다시 내 안으로 들어오기가 수월했다.

그가 두 손으로 내 머리카락을 쓸어넘기다가 내 얼굴에 흐르는 안도의 눈물을 닦아주었다.

"나는 언제나 당신만 보면 딱딱하게 서고 언제나 당신만 보면 뜨겁게 달아올라. 당신을 원하는 열망으로 언제나 반 미쳐 있다고. 어떻게 해서든 그걸 바꿀 수 있었다면 우리가 여기까지 오기 전에 내가 그렇게 했을 거야. 내 말 알겠어?"

나는 그의 손목을 감싸 쥐었다.

"알았어요."

"자, 그럼 여전히 날 원한다는 걸 보여줘."

그가 붉게 상기되고 축축한 얼굴에 짙고 격정적인 눈빛을 띠며 말했다.

나는 내 얼굴을 감싼 그의 두 손을 끌어당겨 내 가슴을 만지게 했다. 그가 내 가슴을 부드럽게 움켜쥐었을 때 나는 손으로 그의 어깨를 짚으며 엉덩이를 흔들었다. 그는 어느 정도 발기가 풀린 상태였지만 내가 엉덩이를 흔들기 시작하자 순식간에 단단해졌다. 그의 손가락이 내 젖꼭지를 잡아 돌리고 당겨주자 쾌감이 밀려들며 내 중심부에 빠르게 흥분이 일어났다. 그가 나를 더 가까이 당기며 딱딱해진 젖꼭지를 입으로 빨 때 나는 몸이 확 달아올라 더 큰 욕망을 갈구하며 소리를 질렀다.

나는 허벅지를 꽉 조이며 몸을 일으켰다. 눈을 감으며 그가 내 안에서 빠져나가는 그 느낌에 집중했다. 그러다 그가 내 다리를 잡아당겨 다시 끌어내리는 순간 입술을 깨물었다.

"지금이야."

그가 속삭이며 혀를 다른 쪽으로 옮기더니 팽팽하고 욱신거리는 젖꼭지를 핥았다.

"나를 위해 흥분해. 제발 나를 타고 절정에 이르러 줘."

엉덩이를 돌리는 순간, 그가 나를 너무도 빈틈없이 꽉 채워 주는 그 느낌에 기분이 정말 좋았다. 나는 부끄러움도 슬픔도 잊은 채로 빳빳하게 선 그의 남성 위에서 극도의 흥분으로 치달아갔다. 그 굵고 단단한 것의 끝이 꼭 필요한 바로 그곳을 문지르도록 각도를 조절하면서.

"기데온. 오, 좋아요……, 오, 제발……."

내가 헉헉거리며 말했다.

"당신은 정말 아름다워."

그가 한 손으로는 내 목덜미를 잡고 다른 손으론 내 허리를 잡으며 엉덩이를 젖혀 더 깊이 밀고 들어왔다.

"무척 섹시해. 당신이 또 나를 절정에 이르게 하고 있어. 당신은 나한테 바로 그런 사람이야, 에바. 채워도 채워도 결코 채워지지 않는 사람."

깊고 리드미컬한 그 움직임을 따라 달콤한 긴장이 일어났고, 온몸이 조여오는 순간 흐느낌이 터져 나왔다. 나는 숨을 헐떡이고 이성을 잃은 채 엉덩이를 올렸다 내렸다 했다. 나는 손을 내 다리 사이로 뻗어 손가락으로 클리토리스를 문지르며 절정을 재촉했다.

그가 헉헉거리며 목에 힘줄이 서도록 고개를 소파 쿠션 쪽으로 세게 젖혔다.

"당신이 오르가슴에 다다르는 게 느껴져. 당신의 그곳이 뜨겁게 달아오르며 팽팽해지고 있어. 아주 탐욕스러워지고 있다고."

나는 그의 말과 목소리 때문에 더 흥분됐다. 비명을 내지르자 온몸으로 강한 전율이 찌리릿 퍼졌다. 강철처럼 일어선 기데온의 페니스를 꼭 조이고 있는 내 안에서도 경련이 일어났다.

그는 으드득 이를 악문 채 잠시 기다렸다가 내 엉덩이를 꽉 잡고 또다시 내 안으로 들어왔다. 그렇게 한 번, 두 번, 그리고 세 번을 깊이 찌르더니 큰 소리로 내 이름을 불렀고 뜨겁게 자신을 쏟으며 남아 있던 내 두려움과 의심을 잠재워주었다.

얼마나 시간이 지났는지도 모를 만큼 우리는 그렇게 소파에 누워 있었다. 서로 꼭 붙어, 나는 머리를 그의 어깨에 묻고 그는 내 등을 어루만져주면서.

기데온이 내 관자놀이에 입을 맞추며 속삭였다.

"날 떠나지 마."

"그럴게요."

그가 나를 껴안았다.

"당신은 정말 용감해, 에바. 아주 강하고 솔직한 여자야. 당신은 기적이야. 나의 기적."

"현대 의학의 기적이겠죠."

내가 시니컬하게 말하며 손가락으로 그의 풍성한 머리카락을 만지작거렸다.

"맙소사. 내가 처음에 당신과 자려고 그런 식으로 집적댔다니……. 시작도 해보기 전에 내가 다 망칠 뻔했잖아. 그리고 그 자선만찬에서도……."

그가 몸서리를 치며 내 목에 얼굴을 묻었다.

"에바, 내 실수로 우리 관계가 잘못되지 않게 해줘. 나 때문에 당신이 떠난다면 난 견딜 수 없을 거야."

나는 머리를 들고 그의 얼굴을 빤히 쳐다봤다. 그는 이 세상 사람이 아닌 것처럼 멋졌다. 가끔은 믿기 힘들 만큼.

"나단 오빠와 그 인간이 한 짓 때문에 나를 대할 때마다 행동이나 말을 조심하려고 하지 마요. 그러면 우린 멀어지게 될 거예요. 우리 관계는 끝나는 거라고요."

"끝이라는 그런 말은 안 돼. 생각하는 것도 안 돼."

나는 엄지손가락으로 그의 찌푸려진 이마를 펴주었다.

"그런 얘길 고백하지 않아도 되었다면 좋았을 텐데. 당신이 몰라도 되었다면 좋았을 텐데."

그가 내 손을 잡으며 손가락 끝에 자기 입술을 대고 꾹 눌렀다.

"나는 다 알아야 해. 당신의 모든 것을. 당신의 내면과 외면을 낱낱이 다."

"여자에게는 비밀이 필요한 법이에요."

내가 장난스럽게 말했다.

"나한테는 그런 거 없어도 돼."

그가 나를 껴안으며 몸을 꼭 밀착했다. 그새 내가 잊었을까 봐 자신이 아직 내 안에 있음을 상기시켰다.

"당신은 내 거야, 에바. 당신이 나를 가졌으니 그래야 공평하지."

"그럼 당신 비밀은 어때요, 기데온?"

그가 무감정의 얼굴로 바뀌었다. 그가 너무도 쉽게 바꾸는 표정이자 그의 천성으로 굳어진 제2의 얼굴로.

"내가 당신을 처음 만난 그 순간부터가 비밀의 시작이었지. 내 모든 생각이. 내가 어떤 사람인지, 나에게 필요한 게 뭔지에 대한 그 모든 생각이⋯⋯."

그가 고개를 흔들며 말을 이었다.

"내가 어떤 사람인지는 앞으로 함께 풀어보고 싶군. 당신은 나를 아는 유일한 사람이니까."

하지만 난 몰랐다. 잘은 몰랐다. 그를 이해해가며 조금씩 알아갔지만, 여전히 그는 나에게 여러 가지 면에서 미스터리였다.

"에바, 당신이 원하는 게 뭔지 나에게 말해주면⋯⋯."

그가 침을 꿀꺽 삼킨 후 말을 이었다.

"내가 더 잘할게. 당신이 기회를 준다면. 제발……, 날 포기하지 말아줘."

맙소사. 이렇게 쉽게 나를 무너뜨리다니. 몇 마디 말과 절박한 표정으로 마음을 활짝 열어젖히게 하다니.

나는 그의 얼굴을, 머리카락을, 어깨를 어루만졌다.

그는 나처럼 상처를 간직한 사람이었다. 그 상처가 뭔지 아직은 모르지만.

"당신한테 원하는 게 있어요, 기데온."

"뭐든지. 그게 뭔지 말만 해."

"날마다 나한테 얘기해줘야 해요. 내가 모르는 당신 얘기요. 사소한 거라도 좋으니까 뭔가 당신을 이해할 만한 얘기요. 그러겠다고 약속해줘요."

기데온이 조심스러운 눈빛으로 나를 바라봤다.

"뭐든 내가 원하는 얘기?"

나는 고개를 끄덕였다. 하지만 내가 그에게서 무슨 얘길 듣고 싶어 하는 건지는 나도 잘 알 수 없었다.

그가 거칠게 숨을 내쉬었다.

"알았어."

나는 가볍게 키스해주며 무언의 고마움을 전했다.

그가 내 얼굴에 코를 비비며 물었다.

"나가서 저녁 먹읍시다. 아니면 시켜 먹을까?"

"정말 같이 밖에 나가도 괜찮겠어요?"

"당신과 데이트 하고 싶어."

그 말에는 안 된다고 대답할 수가 없었다. 그것이 그로선 얼마나 큰맘 먹고 하는 일인지 알았기 때문이다. 솔직히 마지막으로 나갔던 데이트가 대실패로 끝났으니, 새로운 데이트를 하기 위해선 그뿐만 아니라 나도 큰맘을 먹어야 하는 일이었다.

"로맨틱한데요. 거절할 수 없을 만큼."

승낙의 보답으로 나는 기쁨에 들뜬 그의 미소를 보게 되었다. 같이 샤워하는 행복까지 덤으로 따라왔다. 그의 몸을 닦아줄 때의 그 친밀함도, 내 몸을 미끄러지듯 훑어주는 손바닥의 느낌도 정말 좋았다. 내가 그의 손을 내 다리 사이로 끌고 와 손가락 두 개를 내 안으로 밀어 넣도록 자극하자, 그는 그 안에 남겨놓았던 미끈한 자신의 정수를 느끼며 뜨겁고도 기쁨에 겨운 눈빛을 띠었다. 이제는 익숙해진 그 눈빛을.

그가 키스하며 속삭였다.

"이건 내 거야."

그 말에 자극받은 나는 두 손으로 그의 남성을 쓱쓱 문지르며 그에게도 똑같은 말을 속삭여주었다.

침실로 나온 나는 새로 선물 받은 푸른색 드레스를 침대에서 들어 올려 품 안에 꼭 안았다.

"당신이 직접 고른 거예요, 기데온?"

"그럼. 마음에 들어?"

"정말 예뻐요."

나는 생긋 웃었다.

"엄마 말대로 취향이 탁월한데요……. 짙은 색 머리 여자를 좋아하는 것만 빼고요."

그가 대형 벽장 안으로 들어가며 기막히게 잘 빠지고 팽팽한 맨 엉덩이를 감추기 직전에, 나를 흘끗 돌아봤다.

"짙은 색 머리 여자?"

"시치미 떼지 마요."

"오른쪽 맨 위쪽 서랍 좀 열어봐."

그가 큰 소리로 말했다.

뭐야? 막달레나를 비롯해 같이 사진에 찍힌 짙은 색 머리 여자들이 그렇게 많으면서 괜히 딴청 피려고 저러는 건가?

나는 침대 위에 드레스를 내려놓고 서랍을 열었다. 안에는 카린 질송 란제리 십여 벌이, 그것도 내 사이즈에 맞게 색색별로 갖춰져 있었다. 거기에 가터벨트와 실크 스타킹까지 맞추어져서.

나는 손에 옷을 들고 다시 나타난 기데온을 올려다봤다.

"내 서랍이에요?"

"화장대에 세 개, 욕실에 두 개가 당신 거야."

"기데온, 서랍까지 내주는 사이가 되려면 보통 몇 달은 걸리는데."

내가 방긋 미소 지었다.

"그걸 어떻게 알지?"

그가 침대에 옷을 내려놓으며 물었다.

"캐리 말고 다른 남자랑 동거해본 적이 있는 거야?"

나는 그를 흘깃 쳐다봤다.

"서랍을 내준다고 다 동거하는 사이는 아니에요."

"그걸 물은 게 아니잖아."

그가 내 쪽으로 걸어오더니 내 옆을 살짝 스치고 지나가 드로즈 팬티 하나를 꺼냈다.

시큰둥하고 어두워진 그의 기분을 감지한 나는 그가 멀리 가기 전에 얼른 대답했다.

"다른 남자랑 동거한 적 없어요, 한 번도요."

기데온이 허리를 숙여 내 이마에 퉁명스레 입을 맞추더니 다시 침대 쪽으로 갔다. 그러고는 나에게 등을 보인 채 말했다.

"난 당신에게 우리 사이가 예전의 다른 남자들보다 더 각별한 의미이면 좋겠어."

"각별한 의미예요. 훨씬 더 각별해요."

나는 가슴을 여민 수건의 매듭을 꽉 조였다.

"그것도 애가 탈 지경인 걸요. 소중해지는 속도가 너무 빨라서요. 너무 행복해서 믿기지 않아요."

그가 돌아서서 나를 마주 봤다.

"진짜일 거야. 진짜라면 우리에겐 그런 행복을 누릴 자격이 있고."

나는 그에게로 다가가 그가 끄는 대로 순순히 그의 품에 안겼다. 내가 다른 어느 곳보다 가장 머물고 싶은 그 품으로.

그가 내 정수리에 입을 꾹 맞추었다.

"우리 관계가 언젠가 끝날 것처럼 생각하지 말아줘. 당신이 그런 생각을 하는 게 느껴질 때마다 견딜 수가 없어. 정말 그런 거야? 정말로 그런 생각을 하는 게 맞아? 당신 말을 들으면 그렇게 느껴지는데."

"미안해요."

"당신이 안심할 수 있게 어떻게 해봐야겠어."

그가 손가락으로 내 머리를 쓸어주며 물었다.

"내가 어떻게 하면 될까?"

나는 잠깐 망설이다가 말을 꺼냈다.

"같이 커플 치료 받을래요?"

나를 어루만져주던 그의 손가락이 멈칫했다. 그는 잠시 말없이 선 채로 숨을 깊이 들이쉬었다.

"생각 좀 해봐요. 한번 검토해보면 그게 어떤 치료인지 알게 될 거예요."

"내가 그렇게 문제가 있나? 당신과 내 사이가? 내가 그 정도로 우리 사이를 망치고 있는 건가?"

나는 뒤로 물러서며 그를 쳐다봤다.

"아니에요, 기데온. 당신은 아무 문제없어요. 나에겐 완벽한 사람이에요. 당신에게 미쳐버릴 만큼요. 나는 그냥 당신이……."

그가 나에게 키스했다.

"알았어. 그렇게."

그 순간, 나는 또 그를 사랑하고 말았다. 미치도록. 그리고 그다음 순간에도. 또 황홀하고 친밀한 저녁식사 시간이 되어 레스토랑으로 향하던 차 속에서도 내내. 그 레스토랑은 우리를 포함해 손님이 단 세 테이블뿐이었고 우리가 들어가자마자 기데온의 이름을 부르며 맞아주었다. 서빙된 음식은 별세계의 요리처럼 맛이 기가 막혔고 와인은 쉽게 목 안으로 넘기기 힘들 만큼 상상을 초월하는 가격이었다. 기데온은 치명적인 매력을 풍기고 있었다. 긴장을 풀어헤치고 마음을 홀리고 마는 그런 매력을.

나는 그가 골라준 드레스를 입고 있는 내 모습이 아름다워 보여 우쭐했고 기분도 가벼워졌다. 무엇보다 나를 행복하게 한 건, 내게 드리운 최악의 상처를 알게 되었는데도 그가 여전히 나와 함께 있다는 사실이었다.

그의 손가락 끝이 내 어깨를 어루만지다 내 목덜미에서 빙빙 원을 그리더니 내 등으로 미끄러져 내렸다. 그는 내 관자놀이에 입을 맞추고 내 귀에 코를 비비며 민감한 곳에 혀를 살짝 가져다 댔다. 테이블 밑에서 내 허벅지를 움켜쥐고 무릎 뒤를 감싸기도 했다. 내 몸은 그를 의식하면서 바르르 떨었다. 나는 고통스러울 만큼 지독히 그를 원했다.

"캐리는 어떻게 만났지?"

그가 와인 잔을 입에 댄 채 나를 보며 물었다.

"그룹 심리치료에서요."

나는 내 다리를 쓸어 올리는 그의 손에 내 손을 올려 말리다, 짓궂게 반짝이는 그의 눈을 보고 미소를 지었다.

"아빠가 경찰이신데 불량청소년을 상담하는 데 실력이 대단하기로 소문난 치료사 얘길 들으셨어요. 내가 불량청소년이었거든요. 그때 캐리도 트래비스 박사님께 상담치료를 받고 있었어요."

"정말로 실력이 대단하긴 했고?"

기데온이 싱긋 미소 지었다.

"트래비스 박사님은 내가 만나본 다른 치료사들과는 달라요. 사무실도 오래된 체육관을 개조한 곳이에요. '상담 청소년들'에게 개방적인 방식의 심리치료를 해줘서 그곳에서의 시간은 다른 곳처럼 소파에 누워서 치료받는 것보다 더 현실적이었어요. 게다가 쓸데없는 규칙도 없었어요. 서로에게 완전히 솔직하지 않으면 화를 냈어요. 나는 늘 박사님의 그런 점이 좋았어요. 감정이 격해질 만큼 관심을 가져준 거니까요."

"샌디에이고 주립대학을 택한 건 캘리포니아 남부에 사시는 아빠 때문이었나?"

나는 입을 삐딱하게 비틀어 올렸다. 그가 방금 누설한 내 신상정보는 내가 알려준 적이 없는 얘기였으니까.

"나에 대해 얼마나 많이 캐낸 거예요?"

"내가 찾을 수 있는 건 뭐든 다."

"어느 정도나 찾아낸 건지 알 수 있을까요?"

그가 내 손을 입술로 가져가 손등에 키스했다.

"아마 안 될걸."

나는 약이 올라 고개를 설레설레 저었다.

"그래요. 그것 때문에 샌디에이고 주립대학에 들어갔어요. 자라면서 아빠랑 지낸 시간이 별로 없어서요. 엄마 때문에 숨 막혀 죽을 것 같기도 했고요."

"그런데 당신이 겪은 그 일을 아빠에겐 얘길 안 한 건가?"

"네."

나는 와인 잔의 다리를 손가락으로 잡고 돌렸다.

"자존심이 강한 반항아 말썽쟁이였다고만 알고 의붓오빠 일은 모르세요."

"왜 얘길 안 했는데?"

"안다고 해서 아빠가 일어난 일을 바꾸실 수 있는 것도 아니잖아요. 어차피 그 사람은 법적인 처벌을 받았어요. 나단 오빠의 아버지가 보상금으로 거액을 지불했고요. 응당의 처벌을 받았어요."

기데온이 차갑게 말했다.

"난 그 말에 동의 못하겠는데."

"더 뭘 바랄 수 있겠어요?"

그가 숨을 깊이 들이마신 후에야 대꾸했다.

"그건 먹으면서 할 만한 얘기가 아니니 건너뛰지."

"흠."

왠지 불길하게 들렸다. 그 차가운 시선까지 보니 더 불길해져서 나는 내 앞의 음식으로 관심을 되돌렸다. 레스토랑에는 메뉴판이 없고 코스요리뿐이었는데 한 입 한 입 모두가 예기치 못한 즐거움이었고 손님이 많지 않아 전체 공간을 우리가 다 차지한 듯한 느낌이었다.

잠시 후, 그가 말했다.

"당신은 먹는 모습이 정말 보기 좋단 말이야."

나는 그를 흘깃 쳐다봤다.

"뭐가 그렇게 좋은데요?"

"참 맛있게 먹으니까. 그리고 만족스러워하며 작게 내는 그 신음 소리가 나를 딱딱하게 서게 하니까."

나는 그와 어깨를 부딪쳤다.

"당신이 그렇게 자백해서 하는 말이지만, 당신은 항상 딱딱하잖아요."

"그야 당신 때문이지."

그가 씩 웃으며 말했고, 나도 덩달아 씩 웃었다. 기데온은 나보다 더 느긋하게 먹었고 그 엄청난 액수의 계산서에 눈 하나 꿈쩍하지 않았다.

밖으로 나서기 전, 그가 자기 재킷을 내 어깨에 걸쳐주며 말했다.

"내일은 당신이 다니는 헬스클럽에 갑시다."

나는 그를 흘끗 쳐다봤다.

"당신 헬스클럽이 더 좋잖아요."

"그야 그렇지만, 당신이 좋아하는 곳이라면 어디든 따라 가려고."

"다니엘이라는 이름의 유능한 트레이너가 없는 곳은 아니고요?"

내가 애교 섞인 목소리로 물었다.

그가 한쪽 눈썹을 치켜 올리고 입술을 삐딱하게 틀어 올린 채 나를 쳐다봤다.

"조심해, 앤젤. 내 소유욕을 놀린 것에 대해 내가 언젠가 응당의 보복을 하게 될지 모르니까. 그리고 소유욕이라면 당신도 나 못지않잖아."

이번엔 엉덩이를 때려준다니 뭐니 하는 식의 협박이 아니었다. 성적인 고통을 주는 것이 내게 큰 상처라는 걸 파악한 걸까? 순간 절대로 다시는 돌아가고 싶지 않은 과거의 그때가 떠올랐다.

차를 타고 기데온의 집으로 돌아올 때 나는 벤틀리의 뒷자리에서 몸을 웅크리며 그에게로 바짝 붙어 앉았다. 다리를 그의 허벅지 위에 얹고 머리를 그의 어깨에 기댔다. 아직까지도 의붓오빠에게 성폭행을 당했던 그 과거가 내 인생을 휘저어놓고 있는 것 같았다. 특히 성생활을.

기데온과 내가 그 과거의 망령을 잘 몰아낼 수 있을까? 호텔 방 서랍에서 얼핏 봤던 그 성인용품으로 미루어 보건대 아무래도 그는 나보다 성경험도 많고 성적 모험심도 강한 것 같았다. 그리고 아까 소파에서 포악스럽도록 격정적이던 그 섹스에서도 내가 쾌감을 느꼈던 것을 보면, 그 누구도 나에게 해주지 못하는 것을 그만은 해줄 수 있을 것도 같았다.

"난 당신을 믿어요."

내가 속삭였다.

그가 두 팔로 나를 꼭 안았다. 내 머리카락에 입술을 묻으며 속삭였다.

"우리는 서로에게 좋은 상대가 되어줄 거야, 에바."

그날 밤, 늦게 그의 품 안에서 잠이 들 때까지 내 머릿속엔 그 말이 맴돌고 있었다.

"안 돼……, 싫어. 싫어. 안 돼……, 제발 이러지 마."

기데온이 자다가 소리를 지르는 바람에 나는 침대에서 벌떡 일어나 앉았다. 놀라서 심장이 쿵쾅쿵쾅 뛰었다. 나는 호흡을 가다듬으려 애쓰면서, 내 옆에서 몸부림치고 있는 남자를 겁에 질린 눈으로 흘긋흘긋 쳐다봤다.

그는 야생의 짐승처럼 고함을 지르며 주먹을 꽉 쥐고 다리를 마구 차댔다. 나는 그가 의식을 잃은 상태에서 나를 때리기라도 할까 봐 겁이 나서 그에게서 몸을 비켜났다.

"내 몸에 손대지 마."

그가 숨을 거칠게 내쉬었다.

"기데온! 눈 떠요."

"저리……, 가……."

그가 고통스럽게 쉭쉭거리며 엉덩이를 활처럼 들어올렸다. 그렇게 엉덩이를 띄운 채로 이를 갈면서 침대 아래쪽에 불이라도 붙은 것처럼 등을 꺾었다. 그러더니 잠시 후 매트리스가 들썩거릴 정도로 털썩 소리를 내며 무너졌다.

"기데온."

나는 목구멍이 바짝바짝 타는 것을 느끼며 옆쪽의 스탠드로 손을 뻗었다. 쉽게 손이 닿지 않자 몸에 엉켜 붙은 이불을 팽개치며 더 뻗어야 했다. 기데온이 고통스럽게 몸을 뒤틀고 몸부림치는 바람에 침대가 마구 흔들렸다.

불이 켜지고 갑자기 눈이 부시면서 방 안이 환해졌다. 나는 그에게로 고개를 돌렸다. 그런데!

그가 충격적이도록 격렬하게 자위를 하고 있었다.

손가락 관절이 하얗게 변하도록 오른손으로 자기 페니스를 꽉 쥐고 난폭할 만큼 빠르게 움직이고 있었다. 왼손은 침대 시트를 꽉 움켜쥐고, 그 멋진 얼굴은 고뇌와 고통으로 일그러뜨린 채로.

그의 안전이 걱정된 나는 두 손으로 그의 어깨를 흔들며 그를 깨웠다.

"기데온, 젠장. 눈 떠요!"

내 비명이 그의 악몽 속으로 뚫고 들어간 걸까. 그가 눈을 번쩍 뜨며 벌떡 일어나 앉더니 광기 어린 눈으로 휙 쳐다봤다.

"뭐야?"

그가 가슴을 들썩거리면서 숨을 헐떡였다. 얼굴이 상기된 채 입술과 뺨이 흥분으로 붉게 달아올라 있었다.

"무슨 일이야?"

"맙소사."

나는 두 손으로 머리를 쥐어뜯으며 침대에서 슬그머니 나와 침대 곁에 걸어두었던 검은색 가운을 급히 집어 들었다. 그의 마음엔 무슨 상처가 있는 걸까? 대체 무슨 일이기에 사람이 저렇게 격렬한 꿈을 꿀 수 있을까?

나는 목소리가 떨렸다.

"당신 악몽 꿨어요. 당신 때문에 놀라서 죽는 줄 알았어요."

"에바."

그는 자신의 발기된 그곳을 내려다보더니 수치심에 얼굴이 어두워졌다. 나는 두려운 마음에 창가에 떨어져 서서 그를 빤히 쳐다보며 가운의 끈을 확 잡아당겨 묶었다.

"대체 무슨 꿈을 꾼 거예요?"

그가 치욕감에 시선을 떨어뜨린 채 고개를 내저었다. 지금까지 몰랐던, 또 느껴본 적 없던 나약한 모습이었다. 꼭 다른 누군가가 기데온의 몸에 들어간 것만 같았다.

"모르겠어."

"웃기지 마요. 당신 뭔가가 있어요. 당신을 괴롭히는 뭔가가 있는 거잖아요. 그게 뭐냐고요?"

그가 내 시선을 애써 피하며 말했다.

"그냥 꿈이었어, 에바. 사람은 누구나 꿈을 꾸잖아."

나를 분별없는 사람처럼 대하는 말투에 상처를 받아 그를 째려봤다.

"너무해요."

그가 어깨를 똑바로 펴며 무릎 위로 이불을 당겼다.

"왜 화가 난 건데?"

"당신이 거짓말을 하고 있으니까요."

그가 가슴을 부풀리며 깊게 숨을 들이마셨다가 훅 내쉬었다.

"잠 깨워서 미안."

나는 머리가 지끈지끈 아파와 콧등을 찡그렸다. 눈물이 울컥거려 눈이 따끔거렸다. 그 사람 때문에, 뭔지 모르지만 그가 과거에 겪은 고통 때문에. 그리고 우리 관계 때문에도. 그가 나에게 마음을 열어주지 않는다면 우리 관계는 더 이상 진전될 수가 없을 테니까.

"한 번 더 물을 게요, 기데온. 무슨 꿈을 꾼 거예요?"

"기억 안 나."

그가 한 손으로 머리카락을 쓱 문지르며 침대 가장자리로 다리를 끌어내렸다.

"해야 할 일이 생각났는데 아무래도 잠을 못 잘 것 같네. 나는 서재에서 잠깐 일 좀 해야겠으니, 다시 침대로 와서 눈 좀 붙여."

"이럴 때 적절한 대답은 그런 게 아니에요, 기데온. '내일 얘기합시다'라든가 '주말에 얘기합시다', 이렇게 말해줘야죠. '아직 얘기할 준비가 되지 않았어'라든가요. 그런데 당신은 내가 무슨 말을 하는지 모르는 척하면서 나를 분별없는 사람 취급하고 있네요."

"앤젤……."

"됐어요."

나는 두 팔로 내 허리를 감쌌다.

"나는 내 과거를 털어놓기가 쉬웠는 줄 알아요? 내 자신을 베어내듯 열어젖혀 그 추한 과거를 쏟아내는 일이 고통스럽지 않았는 줄 아냐고요? 나로서도 당신과의 관계를 끊고 덜 특별한 누군가와 사귀는 편이 더 쉬웠을 거예요. 그래도 용기 내서 말했던 이유는 당신과 함께 있고 싶어서였어요. 언젠가 당신도 나에 대해 그렇게 느낄 때가 있겠죠."

나는 방을 나와버렸다.

"에바! 에바, 젠장, 돌아와. 대체 왜 이래?"

나는 더 빨리 걸었다. 그의 기분이 어떨지 나는 알았다. 뱃속에 구역질이 암처럼 퍼지고 무기력한 분노가 치밀고 있을 것이다. 혼자 몸을 웅크린 채 깊고 어두운 구멍 속으로 그 기억을 도로 떠밀어 넣을 힘을 끌어내야 할 절박함에 쫓기면서.

그래도 거짓말을 하는 것이나, 비난의 방향을 내게로 돌리는 것은 좋은 방법이 아니었다.

나는 저녁을 먹고 들어오면서 의자에 내던져놓았던 핸드백을 홱 집어 들고 급히 현관문을 나와 엘리베이터 앞으로 갔다. 내가 엘리베이터에 타고 문이 닫힐 때 열린 현관문을 통해 거실로 나오는 그의 모습이 보였다. 벗은 몸이라 나를 쫓아오지 못할 것이 뻔했다. 눈빛도 나를 떠나지 못하게 붙잡을 수 있는 그런 눈빛이 아니었다. 그는 다시 그 특유의 무감정 마스크를 쓰고 있었다. 세상으로부터 안전하게 거리를 벌리는, 무정하기 그지없는 얼굴이 되어 있었다.

나는 몸을 떨며 엘리베이터 난간에 쿵 기댔다. 마음이 갈팡질팡했다. 한편으론 그에 대한 걱정으로 그냥 가지 말까, 하는 충동이 일었다. 하지만 그동안 내가 어렵게 터득한 교훈에 비추어볼 때 나는 그의 그런 대처법을 견딜 자신이 없었다. 내 기준으론, 회복에 이르는 길이란 부인과 거짓말이 아닌 단단한 진실이 깔린 길이어야 했다.

나는 젖은 뺨을 닦고 심호흡을 하며 1층에서 문이 열리기 전에 마음을 추슬렀다.

도어맨이 휘파람을 불어 지나가는 택시를 잡아주었다. 도어맨은 노련한 프로정신을 발휘하며 한밤중에 맨발에 실내복 바람으로 뛰쳐나온 나를 정장이라도 갖춰 입은 사람 대하듯 깍듯하게 문을 닫아주었다. 진심으로 고마웠다.

집까지 빨리 태워다준 택시기사에게도 고마워서 두둑한 팁을 챙겨주었다. 우리 건물 도어맨과 프런트 데스크 직원의 은밀한 시선들은 신경도 쓰지 않았다. 기다리던 엘리베이터의 문이 열릴 때 밖으로 나오던 키가 크고 매력적인 금발 여자가 보내던 시선에도 신경 쓰지 않았다. 적어도 그녀에게서 캐리의 향수 냄새가 나고, 그녀가 입은 티셔츠가 캐리의 것이라는 걸 알아보기 전까지는.

그녀가 어정쩡한 내 옷차림을 재미있다는 듯이 쳐다보며 말했다.

"멋진 가운이네요."

"멋진 셔츠네요."

금발 여자가 뻐기는 듯한 웃음을 지으며 지나갔다.

우리 집이 있는 층으로 올라와보니 캐리가 문을 열어놓은 채 가운 차림으로 문 앞에서 어슬렁거리고 있었다.

그가 몸을 쭉 펴며 나에게 두 팔을 벌렸다.

"어서 와, 자기야."

나는 곧장 그의 품 안으로 걸어가 그를 꼭 껴안았다. 그에게서 여자의 향수 냄새와 격정적 섹스의 냄새가 진동했다.

"방금 나간 그 여잔 누구야?"

"같은 모델. 신경 안 써도 되는 여자야."

그가 나를 아파트 안으로 끌고 들어간 후 문을 잠갔다.

"크로스가 전화했었어. 네가 집으로 가버렸는데 집 열쇠를 자기가 가지고 있다면서. 내가 안 자고 있다가 문을 열어주었으면 하더라고. 내가 듣기엔 걱정이 이만저만이 아닌 목소리 같던데, 무슨 일인지 얘기 좀 해봐."

나는 핸드백을 보조식탁에 내려놓고 주방으로 들어갔다.

"그 사람 또 악몽을 꿨어. 정말로 끔찍한 악몽. 그래서 무슨 일이냐고 물었더니 아무것도 아니라고 거짓말을 하다가 나중엔 날 바보 취급했어."

"남자들은 그럴 땐 꼭 그러더라니까."

그때 전화벨이 울렸다. 나는 전화기 받침대의 스위치를 홱 튕겨 벨소리를 꺼버렸고 그걸 본 캐리가 조리대에 내려놓았던 무선전화기의 벨소리도 꺼주었다. 이번엔 내 휴대폰을 꺼내 기데온에게서 온 여러 통의 부재중 전화 알림 메시지를 닫고 그에게 문자를 보냈다.

'집에 잘 도착했어요. 그럼 남은 밤 시간 동안 잘 자요.'

나는 휴대폰의 전원을 끄고 다시 핸드백 안에 던져 넣은 다음, 냉장고에서 물 한 병을 꺼냈다.

"문제는 말이야, 내가 그전에 내 쓰레기 같은 과거를 그 사람에게 다 털어놓았다는 거야."

캐리가 눈썹을 획 치켜 올렸다.

"정말이야? 그 사람 반응은 어땠는데?"

"내가 예상했던 것보다는 나았어. 나단과 서로 마주칠 일이 없기를 바라는 게 좋을 만큼 격분했어."

나는 물 한 병을 다 마시고 나서 말을 이었다.

"그리고 네가 말했던 그 커플 치료에도 동의해줬어. 그래서 우리 사이가 고비를 넘기고 잘 풀리는 줄로 생각했는데."

"그래도 얼굴 표정은 괜찮아 보이네."

그가 보조식탁 쪽으로 몸을 기울이며 말을 이었다.

"울지도 않고 정말 차분한 얼굴이잖아. 정말로 괜찮은 거야? 걱정 안 해도 돼?"

마음속에 도사린 불안을 가라앉히려 나는 배를 문질렀다.

"걱정 마. 괜찮을 거야. 난 그냥……, 우리 사이에 걸리는 문제가 없었으면 해서 그래. 그 사람과 함께 있고 싶지만, 그런 중요한 문제에 대해 거짓말을 한다면 그게 우리 관계에 걸림돌이 될 것 같아서."

젠장. 우리가 이 걸림돌을 못 넘길지 모른다는 생각은 하기도 싫었다. 벌써부터 초조했다. 기데온과 함께하고픈 욕망에 미칠 지경이었다.

"넌 강한 애야. 난 그런 네가 자랑스러워."

그가 내 옆으로 다가와 팔짱을 끼더니 주방 불을 끄며 말했다.

"일단 잠 좀 자자. 눈을 뜨면 또 새날이 밝겠지."

"트레이와는 잘 되어가는 것 같던데."

그가 행복에 겨운 미소를 씩 지었다.

"나 사랑에 빠진 것 같아."

"누구랑? 트레이? 아니면 그 금발?"

내가 그의 어깨에 볼을 기대며 물었다.

"몰라서 물어? 당연히 트레이지. 그 금발은 그냥 몸 좀 푸는 연습 상대였지."

나는 할 말이 많았지만 자신의 행복에 스스로 찬물을 끼얹었던 캐리의 연애사에 대한 얘기를 꺼내기에는 시기상으로 부적절했다. 그리고 이번 경우엔 트레이와 잘 되도록 관심을 쏟는 것이 최선일지도 몰랐다.

"그럼 드디어 좋은 사람을 만나 푹 빠진 거네. 이거 축하 안하고 넘어가면 서운하겠는걸."

"어라? 그건 내 대사잖아."

캐리가 방심했다는 듯 웃으며 대답했다.

14

다음 날 아침 눈을 떴을 때 꿈속에 있는 것처럼 기분이 멍했다. 출근을 해서도 점심시간 전까지 쌀쌀한 안개 속에 들어와 있는 기분이었다. 블라우스 위에 서로 어울리지도 않는 카디건과 스카프를 둘렀는데도 몸이 으슬으슬했다. 업무를 처리하는 데도 평상시보다 시간이 더 걸렸다. 마음 한편의 두려움을 떨칠 수가 없었다.

기데온에게선 아무 연락이 없었다.

지난밤에 내가 문자를 보낸 뒤로 휴대폰에 어떤 메시지도 남기지 않았다. 이메일이나 사내 메시지도 없었다.

그런 무소식이 괴로워서 견딜 수가 없었다. 구글 알리미 메일 속에서 브라이언트 공원에서의 나와 기데온의 모습이 찍힌 사진과 동영상을 봤을 때는 괴로움이 더했다. 우리가 함께 있던 그 모습을 보고 있으니, 그 순간의 열정과 욕망, 서로의 얼굴에 드러난 고통 어린 갈망, 그리고 화해의 기쁨이 다시금 느껴져 달콤씁쓸했다.

고통에 가슴이 아려왔다. *기데온. 기데온.*

우리가 이 문제를 풀지 못한다면 결국엔 그에 대한 생각도, 가졌던 바람도 영원히 잊어야 할까?

나는 마음을 가라앉히려 안간힘을 썼다. 오늘 마크는 기데온과 미팅을 갖기로 되어 있었다. 그것 때문에 기데온이 나에게 연락할 절박함을 못 느끼는 걸까? 아니면 그냥 일이 아주 바쁜 건가? 그의 사업 스케줄을 감안하면 그럴 만도 했다. 그리고 적어도 내가 아는 한, 퇴근 후 헬스클럽에 가기로 한 약속은 아직 유효했다. 나는 반드시 어떻게든 해결이 될 것이라고 숨을 훅 내쉬며 스스로를 달랬다.

11시 45분 쯤, 내 책상의 전화벨이 울렸다. 발신 번호를 보니 안내 데스크에서 걸려온 전화였다. 나는 실망스러운 마음에 한숨을 내쉬며 전화를 받았다.

"안녕, 에바."

메구미가 유쾌하게 인사를 건네며 용건을 말했다.

"막달레나 페레즈라는 분이 찾아왔어요."

"네?"

나는 어리둥절하기도 하고 짜증스럽기도 해서 내 앞의 모니터를 빤히 쳐다봤다. 그 괴물같이 끔찍한 여자는 브라이언트 공원에서의 사진을 보고 여기까지 찾아온 건가?

날 찾아온 이유가 뭐든 간에 나는 그 여자와 이야기하고 싶은 마음이 없었다.

"잠깐 거기에서 기다려 달라고 해줄래요? 먼저 처리해야 할 일이 있어서요."

"알았어요. 좀 앉아 있으라고 얘기할게요."

나는 전화를 끊고 나서 휴대폰을 꺼내 연락처에서 기데온의 사무실 번호를 찾아 전화를 걸었다. 다행히 스캇이 전화를 받았다.

"안녕하세요, 스캇. 에바 트라멜이에요."

"안녕하세요, 에바. 대표님 연결해드릴까요? 지금 회의 중이시지만 인터폰을 넣어드릴 수 있는데요."

"아니, 아니에요. 회의 중이면 그러지 않으셔도 돼요."

"언제든 그렇게 하라고 지시를 내려두셔서 뭐라 안 하실 겁니다."

그런 말을 들으니 큰 위안이 되었다.

"당신에게 이런 일을 떠맡기긴 싫지만 부탁이 있어요."

"뭐든 말씀하세요. 그것도 지시사항이니까요."

즐겁게 말하는 그의 목소리에 마음이 더 편안해졌다.

"막달레나 페레즈가 여기 20층에 와 있어요. 솔직히, 그 여자와 저의 공통 관심사는 기데온밖에 없는데 서로 그다지 좋은 사이는 아니에요. 저한테 뭔가 할 말이 있어서 찾아온 거라면 제가 아니라 기데온하고 직접 얘기하는 편이 좋을 것 같은데. 이쪽으로 누굴 내려 보내서 위층으로 데려가 주실 수 없을까요?"

"알겠습니다. 제가 바로 처리하겠습니다."

"고마워요, 스캇. 정말 고마워요."

"별말씀을요, 에바."

나는 전화를 끊고 뒤로 기대앉았다. 벌써부터 기분이 풀리고 질투심에 지지 않은 내 자신이 자랑스러웠다. 그녀가 기데온과 함께 시간을 보낸다고 생각하면 정말로 싫었지만, 그를 믿는다고 했던 그 말은 거짓말이 아니었다. 나에 대한 그의 감정이 강하고 깊다는 것을 나는 믿었다.

내가 자신 없는 건 따로 있었다. 과연 나에 대한 그의 깊은 감정이 그의 본능을 바꿀 수 있을 정도로 강할까?

메구미에게서 다시 전화가 걸려왔다.

"아까워서 어떻게 해요. 어떤 사람이 그 여잘 데리러 왔을 때 당신도 그 여자 표정을 봤어야 했는데."

그녀가 깔깔 웃으며 말했다. 나는 픽 웃었다.

"잘 됐네요, 안 좋은 일로 찾아온 것 같았는데. 그럼 이제 갔나요?"

"네."

"고마워요."

나는 마크의 사무실 문으로 이어진 좁은 통로를 가로질러 가서 머리를 쏙 들이밀며, 그에게 들어오는 길에 점심 거리가 필요한지 물어봤다.

그가 생각을 하느라 얼굴을 찡그렸다.

"아니, 됐어. 너무 긴장이 돼서 크로스 씨와의 프레젠테이션이 끝나야 뭐라도 넘어갈 것 같아서 말이야. 그때까진 뭘 사다줘도 손도 못 댈 것 같아."

"그럼 단백질 스무디는 어떠세요? 뭐라도 드실 수 있을 때까지 속이 든든하실 텐데요."

"좋은 생각이야."

그가 까만 눈을 반짝거리며 싱긋 웃었다.

"그럼 기분 좀 나게 보드카와 어울릴 만한 걸로 부탁해."

"특별히 싫어하시는 건 없으세요? 알레르기 있으신 건요?"

"없어."

"알겠습니다. 그럼 한 시간 후에 봬요."

나는 딱 맞는 매장이 생각났다. 두 블록 떨어진 델리 매장으로 스무디, 샐러드, 즉석 파니니를 팔고 주문하면 빨리 나오는 곳이었다.

나는 아래층으로 내려가며 연락이 없는 기데온에 대해 생각하지 않으려 애썼다. 막달레나 일 이후에 뭔가 소식이 있길 은근히 기대하고 있었는데, 아무 반응이 없으니까 또다시 걱정이 되었다. 회전문을 밀고 길가로 나서면서 리무진 뒷자리에서 내리는 남자를 보는 둥 마는 둥 지나치려 할 때였다. 내 이름을 부르는 남자의 목소리가 들렸다.

돌아보니 크리스토퍼 비달이었다.

"어······, 안녕하세요. 잘 지내셨어요?"

내가 인사를 건넸다.

"이렇게 당신을 보니 기분이 더 좋아지는데요. 오늘 정말 근사해 보여요."

"고마워요. 그쪽도요."

그는 기데온과는 닮지 않았지만 적갈색의 웨이브 머리, 회색빛 도는 초록색 눈동자, 매력적인 미소가 인상적인, 나름의 멋진 외모였다. 헐렁한 청바지와 크림색 브이넥 스웨터를 입고 있으니 꽤 섹시해 보이기도 했다.

"형 만나러 오셨나 봐요?"

내가 물었다.

"네. 그리고 그쪽도 볼 겸."

"저를요?"

"점심 먹으러 가는 길이죠? 같이 점심 먹으면서 자세히 얘기해줄게요."

순간적으로 기데온이 크리스토퍼를 멀리하라고 주의를 줬던 게 생각났다. 뭐 어때? 이제 기데온은 날 믿는 것 같으니까 괜찮을 거야. 더군다나 다른 사람도 아닌 자기 동생인데 더 안심하겠지.

"저 위에 있는 델리 매장에 갈 건데 괜찮으세요?"

"그럼요."

우리는 걷기 시작했다.

"저를 무슨 일로 만나러 오신 건데요?"

나는 궁금해서 가만히 있을 수가 없었다.

그가 청바지의 큼지막한 카고 포켓 하나로 손을 집어넣더니 고급봉투 안에 담긴 정식 초대장을 꺼냈다.

"일요일에 부모님 저택에서 열리는 가든파티에 초대하려고요. 비즈니스 겸 즐기기가 파티의 목적이에요. 비달 레코드 사의 전속 가수들도 많이 올 거예요. 제 생각엔 당신의 룸메이트가 인맥을 트기에 좋은 기회가 될 것 같은데요. 그 친구, 뮤직 비디오에 딱 맞는 외모를 가졌던데."

나는 그 말에 신이 났다.

"정말 멋진 파티일 것 같아요!"

크리스토퍼가 씩 웃으며 초대장을 건네주었다.

"두 사람 모두 재미있는 시간이 될 거예요. 파티 하면 우리 어머닐 따라올 사람도 없으니까요."

나는 손에 든 봉투를 쳐다보며 생각했다. 기데온은 왜 이런 파티 얘길 한마디도 꺼내지 않았을까?

"혹시 형이 왜 파티 얘길 안 해줬는지 궁금해할까 봐 하는 말인데요."

그가 내 머릿속을 읽기라도 한 것처럼 말을 꺼냈다.

"그건 형이 파티에 올 생각이 없어서일 거예요. 형은 한 번도 파티에 온 적이 없어요. 자기가 회사의 대주주이면서요. 음악 산업과 뮤지션들이 자기 취향에 잘 안 맞는다고 여기는 것 같아요. 이젠 당신도 형이 어떤 사람인지 알겠지만요."

위압적이고 강렬한 남자. 자석처럼 강한 마력과 뜨거운 성적 매력이 넘치는 남자. 맞았다. 나는 그가 어떤 사람인지 알았다. 그는 자신이 끌리는 것이라면 무슨 수를 써서라도 알고 싶어 하는 남자이기도 했다.

어느새 델리 매장에 다다라서 나는 그곳을 가리켰고 우리는 안으로 들어가 줄을 섰다.

"냄새가 끝내주는데요."

크리스토퍼가 휴대폰에 시선을 고정한 채 빠르게 문자 메시지를 입력하면서 말했다.

"기대를 저버리지 않을 거예요. 정말이에요."

그가 소년 같은 미소를 지었다. 많은 여자들을 홀릴 것 같은 기분 좋은 미소였다.

"부모님이 당신을 정말로 보고 싶어 하세요, 에바."

"예?"

"저번 주에 당신과 기데온 형의 사진을 보시고 굉장히 놀라셨어요. 그러니까 제 말은 기분 좋게 놀라셨다고요."

내가 움찔하는 것을 보고 그가 얼른 고쳐 말했다.

"우리 가족은 형이 누군가와 사귀면서 그렇게 푹 빠지는 건 처음 봐요."

나는 한숨을 내쉬었다. 지금은 기데온이 나에게 그다지 푹 빠져 있지 않은 것 같아서. 어젯밤에 그를 혼자 두고 나와버린 것이 큰 실수였을까?

우리 차례가 되어 주문대 앞까지 왔을 때 나는 야채 치즈 파니니 하나와 석류 스무디 두 개를 주문하며 스무디 하나는 단백질 샷을 추가해서 30분 후에 갈 때 가져가게 해달라고 부탁했다. 크리스토퍼도 나와 같은 것을 주문했고 우리는 붐비는 매장 안에서 테이블 하나를 겨우 찾아냈다.

우리는 일 얘기를 나누었다. 특히 최근 사람들 사이에 유명해진 유아식 CF 촬영에서의 몰래카메라 얘기와 크리스토퍼가 함께 작업했던 프로그램의 숨겨진 비화를 얘기할 때는 재미있어서 배꼽을 잡았다. 시간이 빠르게 지나갔고 크로스파이어 빌딩 앞에서 그와 헤어질 땐 진심으로 호감 어린 작별인사를 할 수 있었다.

20층으로 올라가보니 마크는 여전히 책상 앞에 앉아 있었다. 그는 일에 집중해 있는 그 와중에도 나를 발견하곤 얼른 미소를 지어 보였다.

"제가 꼭 필요한 게 아니라면 저는 이번 프레젠테이션에 빠지는 게 좋을 것 같아요."

내가 말했다.

그는 내색하지 않으려 애쓰긴 했지만 아주 잠깐 안도의 빛이 스치는 것을 나는 눈치 챌 수 있었다. 그렇다고 해서 기분이 나쁜 건 아니었다. 일의 스트레스는 스트레스였고, 마크가 일을 진행하면서 나와 기데온의 변덕스러운 관계까지 신경 써 줘야 할 이유는 없었으니까.

"에바는 앞으로 꼭 성공할 거야. 그거 알지?"

나는 미소를 지으며 테이크아웃 음료잔을 그의 앞에 내려 놓았다.

"스무디 드세요. 맛이 정말 좋아요. 그리고 단백질이 들어 있어서 덜 허기지실 거예요. 제 자리에 가 있을 테니 필요하면 부르세요."

서랍 안에 핸드백을 넣기 전에 나는 캐리에게 문자를 보내 일요일에 별 약속이 없으면 비달 레코드 사의 파티에 가지 않 겠느냐고 물어봤다. 그런 후 다시 일을 시작했다. 서버에 올려 진 마크의 파일함에 들어가, 자료를 급히 수집할 때 편리하도 록 주제별로 분류하는 작업을 했다.

마크가 기데온과의 미팅을 위해 사무실을 나갈 때, 나는 심 장이 빠르게 콩닥거리면서 기대감에 뱃속이 조여왔다. 나도 믿기지 않았지만, 기데온이 바로 그 순간에 무엇을 하고 있을 지 생각만 해도, 그리고 그가 마크를 보며 나를 떠올릴 거라 는 생각만으로도 흥분이 되었다. 미팅 후에 그에게서 올 연락 이 기대됐다. 기분이 들떴다.

그 후로 한 시간 동안 나는 일이 어떻게 되어가는지 궁금해 안절부절못했다. 이윽고 마크가 활짝 웃으며 활기차게 걸어서 들어오는 것을 보고 자리에서 일어나 박수를 쳐주었다.

그는 과장된 동작으로 씩씩하게 고개를 숙여 보였다.

"고맙네, 에바."

"일이 잘되셔서 정말 기뻐요!"

"크로스 씨가 자네에게 이걸 전해달라고 하더군."

그가 밀봉된 마닐라지 봉투를 내밀며 말했다.

"자세한 얘긴 내 사무실로 들어오면 해주겠네."

봉투가 묵직했다. 안에서 짤그락거리는 소리도 들렸다.

나는 봉투를 만져보는 것만으로도 그 안에 뭐가 들어 있는지 이미 짐작했다. 하지만 실제로 눈앞에서 열쇠가 내 손바닥으로 미끄러져 내리는 순간 그 충격은 이루 말할 수 없었다. 그렇게 심한 고통을 느끼긴 처음이었다. 고통에 숨이 턱 막힌 채로, 나는 동봉된 카드의 메모를 읽었다.

고마워, 에바. 모두 다.

당신의 G.

매정한 결별 편지였다. 틀림없었다. 아니라면 퇴근 후에 헬스클럽으로 가는 길에 열쇠를 주었을 테니까.

귓속이 먹먹하고 윙윙 울렸다. 머리가 핑 돌았다. 혼란스러웠다. 겁이 나고 고통스러웠다. 화가 치밀었다.

하지만 지금은 근무 중이었다.

나는 눈을 감고 주먹을 꽉 쥔 채 마음을 가다듬었다. 위로 올라가 기데온에게 겁쟁이라고 욕을 퍼붓고 싶었지만 꾹 참았다. 그는 나를 위협적인 존재로 본 걸까? 원하지도 초대하지도 않았는데 불쑥 안으로 들어와 자신의 질서 잡힌 세계를 흔들어놓으려는 그런 사람으로? 그의 섹시한 몸과 두둑한 은행 잔고만이 아닌 그 이상을 요구하는 그런 사람으로?

나는 유리벽을 세워 감정을 가둬두었다. 그리고 그 유리벽 뒤에서 나를 기다리고 있는 그 감정을 의식하면서 남은 근무 시간을 잘 견뎌냈다. 정시에 퇴근해 아래층으로 내려갈 때까지도 기데온에게선 여전히 연락이 없었다. 비참한 기분과 함께 크로스파이어 빌딩을 나설 땐 온통 날카롭고 절망적인 아픔에 휩싸여 있었다.

간신히 헬스클럽까지 갔다. 그리고 생각을 차단한 채 러닝머신 위에서 최대한 속도를 높여 달렸다. 금세라도 나를 덮치려 노리는 고통으로부터 달아나기 위해서였다. 얼굴과 몸에서 땀이 줄줄 흘러내릴 때까지, 고무벨트가 뻑뻑해져서 달릴 수 없을 때까지 나는 달리고 또 달렸다.

흠씬 얻어맞은 듯 녹초가 된 상태로 샤워를 했다. 그런 후 엄마에게 전화를 걸어 헬스클럽으로 클랜시를 보내 날 좀 피터센 박사님의 진료실까지 데려다 달라고 부탁했다. 나는 옷을 다시 갈아입으면서 집으로 돌아가 침대 위에 쓰러지기 전에 마지막으로 해야 할 일인 그 상담을 견뎌내기 위해 모든 기운을 끌어모았다.

도로변에서 리무진이 오길 기다리는데 북적거리는 주변의 도시로부터 격리되고 동떨어져 있는 기분이 들었다. 리무진이 도착하고 클랜시가 문을 열어준 뒷좌석으로 몸을 집어넣으려는 순간, 나는 깜짝 놀라 우뚝 멈췄다. 안에 엄마가 타고 있었던 것이다. 약속 시간이 아직 일러서, 엄마 집에 가서 20분쯤 기다리게 될 줄 예상하고 있었다. 그것이 우리의 일상적인 패턴이었으니까.

"안녕, 엄마."

나는 엄마 옆으로 앉으며 지친 목소리로 말했다.

"네가 어떻게 그럴 수 있니, 에바?"

엄마는 이니셜이 박힌 손수건을 대고 울고 있었다. 붉게 상기되고 눈물로 범벅이 되어 있는데도 엄마의 얼굴은 아름다웠다.

"왜 그랬니?"

슬퍼하는 엄마의 모습에 가슴이 철렁했지만 얼른 정신을 다잡고 얼굴을 찡그리며 물었다.

"이번엔 또 뭣 때문에 그러는 건데요?"

엄마가 새 휴대폰에 대해 알게 되어 그러는 것 같진 않았다. 그 일이 이 정도로 요란한 드라마를 연출할 만한 일은 아니었으니까. 그렇다고 기데온과의 결별 때문이라기엔 시간상으로 너무 빨랐다.

"기데온 크로스한테 말했잖아……. 너한테 있었던 그 일 말이야."

엄마는 괴로움으로 아랫입술까지 떨었다.

나는 놀라서 고개가 움찔했다. 엄마가 어떻게 아셨지? 설마 새로 이사한 아파트에 도청 장치라도 달아놓으신 건가? 아니면 내 핸드백에?

"뭐라고요?"

"모르는 척하지 마!"

"내가 그 얘기를 한 건 어떻게 아셨어요? 불과 어젯밤에 한 얘기인데요."

나는 화가 난 목소리로 작게 물었다.

"그 사람이 오늘 그 일로 리처드를 만나러 왔어."

나는 그런 대화를 나누는 동안 스탠튼 아저씨의 얼굴이 어땠을지 상상해봤다. 얼마나 당황했을 것인가.

"그 사람이 왜 찾아온 건데요?"

"정보가 새나가지 못하게 어떤 조치를 취해놓았는지 알고 싶어 했어. 그리고 지금 나단이 어디에 있는지도 알고 싶어 했고."

엄마는 흐느끼며 잠시 말을 끊었다.

"전부 다 알고 싶어 했어."

이 사이로 거친 숨이 새어나왔다. 기데온이 무슨 생각으로 그랬는지는 잘 모르겠지만, 의붓오빠 일로 나를 차버리고 최악의 스캔들로부터 자신을 확실히 지키려는 행동이었을 수도 있었다.

나는 고통에 몸이 뒤틀려 의자 등받이에서 떨어져 앉았다.

우리 사이를 갈라놓은 원인이 그의 과거라고 생각했었는데 이제 보니 내 과거가 더 문제였던 걸까?

그때 처음으로 엄마의 자기중심주의가 다행스럽게 느껴졌다. 그 덕분에 엄마가 충격에서 헤어나지 못하는 내 모습을 못 봤으니까.

"그 사람도 알 권리가 있었어요. 혹시 모를 파급에 대비해 스스로를 보호하려 조치를 취할 권리도 있고요."

나는 너무 투박해서 내 목소리 같지 않은 목소리로 겨우 말했다.

"지금까지 다른 남자들한테는 얘기한 적 없잖니."

"재채기만 해도 전국에 대문짝만 한 기사가 뜨는 그런 사람과 사귄 적도 없었으니까요."

나는 사방이 차들로 빽빽한 차창 밖을 빤히 내다봤다.

"기데온 크로스와 크로스 인더스트리는 국제적인 관심의 대상이에요, 엄마. 그 사람은 대학생 때 사귀었던 남자들과는 비교도 안 될 만큼 다른 남자라고요."

엄마가 뭐라고 더 말했지만 나는 듣지 않았다. 자기방어를 위해 귀를 닫으며, 갑자기 너무 고통스러워서 견딜 수 없어진 현실로부터 나를 고립시켰다.

피터센 박사님의 진료실은 내 기억 속의 모습 그대로였다. 장식이 지나침이나 모자람 없이 적당해서 마음을 편안하게 해주었고, 전문시설로서의 분위기와 편안한 분위기가 동시에 풍겼다. 피터센 박사님도 변함이 없었다. 백발에 부드럽고 지적인 푸른 눈이 인상적인, 잘생긴 그 모습 그대로였다.

환한 미소로 우리를 사무실 안으로 반갑게 맞은 박사님은 엄마의 아름다운 외모를 칭찬해주며 내가 엄마를 쏙 빼닮았다는 말도 덧붙였다. 이어서 나를 다시 보게 되어 기쁘다고, 내가 좋아 보인다고 말했지만 그것이 엄마를 위한 거짓말임을 눈치 챌 수 있었다. 박사님은 숙달된 관찰자라 격한 감정을 꾹 누르고 있는 내 상태를 놓쳤을 리가 없었다.

"자, 그럼 오늘 두 분이 이렇게 찾아온 이유를 들어볼까요?"

박사님이 엄마와 나의 맞은편에 앉으며 말문을 떼었다.

나는 엄마가 휴대폰을 통해 내 위치를 추적했던 일과 그런 사생활 침해에 얼마나 화가 났었는지를 얘기했다. 엄마는 내가 크라브 마가에 관심을 가졌던 일을 얘기하며 그것이 안전에 대한 내 두려움의 증거로 여겨졌다고 털어놓았다. 나는 엄마와 새아버지가 파커의 도장에 영향력을 행사해서 숨이 막히도록 답답했던 심정을 얘기했다. 엄마는 내가 엄마의 믿음을 저버렸다고 말했다. 지극히 사적인 문제를 잘 모르는 사람에게 알려서 엄마가 발가벗겨져 노출당하는 것처럼 고통스러웠다면서.

피터센 박사님은 내내 주의 깊게 들으며 메모를 하거나 드문드문 몇 마디 하면서 우리가 마음속의 말을 다 풀어내게 놔두었다.

우리가 할 말을 다 하고 조용해지자 박사님이 물었다.

"모니카, 나한테 에바의 휴대폰 위치추적 얘기는 왜 안 했어요?"

엄마가 턱의 각도를 바꾸어 틀었다. 걸핏하면 나오는 엄마의 방어 자세였다.

"저는 그게 잘못된 일이라고 생각하지 않았어요. 휴대폰으로 자식들의 위치추적을 하는 부모들이 많잖아요."

"미성년 자식을 둔 부모들이나 그런 거죠. 난 다 큰 성인이에요. 이제 내 개인 시간은 말 그대로 나만의 시간이라고요."

내가 쏘아붙였다.

"모니카, 당신이 따님의 입장이라고 생각해보세요."

피터센 박사님이 끼어들었다.

"그러면 따님의 심정이 어떨지 느껴지지 않을까요? 만약에 누군가가 당신도 모르게, 당신의 허락도 없이 당신의 행동을 감시한다는 걸 알게 되었다면 어떻겠어요?"

"그 누군가가 엄마이고, 그렇게 하는 것이 엄마 마음에 평안을 준다는 걸 알고 있다면 얘기가 달라지겠죠."

엄마가 반박했다.

"그럼 당신의 행동이 에바 마음의 평화에 어떤 영향을 줄지는 생각해봤어요?"

박사님이 부드러운 어조로 질문했다.

"따님을 보호하고 싶은 마음은 이해합니다. 다만 어떻게 했으면 좋겠는지 그 방법에 대해선 따님과 터놓고 의논을 하셔야 해요. 따님의 의견을 듣는 일은 중요한 일이에요. 그리고 따님이 그래도 괜찮다고 선택했을 때라야 협조를 기대할 수 있어요. 따님에게 한계선을 정할 특권이 있다는 걸 존중해줘야 해요. 그 한계선이 당신의 바람만큼 넓지 못하더라도요."

엄마는 화가 나서 씩씩거렸다. 박사님이 계속 말을 이었다.

"에바에게는 경계선이 필요해요, 모니카. 자신의 삶을 스스로 통제하고 있다는 느낌도요. 그런 것들을 오랫동안 빼앗겨왔으니 이제는 자신에게 가장 잘 맞는 방식대로 그런 것들을 확립해나가도록 그 권리를 존중해줘야 해요."

"어머, 그렇네요. 그런 식으론 생각해보지 못했어요."

엄마가 손가락으로 손수건을 배배 꼬며 말했다.

나는 아랫입술을 바들바들 떠는 엄마의 손을 잡아주었다.

"도저히 기데온에게 제 과거를 고백하지 않을 수가 없었어요. 하지만 엄마에게 미리 얘길 했어야 했는데 그 생각을 못했어요. 미안해요."

"네가 젊은 시절의 이 엄마보다 강하다는 건 알지만 그래도 걱정이 되는 건 나도 어쩔 수가 없어."

그때 피터센 박사님이 말했다.

"내 생각엔 성찰의 시간을 좀 가져보는 게 좋을 것 같아요, 모니카. 어떤 일과 상황들이 당신을 불안하게 하는지에 대해 깊이 생각해보고 나서 그것들을 글로 적어보세요."

엄마는 고개를 끄덕이셨다.

"완전하진 않아도 수긍이 가는 리스트가 만들어지면 에바와 같이 그 걱정거리들을 해결할 방법에 대해 의논해보세요. 두 사람 모두 마음 편히 지낼 수 있는 그런 방법들을 찾아봐요. 가령, 며칠째 에바의 목소리를 못 듣는 일이 당신을 불안하게 만드는 걱정거리라면 문자메시지나 이메일로 그런 걱정을 덜어보는 것도 좋은 방법이겠죠."

"알겠습니다."

"당신만 괜찮다면 내가 같이 그 리스트를 살펴봐줄 수도 있어요."

두 사람이 주고받는 얘기를 들으면서 나는 비명을 지르고 싶어졌다. 이건 예상 밖이었다. 피터센 박사님이 엄마에게 간단한 과제만 내주는 선에서 상담을 끝내리라곤 예상하지 못했다. 적어도 더 강한 방침을 취할 줄로 기대했었는데.

상담시간이 끝나고 밖으로 나가는 길에 나는 피터센 박사님에게 마지막으로 아주 개인적인 질문이 있다며 엄마에게 조금만 기다려 달라고 했다.

"뭔지 말해 봐요, 에바."

박사님이 내 앞에 서서 인내심과 사려가 듬뿍 느껴지는 표정으로 물었다.

"제가 그냥 궁금해서 여쭈는 건데요……"

나는 목이 막혀 침을 삼키느라 뜸을 들였다.

"성폭행 피해자인 두 사람이 제대로 된 연인 관계를 맺을 수 있을까요?"

"그럼요."

박사님의 망설임 없는 명확한 대답이 내 막혀 있던 숨통을 트이게 해주었다.

"감사합니다."

나는 박사님과 악수를 나누었다.

집으로 돌아온 나는 기데온이 돌려준 열쇠로 문을 열고 곧장 내 방으로 향하며 캐리에게 맥없이 손을 흔들어 보였다. 캐리는 거실에서 DVD를 보며 요가 연습 중이었다.

나는 방문을 닫자마자 옷을 벗고 침대로 가로질러 가서 그토록 절실하던 차가운 이불 사이로 들어가 누웠다. 그리고 베개를 꼭 끌어안고 눈을 감았다. 너무 피곤했고 기운이 하나도 남아 있지 않았다.

등 뒤로 문 열리는 기척이 느껴지더니 잠시 후에 캐리가 내 옆으로 와 앉았다. 그가 눈물로 얼룩진 내 얼굴에서 머리카락을 쓸어 넘겨주었다.

"무슨 일이야, 자기야?"

"나 오늘 완전 비참하게 차였어. 메모카드 한 장 달랑 받고서 차였다고."

그가 한숨을 내쉬었다.

"너도 잘 알고 있잖아, 에바. 그 사람은 끊임없이 너를 밀어낼 거라고. 네가 다른 여자들처럼 자신의 기대를 저버릴 거라고 생각해서 말이야."

"그리고 난 그의 생각이 맞다는 걸 되풀이해서 증명하고 있고."

나는 캐리의 말을 순순히 인정했다. 상황이 힘들어지면 나는 늘 도망치기 바빴다. 우리 사이가 안 좋게 끝나고 말 것 같아서 도망만 쳤다. 뒤에 남겨지는 사람이 아니라 떠나는 사람이 되려고만 기를 썼다.

"그건 네가 다시 상처받지 않으려고 필사적이라서 그런 거지."

그가 내 옆에 누워서 내 등을 쓰다듬다가 근육이 탄탄한 팔 한쪽을 나에게 두르며 꼭 안아주었다.

미처 깨닫지 못했을 뿐 그런 신체적 애정표현이 절실했던 나는 그 품 안에 푹 파묻혔다.

"그 사람은 자기 과거가 아니라 내 과거 때문에 날 차버린 걸지도 몰라."

"정말 그런 이유 때문이라면 차라리 잘 된 거야. 하지만 너희 두 사람은 결국엔 서로를 찾게 될 거야. 적어도 나는 그러길 바라고 있어."

그가 내 목에 대고 나직이 한숨을 쉬었다.

"난 큰 충격에 고통스러웠던 사람들이 해피엔딩을 맞았으면 좋겠어. 네가 그걸 보여줘, 에바. 해피엔딩을 믿게 해줘."

15

금요일이 밝았고, 하룻밤 우리 집에서 자고 난 트레이가 캐리랑 나와 함께 아침을 먹었다. 나는 모닝커피를 마시며 트레이와 캐리의 모습을 지켜봤다. 두 사람이 주고받는 그 친밀한 미소와 은밀한 접촉을 보고 있으니 정말로 흐뭇했다.

나도 저렇게 편안한 관계를 몇 번 가진 적이 있었지만 그때는 그런 관계의 소중함을 미처 알지 못했었다. 그때의 관계들은 편하고 복잡하지 않아서 좋았지만 근본적으로는 피상적이기도 했다.

연인의 영혼 속에 감춰진 가장 어두운 그늘을 모른다면 그 관계가 얼마나 깊어질 수 있을까? 그것이 내가 기데온과의 관계에서 직면한 딜레마였다.

이제 기데온을 못 본 지 이틀째였다. 그를 찾아가 그날 그의 집에서 그렇게 나와버린 것을 사과하고 싶어졌다. 그에게 말하고 싶었다. 그를 도와주고 싶었다고. 얘길 들어주거나, 아니면 그냥 아무 말 없이 위안을 주고 싶었다고. 하지만 나는 너무 감정에 쏠려 있었다. 너무 쉽게 상처를 받았다. 거부당하는 게 너무 두려웠다. 그런 데다 그가 나를 너무 가까이 다가오지 못하게 막는 것 같아서, 그 두려움은 더 커지고 말았다. 우리가 화해를 한다고 해도 문제가 끝나는 건 아니었다. 그가 나와 공유하기로 정한 작은 조각들만 붙잡고 견디려 애쓰느라 내 마음은 갈가리 찢어질 테니까.

적어도 회사의 일은 순조롭게 돌아갔다. 킹스맨을 고객으로 잡은 것을 축하하며 임원진이 점심만찬을 열어주어서 즐거운 시간을 가졌다. 그렇게 화기애애한 직장에서 일하게 된 것에 감사했다. 하지만 그 자리에 기데온도 초대했었다는 얘길 들었을 땐 조용히 내 자리로 돌아와 그날 오후 내내 일에만 몰두했다.

집으로 돌아오는 길에 헬스클럽에 들렀다가 저녁에 크림소스 파스타와 크렘 브륄레를 해먹으려고 재료를 샀다. 탄수화물을 잔뜩 섭취하고 잠에 빠지는 데는 그만큼 확실한 요리도 없었다. 잠에 빠져들어서 머릿속에 자꾸만 맴도는 '만약 ……라면 어떨까'라는 의문에서 벗어나 토요일 아침 늦게까지 자고 싶었다.

캐리와 나는 거실에서 젓가락으로 저녁을 먹었다. 내 기운을 북돋워주려는 캐리의 아이디어였다. 캐리는 저녁을 너무 잘 먹었다고 떠들었지만 나는 꿀 먹은 벙어리처럼 있었다. 그러다 캐리까지 덩달아 말이 없어졌을 때야 내가 인기 모델의 친구답지 못했다는 생각이 들어 기운을 차렸다.

"그레이 아일스 광고는 언제 촬영에 들어간대?"

내가 물었다.

"잘 모르겠어. 그런데 말이야, 이 얘기 좀 들어봐."

그가 씩 웃었다.

"남자 모델의 세계가 어떤지 너도 알겠지만 우리는 섹스 파티의 콘돔처럼 취급받잖아. 유명한 누군가와 사귀기라도 하지 않으면 남들보다 주목받기도 힘들고. 그런데 너랑 같이 찍힌 그 사진들이 여기저기에 나붙으면서 나한테 갑자기 그런 식의 언론 보도가 쏟아진 거야. 너와 기데온 크로스 사이에서 삼각관계의 상대가 된 거지. 네 덕분에 내가 유명인이 되었다니까."

나는 소리 내어 웃었다.

"그런 게 무슨 도움이 된다고 그래."

"글쎄, 나한테 피해가 생기지 않은 건 확실해. 어쨌든 두 번 더 촬영하자고 다시 전화가 왔으니까. 내 생각엔 그쪽에서 나를 잠깐만 쓰고 말 것 같진 않아."

"축하해야겠네."

내가 장난스럽게 말했다.

"당연하지. 네가 그럴 준비만 되면."

우리는 이런저런 얘기를 주고받다가 오리지널 버전 〈트론〉

을 보게 되었다. 영화가 시작된 지 20분 쯤 지났을 때 캐리의 휴대폰이 울렸고 통화 소릴 들어보니 캐리의 에이전시에서 걸려온 전화였다.

"알겠습니다. 늦어도 15분이면 도착할 거예요. 그쪽에 가서 전화드릴게요."

"일이 들어온 거야?"

그가 전화를 끊자 내가 물었다.

"응. 어떤 모델이 야간 촬영에 술에 취해서 나타나는 바람에 그 자리에서 짤렸대."

그가 나를 유심히 보며 물었다.

"같이 갈래?"

나는 소파에서 두 다리를 쭉 폈다.

"아니. 난 괜찮으니까 갔다 와."

"정말 괜찮아?"

"나한테 필요한 건 아무 생각 없이 있는 거야. 다시 옷 갈아입을 생각만 해도 피곤해."

나는 주말 내내 면 잠옷바지와 여기저기 구멍이 난 오래된 탱크톱 차림으로 있고 싶었다. 마음은 많이 아팠지만 몸이라도 더없이 편안히 있어야 할 것 같았다.

"내 걱정은 하지 마. 내가 요즘 엉망인 거 아는데 곧 기운 차릴 거야. 나가서 재미있게 촬영하고 와."

캐리가 급히 나간 후에 나는 영화를 멈춰놓고 와인을 가지러 주방으로 갔다. 가다가 보조식탁에서 걸음을 멈추고는 지난주에 기데온이 보냈던 장미꽃을 손가락 끝으로 훑었다. 식탁 위로 꽃잎들이 눈물처럼 떨어져 내렸다. 줄기를 잘라내고 꽃다발과 함께 따라온 요리용 꽃 보관봉투에 꽃잎을 담아 정리할까, 하는 생각도 했지만 그런 일에 매달릴 의욕조차 생기지 않았다. 비운을 맞고 만 그와 내 관계를 상기시키는 마지막 흔적인 그 꽃다발을 하루라도 더 놔두고 싶었다.

나는 기데온과 불과 1주일 사이에 지난 2년 동안 사귀었던 다른 남자들보다 더 깊은 관계까지 나갔다. 그런 면에서는 항상 그에 대한 사랑이 마음에 남아 있을 것 같았다. 아니 어쩌면, 언제까지고 그를 사랑하게 될지도 몰랐다.

그리고 어느 날, 그런 사랑도 그렇게 아프지 않을 날이 올지도.

"일어나, 잠꾸러기 아가씨."

캐리가 이불을 홱 젖히며 뮤지컬 가수처럼 과장된 목소리로 잠을 깨웠다.

"에이, 그냥 좀 놔둬."

"5분 안에 궁둥짝 일으켜서 샤워하러 들어가지 않으면 내가 물 가져와서 샤워시킬 줄 알아."

나는 한쪽 눈만 뜨고 그를 흘끗 쳐다봤다. 셔츠는 입지 않은 채 간신히 엉덩이에 걸쳐지는 배기바지 차림이었다. 모닝콜에 관한 한, 캐리는 선수였다.

"내가 왜 일어나야 하는데?"

"침대에 등을 딱 붙이고 있으면 일어설 수가 없으니까."

"와우, 너무 난해한데요, 캐리 테일러 씨."

그가 팔짱을 끼더니 나를 장난스럽게 쳐다봤다.

"쇼핑하러 가야 한다는 얘기야."

나는 베개에 얼굴을 푹 파묻었다.

"싫어."

"가야 해. 내 기억엔 네가 이번주에 '선데이 가든파티'가 있
고 '락 스타들이 온다'고 문자를 보냈던 것 같은데. 그런 파티
에 가는데 내가 입을 옷이 없단 말이야."

"아, 참. 그렇지."

"넌 뭐 입고 갈 거야?"

"난……, 글쎄. '영국 귀부인처럼 우아하게' 입고 가려고 했
었는데 지금 다시 생각하니까 잘 모르겠어."

그가 고개를 마구 끄덕였다.

"좋아. 쇼핑 나가서 섹시하고 세련되고 쌈박한 그런 옷 좀
찾아보자."

투덜투덜 싫은 내색을 하면서 나는 침대에서 굴러나와 터벅
터벅 욕실로 갔다. 샤워를 하면서 기데온의 생각을 안 할 수
가 없었다. 그의 완벽한 몸이 어른거리면서 내 입 안에 그가
들어와 있던 그때 그 간절한 신음 소리를 떠올리지 않을 수가

없었다. 시선을 어디에 옮겨 봐도 기데온의 모습이 어른거렸다. 이제는 도시 여기저기에서 검은색 벤틀리 SUV의 환각이 보이기까지 했다.

캐리와 나는 점심을 먹고 발발거리며 도시를 누비고 다니면서 명품 거리 맨해튼 어퍼 이스트 사이드의 유명 중고 명품점들과 매디슨 애비뉴의 의류매장들을 돌다가 택시를 타고 시내 쇼핑가 소호로 갔다. 쇼핑 도중에 두 명의 십 대 소녀가 캐리에게 사인을 부탁했는데 캐리 본인보다 내가 더 기뻐했다.

"내가 말했잖아."

그가 뻐기며 말했다.

"뭘?"

"그 여자애들이 연예지 블로그를 보고 나를 알아본 거라고. 너랑 크로스에 대한 게시글 중에서 말야."

나는 코웃음을 쳤다.

"내 연애사가 누군가에게 도움이 되고 있다니 다행이긴 하네."

캐리가 3시에 또 다른 일이 잡혀 있던 터라, 나는 그를 따라가서 어떤 시끄럽고 건방진 사진작가의 스튜디오에서 몇 시간을 보냈다. 그러다 오늘이 토요일인 것이 기억나서 멀리 한쪽 구석으로 슬그머니 자리를 피했다. 아빠에게 매주 거는 안부 전화를 걸기 위해서였다.

"뉴욕 생활은 여전히 행복하고?"

순양함에서 근무 중인 아빠가 무전기의 소음 너머로 물어왔다.

"지금까진 정말 좋아요."

거짓말이었지만 사실대로 말해봐야 누구에게든 좋을 게 없었다. 그때 아빠의 동료가 아빠에게 뭐라고 알아들을 수 없는 말을 건넸다. 아빠가 코웃음을 치며 대답했다.

"얘, 크리스가 저번에 TV에서 널 봤다고 우기는구나. 무슨 케이블 채널의 유명인 가십 프로그램에서 봤대. 사람들이 자꾸 그런 얘기를 해서 귀찮아 죽겠다."

나는 한숨을 쉬었다.

"그런 프로그램을 보는 건 뇌세포에 좋지 않다고 말해주세요."

"그럼 미국의 최고 갑부에 든다는 그 사람이랑 사귀는 게 아니야?"

"아니에요. 아빠 연애사는 어떠세요? 누구 만나는 분 없으세요?"

나는 얼른 화제를 바꾸며 물었다.

"나야 그냥 그렇지. 잠깐만 기다려라."

아빠가 무전기 호출에 응답한 후에 다시 말했다.

"미안해서 어쩌지. 급히 출동해봐야 돼서. 사랑한다. 많이 보고 싶구나."

"저도 보고 싶어요, 아빠. 몸조심하세요."

"나야 항상 조심하지. 너도 잘 지내거라."

나는 전화를 끊고 캐리가 일을 마치길 기다리고 있었던 곳으로 돌아왔다. 그 사이에 이런저런 생각이 나를 고문해댔다. 지금 기데온은 어디에 있을까? 뭘 하고 있을까?

혹시 월요일이 오면 내 메일함이 그가 다른 여자와 함께 있는 사진들로 넘치게 되는 건 아닐까?

일요일 오후, 나는 캐리와 스탠튼 아저씨의 리무진을 빌려 더치스 카운티에 있는 비달 가의 저택으로 갔다. 의자에 기대 앉은 채 창밖을 내다보던 나는 넘실거리는 풀밭과 푸른 삼림지대가 저 멀리 지평선까지 쭉 뻗어 있는 그 평온한 경치에 멍하니 넋을 잃었다. 그러고 보니 기데온을 못 본 지 벌써 나흘째였다. 처음 며칠의 아픔은 거의 독감에 걸린 것처럼 뻐근한 욱신거림으로 바뀌어 있었다. 금단현상이라도 겪는 것처럼 몸구석구석이 모두 아팠고 흘리지 못하는 눈물 때문에 목구멍은 따끔따끔 아렸다.

"긴장 돼?"

캐리가 물었다.

나는 그를 흘끗 보며 말했다.

"별로. 기데온은 안 올 거야."

"정말 확실해?"

"그 사람이 올 거라고 생각했으면 난 여기 안 왔어. 나도 자

65

존심이라는 게 있는 여자야."

좌석 사이 팔걸이에 손가락을 두드려대고 있는 캐리를 쳐다보며 내가 말했다. 어제 그렇게 쇼핑을 다녔는데도 그가 산 것은 딱 하나, 검은색 가죽 넥타이뿐이었다. 나는 완벽한 패션 감각을 가진 사람이 그런 것을 골랐다면서 그 가죽 넥타이로 그를 집요하게 놀렸다.

넥타이를 쳐다보는 내 시선을 눈치 챘는지 캐리가 말했다.

"뭐? 아직도 내 타이가 마음에 안 들어? 내 생각엔 이 스키니 청바지와 도마뱀가죽 라운지 재킷에 잘 어울리는 것 같은데."

나는 웃음을 참느라 입술을 씰룩였다.

"캐리, 넌 뭘 걸쳐도 예술이야."

사실이었다. 긴 팔다리에 쭉쭉 뻗은 몸, 천사들도 울고 갈 만한 얼굴의 소유자인 캐리는 어떤 스타일이든 자기 것으로 소화해냈다.

나는 가만히 있지 못하는 그의 손가락에 내 손을 얹으며 물었다.

"너야말로 초조한 거 아냐?"

"트레이가 어젯밤에 전화를 안 했어. 전화한다고 해놓고선."
그가 투덜투덜 말했다.

나는 기운을 차리게 해주려 그의 손을 꽉 잡아주었다.

"겨우 한 번인데 뭘 그래, 캐리. 별일 아닐 거야."

"오늘 아침에 전화해줄 수도 있었잖아. 트레이는 내가 예전에 만났던 그런 얼간이들과는 달라. 깜빡하고 전화를 못한 게 아니라 하기 싫어서 안 한 거야."

"나쁜 자식이네. 내가 섹시하고 세련되고 쌈박한 시간을 보내는 네 사진들을 잔뜩 찍어서 월요일에 그 사람 좀 괴롭혀줄 테니까 두고 봐."

캐리의 입술이 실룩거렸다.

"이런, 여자들의 간사함이란. 그나저나 크로스가 오늘 널 못 보다니 유감인데. 아까 네가 드레스를 입고 방에서 나올 때 내 거시기가 살짝 섰던 것 같아서 말이야."

"뭐야!"

내가 그의 어깨를 세게 퍽 치며 째려보는 시늉을 하자 그가 깔깔 웃었다.

내가 입은 드레스는 우리 둘 다 보자마자 눈에 딱 들었던 옷이었다. 고상한 가든파티 스타일에 어울리는 디자인이었다. 몸통 부분은 몸에 착 붙고 허리선부터는 풍성하게 떨어지는 플레어스커트가 무릎 길이까지 내려왔다. 색은 꽃무늬가 들어간 흰색이었다. 한마디로 차와 핫케이크를 즐기는 가든파티 스타일의 극치였다.

캐리는 여기에 맞추어 발가락이 보이는 지미 추 펌프스와 길게 떨어지는 드롭형 루비 귀걸이를 골라주며 내 스타일을 완성해주었다. 캐리도 나도 머리는 어깨로 내려오도록 그냥 풀고 가는 게 좋겠다고 정했다. 도착해서 모자를 써야 할 경우를 대비해서. 어쨌든 그렇게 꾸며 입고 보니 내가 예쁘게 느껴져서 자신감이 넘쳤다.

클랜시는 우리를 태우고 이니셜이 박힌 으리으리한 대문을 지나 원형의 진입로를 돌아서 진행요원의 안내에 따라 차를 몰았다. 캐리와 나는 입구에서 내렸다.

튜더 왕조 스타일로 꾸민 넓은 저택으로 들어서자마자 손님을 맞기 위해 줄지어 서 있던 기데온의 가족이 우리를 따뜻이 맞았다. 기데온의 어머니, 새아버지, 크리스토퍼, 그리고 여동생이었다.

그들을 보자 아쉬운 마음이 밀려 들었다. 기데온이 함께 서 있었다면 비달 가족이 더 완벽한 가족의 모습이었을 것 같았다. 그의 어머니와 여동생은 그와 똑같이 윤기가 자르르 흐르는 새까만 머리에 속눈썹이 풍성한 푸른 눈이었다. 두 사람 모두 꾸민 모습이 세심하면서 참 멋들어졌다.

"에바!"

기데온의 어머니가 나를 끌어당기며 내 양 볼에 에어키스를 했다.

"드디어 만나게 됐네요. 정말 반가워요. 어쩜 이렇게 예쁠까! 드레스도 정말 예뻐요."

"감사합니다."

그녀의 두 손이 내 머리를 쓸고 얼굴을 감싸다가 팔을 쓸어

내렸다. 나로선 견디기 힘든 순간이었다. 잘 모르는 사람이 내 몸을 만지면 가끔 불안감이 일어나는 탓이었다.

"원래 머리가 금발이에요?"

"네."

대답을 하긴 했지만, 어지간하면 초면에는 잘 하지 않는 질문을 받고 보니 놀라고 당황스러웠다.

"무척 예뻐요. 아무튼, 잘 왔어요. 즐거운 시간 보내요. 이렇게 와줘서 우리 모두 정말 기뻐요."

왠지 거북한 느낌이어서 그녀의 관심이 캐리에게로 쏠렸을 때는 반갑기까지 했다.

"그럼 이쪽이 캐리라는 청년이로군요."

그녀가 나직한 목소리로 말했다.

"내 두 아들이 세상에서 제일 잘난 줄 알았는데, 이제 보니 내 착각이었네요. 정말 잘생긴 청년이네요."

캐리가 초절정 꽃미소를 날렸다.

"아, 제가 요즘 사랑에 빠져서요, 비달 부인."

그녀가 쉰 목소리까지 내며 깔깔 웃었다.

"그냥 엘리자베스라고 불러요. 그럴 용기가 있다면 리지라고 불러도 되고요."

내가 고개를 돌리자 크리스토퍼 비달 시니어가 내 손을 꽉 쥐었다. 회색빛 도는 녹색 눈으로 보나 소년 같은 미소로 보나 여러 가지 면에서 그는 그의 아들을 연상시켰다. 면바지에 로

퍼화를 신고 캐시미어 카디건을 걸친 차림새 때문에 음반사 대표라기보다는 대학교수 같아 보였다.

"에바. 에바라고 불러도 될까요?"

"예, 그렇게 불러주세요."

"나에게도 크리스라고 불러요. 나와 크리스토퍼를 구분하기가 좀 더 편할 거예요."

그가 고개를 옆으로 기울이며 특이한 모양의 철테 안경 사이로 나를 찬찬히 뜯어봤다.

"기데온이 당신한테 빠진 이유를 알 것 같군요. 격정적인 회색이지만 아주 맑고 솔직한 눈빛이에요. 지금까지 내가 봤던 눈 중에 정말로 가장 아름다운 눈이에요. 내 아내의 눈은 빼고요."

나는 얼굴을 붉혔다.

"감사합니다."

"기데온도 오기로 했어요?"

"저도 잘 모르겠어요."

왜 기데온을 나한테 묻지? 직접 연락해보면 될텐데.

"우리 가족은 언제나 기데온이 오길 기대하고 있어요."

그가 기다리고 있던 도우미를 가리키며 말했다.

"뒤쪽 정원으로 가서 마음 편히 즐겨요."

크리스토퍼는 나를 안고 볼에 입을 맞추며 맞아주었고 기데온의 여동생 아일랜드는 십 대 특유의 샐쭉한 얼굴로 나를 뜯어봤다.

"금발이시네요."

그녀가 말했다.

기막혀. 기데온이 짙은 색 머리의 여자를 좋아하는 게 무슨 법이라도 된다는 투야 뭐야?

"검은 머리가 정말 예뻐요."

그때 캐리가 팔을 내밀어주어서 나는 고마운 마음으로 팔짱을 꼈다.

그들에게서 멀찍이 떨어졌을 때 캐리가 작게 물었다.

"만나보니까 어때? 기대했던 대로야?"

"그 사람 어머닌 그런 것 같아. 새아버지는 아니고."

나는 고개를 돌려 뒤를 돌아보며, 엘리자베스 비달의 날씬한 몸에 착 붙은 발목 길이의 우아한 크림색 시드 드레스에 시선을 두었다. 기데온의 가족에 대해 아는 게 별로 없다는 생각이 들었다.

"한 소년이 어떻게 크면 새아버지의 가업까지 이어받게 될까?"

"기데온 크로스가 비달 레코드사의 주주야?"

"그것도 대주주래."

"흠. 긴급구제가 아니었을까? 음악 산업이 어려운 시기에 도움의 손길을 준 걸 수도 있잖아?"

"그런 거라면 그냥 자금만 지원해줘도 되었을 텐데?"

"뼛속까지 사업가 기질이 있어서 그랬을 수도 있잖아?"

나는 숨을 훅 내쉬며 의혹을 떨쳐내고 머리를 비웠다. 지금 나는 기데온이 아니라 캐리를 위해 파티에 온 것이었다. 그 사실을 무엇보다 먼저 명심하고 있어야 했다.

밖으로 나와 보니 뒤뜰 정원에 정교하게 장식된 대형 천막이 세워져 있었다. 천막 바깥에서 햇볕을 쬐기에 딱 좋은 화창한 날이었지만 나는 다마스크 문양의 흰색 테이블보가 깔린 원형 테이블에 들어가서 앉았다. 캐리가 내 어깨를 툭 쳤다.

"쉬고 있어. 난 인맥 좀 뚫고 올게."

"갔다 와."

캐리는 저쪽으로 가더니 자신의 목적에 열중했다.

나는 샴페인을 홀짝이면서, 지나가다 멈춰 서서 말을 거는 사람이 있으면 같이 얘기를 나누었다. 파티에는 나도 들어본 적 있는 유명한 곡들을 작업한 아티스트들이 상당수 참석했다. 조금은 스타에 대한 동경심으로 그들을 흘끔흘끔 구경했다. 우아한 주변 풍경과 셀 수도 없이 많은 도우미들에도 불구하고 전반적인 분위기는 격식이 없고 편안했다.

내가 슬슬 파티를 즐기기 시작하려던 순간이었다. 다시는 마주칠 일 없기를 바라던 누군가가 집 안에서 테라스로 나왔다. 무릎 길이의 나폴거리는 장밋빛 쉬폰 드레스를 입은 눈부신 모습의 막달레나 페레즈였다.

그때 누군가 내 어깨에 손을 얹고 꽉 잡았다. 심장이 쿵쿵 뛰었다. 그 느낌은 캐리와 기데온의 클럽에 갔던 그날 밤을 떠오르게 했다. 하지만 이번에 내 앞으로 돌아 나온 사람은 크리스토퍼였다.

"에바."

그가 내 옆 의자에 앉더니 팔꿈치를 무릎에 괴며 나에게로 바짝 몸을 숙였다.

"재미있어요? 사람들하고 별로 안 어울리는 것 같던데."

"정말 재미있어요."

적어도 좀 전까지는 그랬었다.

"초대해줘서 고마워요."

"와줘서 고마워요. 당신이 와서 부모님이 정말 기뻐하세요. 물론, 나도 그렇고요."

그가 씩 웃었고 그 모습에 나도 그의 넥타이처럼 미소를 지었다. 그의 넥타이에는 웃는 레코드판 모양의 만화 캐릭터가 잔뜩 찍혀 있었다.

"배 안 고파요? 게살 케이크 맛이 끝내주던데. 쟁반을 들고 지나갈 때 하나 집어서 먹어봐요."

"그럴게요."

"뭐든 필요한 게 있으면 말해요. 그리고 나에게도 춤출 영광을 남겨주기에요."

그가 윙크를 하고는 깡충 일어나서 다른 쪽으로 갔다.

아일랜드가 그가 앉았던 자리에 앉더니 우아함을 떨며 매무새를 매만졌다. 상류층의 예비신부 학교 졸업생 특유의 연습한 티를 풍겼다. 층 없이 길게 뻗은 그녀의 머리는 허리까지 찰랑찰랑 내려왔고 예쁜 눈은 내가 좋아하는 직설적인 눈빛을 보였다. 그녀는 어림잡아 열일곱 정도로 보였는데 그 나이대에 비해 더 조숙한 것 같았다. 적어도 캐리가 스크랩해주었던 신문 기사들에 근거하면 말이다.

"안녕하세요."

"안녕."

"기데온 오빠 어디 있어요?"

나는 그 퉁명스러운 질문에 어깨를 으쓱했다.

"글쎄요."

그녀가 다 안다는 듯이 고개를 끄덕였다.

"오빠는 워낙 혼자 있기를 좋아하니까요."

"항상 그랬어요?"

"그럴걸요. 내가 어렸을 때 집에서 나갔거든요. 오빨 사랑해요?"

순간적으로 숨이 턱 막혔다. 잠시 후 나는 급히 숨을 내쉬며 짤막하게 대답했다.

"네."

"브라이언트 공원에서 찍힌 동영상을 보고 그럴 거라고 생각했어요."

그녀가 관능적인 아랫입술을 깨물며 이어 물었다.

"오빠 재미있어요? 그러니까……, 사귀기에 재미있냐고요."

"어, 글쎄요……."

뭐야? 자기 오빤데 그런 건 나보다 잘 알아야 하는 거 아니야?

"재미있다고는 할 수 없지만 지루한 적은 없었어요."

라이브 밴드가 '컴 플라이 위드 미Come Fly with Me'를 연주하기 시작했고 마법처럼 쓱 캐리가 내 옆에 나타났다.

"내 멋진 모습을 보여줄 시간이야, 진저."

"최선을 다할게, 프레드."(진저와 프레드는 할리우드의 고전 뮤지컬 흥행기의 유명한 댄스 콤비임-옮긴이)

내가 아일랜드를 보고 미소를 지으며 말했다.

"잠깐만 실례해요."

"정확히 3분 19초죠."

누가 음반계 집안 사람 아니랄까 봐, 그녀는 내 말에 토를 달았다.

캐리는 나를 데리고 텅 빈 댄스 플로어로 들어가 곧바로 4분의 4박자의 폭스트롯 스텝을 리드했다. 나는 시간이 조금 지나서야 몸이 제대로 풀렸다. 최근 며칠간 고통에 시달리느라 몸이 뻣뻣하고 굳어 있던 탓이었다. 잠시 후 오랜 파트너끼리의 시너지가 발동되면서 우리는 미끄러지듯 스텝을 밟으며 댄스 플로어를 누볐다.

음악 소리와 함께 가수의 노래가 끝났을 때 우리도 숨을 헐떡이며 멈추어 섰다. 우리는 예상치 못한 박수갈채에 놀랐지만 기분은 최고였다. 캐리가 우아하게 허리를 숙이며 절을 했고 나도 그의 손을 잡고 균형을 잡으며 무릎과 상체를 굽혀 보였다.

그런데 고개를 들고 몸을 똑바로 폈을 때 내 앞에 기데온이 서 있었다. 나는 깜짝 놀라 비틀비틀 뒤로 물러섰다. 그는 장소와 어울리지 않게 너무도 간소한 옷차림이었다. 청바지에 흰색 와이셔츠를 밖으로 내서 입고 온 데다, 와이셔츠는 칼라의 단추도 풀고 소매도 걷어 올린 상태였다. 하지만 그렇게 입고 있어도 여전히 더럽게 멋져서 그 자리의 다른 남자들을 모두 압도했다.

그를 보는 순간 나는 또다시 격렬한 갈망에 휩싸이고 말았다. 어렴풋이 밴드의 가수가 캐리를 끌고 가는 것을 느꼈지만 기데온에게서 눈을 뗄 수가 없었다. 그의 푸른 눈이 내 눈을 불태울 듯 이글이글 타오르고 있었다.

"여기에서 뭐하는 거지?"

그가 인상을 찌푸린 채 화를 냈다.

그의 거친 말투에 나는 움찔했다.

"네?"

"당신은 여기에 오면 안 돼."

그가 내 팔꿈치를 꽉 잡고 집 쪽으로 끌고 가며 말했다.

"나는 당신이 여기에 오는 게 싫어."

그가 내 얼굴에 침을 뱉었더라도 그보단 덜 충격적이었을 것이다.

나는 팔을 홱 잡아 빼고 고개를 빳빳이 세운 채 빠른 걸음으로 집 쪽으로 걸어갔다. 눈물이 흘러내리기 전에 리무진 안에 숨어 클랜시의 보호를 받을 수 있게 되기를 빌면서.

등 뒤에서 기데온의 이름을 부르는 요염한 여자의 목소리가 들렸을 땐, 내가 그를 더 마주할 일 없이 무사히 나갈 수 있도록 그 여자가 그를 오래 붙잡아두길 빌었다.

인테리어가 멋들어진 집 안을 가로질러 가면서 내 바람대로 되었다고 생각했을 때였다.

"에바, 잠깐만."

기데온의 목소리에 나는 어깨를 구부리며 그를 쳐다보지 않으려 했다.

"저리 꺼져버려요! 배웅 없이도 내가 알아서 잘 나갈 테니까요."

"아직 할 얘기가 남았……."

"난 없어요!"

나는 빙 돌아 그를 마주 봤다.

"나한테 그런 식으로 말하지 말아요. 당신이 뭔데요? 내가 당신 때문에 온 줄 알아요? 혹시나 당신을 볼까, 혹시나 당신이 나에게 음식 찌꺼기나 뼈라도 던져주면서 불쌍한 개처럼 나를 가엾게 여겨줄까, 하는 기대라도 가졌을까 봐요? 당신의 마음을 되돌려보려는 처절한 마음에 당신한테 집적거려서 어디 구석에서 급히 추잡한 섹스라도 해보려고 왔을까 봐요?"

"그만 해, 에바."

그의 시선은 타는 듯 뜨거웠고 턱은 굳게 다물어져 있었다.

"내 말 좀 들어봐."

"내가 여기에 온 이유는 당신이 오지 않을 거란 얘기를 들어서였어요. 캐리 때문에, 캐리 일에 도움을 주기 위해 온 거라고요. 그러니까 다시 파티장으로 돌아가서 내 생각은 싹 잊어버리시죠. 분명히 말해두지만, 이 문 밖으로 걸어 나가는 순간 나도 당신을 싹 잊을 테니까요."

"그 입 좀 다물란 말이야."

그가 내 팔꿈치를 붙잡고 나를 어찌나 세게 흔들어대던지 이가 딱딱 부딪혔다.

"입 다물고 내 말 좀 들어보라고."

나는 그의 머리가 돌아갈 정도로 세게 따귀를 때렸다.

"내 몸에 손대지 마요."

기데온이 거친 신음을 내뱉더니 나를 품 안으로 끌어당겨 입술이 으스러지도록 세게 키스했다. 그의 손이 내 머리카락을 거칠게 쥐며 내가 고개를 돌리지 못하게 꽉 붙잡았다. 나는 입 안으로 난폭하게 들어온 혀를, 그리고 이어서 그의 아랫입술을 깨물었다. 피 맛이 느껴졌지만 그래도 그는 멈추지 않았다. 온 힘을 다해 그의 어깨를 밀어냈지만 그는 꿈쩍도 하지 않았다.

　망할 놈의 스탠튼 아저씨! 아저씨와 그놈의 극성쟁이 엄마만
아니었으면 지금쯤 크라브 마가 수업을 몇 번은 받았을 텐데.

　기데온은 나의 맛에 굶주린 것처럼 필사적이었고 내 반항은
차츰 누그러들었다. 그의 체취는 매우 좋고 무척 친숙했다.
내 몸에 닿은 그의 몸이 더할 수 없이 좋았다. 내 젖꼭지가 나
를 배신하고 꼿꼿이 일어서면서 내 중심부로 뜨거운 흥분이
조금씩 모여들었다. 가슴속에서 심장이 쿵쾅거렸다.

　젠장, 나는 그를 원하고 있었다. 그리고 그 갈망은 꺼진 적
이 없었다. 단 1분도.

　그가 나를 끌고 데려갔다. 그에게 꼼짝없이 붙잡힌 나는 숨
쉬기가 힘들고 머리가 핑 돌기 시작했다. 그가 나를 데리고 나
가며 발로 문을 걷어차 닫을 때, 나는 기어들어가는 목소리로
반항하는 것 말고는 아무것도 못했다.

　어느 순간 정신을 차리고 보니, 나는 어느 장서실 뒤편 육
중한 유리문에 몸이 눌려 있었고 기데온의 단단하고 힘센 몸
이 내 몸을 꼼짝 못하게 붙잡고 있었다. 내 허리를 잡은 그의
팔이 쓱 미끄러지더니 내 치마 밑을 파고들어 맨살의 엉덩이
에 닿았다. 그는 내 엉덩이를 비틀며 자기 남성 쪽으로 이끌었
다. 그러고는 자신이 얼마나 딱딱하게 섰는지, 얼마나 흥분해
있는지 느끼게 해주었다. 내 안의 깊은 그곳이 파르르 떨렸다.
갈망에 목이 타서, 채워지지 못하는 것에 아프도록 괴로워서.

싸울 의지가 모두 사라져버렸다. 나는 팔을 옆으로 떨어뜨리며 손바닥을 유리에 딱 붙였다. 내가 항복하며 잠잠해지자 그의 몸에서 초조해하던 긴장감이 빠져 나가는 것이 느껴졌다. 입을 꾹 눌러오던 압박이 누그러들면서 그의 키스는 열정적인 유혹으로 바뀌었다.

"에바, 나와 싸우려 하지 마. 내가 견딜 수가 없어."

그가 쉰 목소리로 나직이 말했다.

나는 눈을 감았다.

"놔줘요, 기데온."

그가 볼을 마주 대고 비비자 내 귀로 거칠고 숨찬 그의 숨결이 닿았다.

"안 돼. 당신이 혐오스러워하고 있는 거 알아. 그날 밤에 그걸……. 내가 내 손으로 그 짓을 하는 걸 보고."

"기데온, 그런 거 아니에요!"

젠장. 그는 그것 때문에 내가 자기를 떠났다고 생각한 모양이었다.

"그런 이유 때문이 아니……."

"당신 없이는 내가 미칠 것 같아."

그가 입술을 내 목으로 미끄러뜨려 내려오며 혀로 펄떡거리는 맥박을 어루만져주었다. 곧이어 내 피부를 빨아줄 때는 쾌감이 온몸으로 퍼졌다.

"도저히 생각을 할 수가 없어. 일도 못 하겠고 잠도 못 자겠어. 당신이 그리워 몸마저 아플 지경이야. 당신이 나를 다시 원하도록 내가 잘해볼 테니 기회를 줘."

눈물이 주르륵 미끄러지며 얼굴을 타고 흘러내렸다. 흘러내린 눈물이 봉긋한 내 가슴으로 튀자 그가 그 눈물을 흔적도 없이 핥아주었다.

"당신을 원하는 마음을 한순간도 멈춘 적이 없어요. 멈출 수가 없어요. 하지만 당신은 나에게 상처를 줘요, 기데온. 다른 사람이 아닌 당신만이 줄 수 있는 그런 상처를요."

내가 속삭였다.

그가 경직되고 당황스러운 눈빛으로 내 얼굴을 쳐다봤다.

"내가 당신에게 상처를 준다고? 어떻게?"

"당신은 나에게 거짓말을 했어요. 나를 밀어냈어요."

그에게 이 문제만큼은 확실히 이해시키고 넘어가야 한다는 생각에, 나는 그의 얼굴을 감싸며 말을 이었다.

"당신의 과거는 나를 밀어낼 힘이 없어요. 당신만이 그럴 수 있어요. 그런데 당신이 나를 그렇게 밀어냈던 거예요."

"어떻게 해야 할지 몰라서 그랬던 거야. 당신에게 절대로 그런 모습을 보이고 싶지 않았는데……."

"그게 문제예요, 기데온. 나는 당신을 알고 싶어요. 좋은 모습도 추한 모습도 다요. 그런데 당신은 나에게 당신을 다 보여주려 하질 않아요. 당신이 마음을 열지 않으면 우리는 언젠가 서로를 잃게 될 거고, 그렇게 되면 난 견딜 수가 없을 거예요.

지금도 간신히 견디고 있어요. 지난 나흘 동안 겨우겨우 버텨 왔어요. 그런 날이 또 일주일, 한 달로 늘어나면……, 난 지쳐서 당신을 포기하게 될지도 몰라요."

"당신에게 마음을 열게. 당신을 밀어내지 않을게, 에바. 나도 노력하고 있어. 하지만 내가 우리 사이를 망칠 때마다 당신은 도망부터 치잖아. 당신이 매번 그러니까 매순간 불안해서 못 견디겠다고. 내가 행동이나 말을 잘못하면 당신이 도망쳐 버릴까 봐."

그가 다시 나와 입술을 부드럽게 맞대며 가볍게 비볐다. 나는 그의 말에 반박하지 않았다. 내가 어떻게 그러겠는가? 그의 말이 맞는데.

"당신이 스스로 돌아오길 바라며 기다렸어."

그가 속삭였다.

"하지만 더 이상 당신과 떨어져 있는 걸 견딜 수가 없었어. 원하면 여기에서 데리고 나가줄게. 당신을 내 옆으로 돌아오게 할 수만 있다면 뭐든 다 할 테니, 얘기 좀 해."

심장이 두근거렸다.

"내가 돌아오길 기다렸다고요? 나는 그런 줄은……. 당신이 열쇠를 돌려보내서 난 우리가 끝난 줄 알았어요."

그가 뒤로 물러서며 험악하게 인상을 썼다.

"우리 사이는 절대 끝나지 않아, 에바."

그를 쳐다보자 상처가 벌어질 때의 고통처럼 가슴이 미어졌다. 상심과 고통에 휩싸인 그의 모습 때문에. 그리고 그 고통이 나 때문이라는 것을 알기에 더욱 그랬다.

나는 발끝으로 서서 내가 그의 볼에 남겨놓은 붉은 손자국에 입을 맞추며 두 손으로 그의 풍성하고 보드라운 머리카락을 움켜쥐었다.

기데온이 거칠고 가쁜 숨을 쉬며 무릎을 구부려 나와 눈을 맞추어주었다.

"당신이 원하면, 당신이 필요하다면 그것이 뭐든 다 할게. 뭐든 다. 날 다시 받아만 줘."

보통의 경우라면 그 정도의 절박한 욕구 앞에서 겁을 먹었을지도 모르지만, 나도 그에게 그만큼 뜨겁게 미쳐 있었다.

나는 떨고 있는 그를 달래주려 손으로 그의 가슴을 쓸어내리며 확고부동한 진실을 얘기했다.

"아무래도 우리는 끊임없이 서로를 슬프게 할 것 같아요. 나는 계속 당신을 이런 식으로 아프게 만들고 싶지 않아요. 지옥과 천당을 오가는 이 미친 상황도 계속 견딜 수는 없어요. 우리에겐 도움이 필요해요, 기데온. 우린 심각한 문제를 가진 사람들이에요."

"금요일에 피터센 박사님을 만났어. 박사님이 나를 환자로 받아주기로 했어. 그리고 당신만 동의한다면 우리 두 사람을 함께 치료해주겠다고 했고. 당신이 믿는 분이라면 나도 믿어보고 싶었거든."

"피터센 박사님이요?"

클랜시가 박사님 사무실에서 차를 뺄 때 검은색 벤틀리 SUV를 보고 잠깐 놀랐던 기억이 떠올랐다. 그때는 그냥 내 간절한 마음 때문에 잘못 본 거라고 마음을 다잡았었는데.

"당신, 내 뒤를 미행했군요."

그가 가슴을 부풀리며 크게 숨을 들이쉬더니 아니라고 부인하지는 않았다.

나는 입술을 깨물며 화를 참았다. 자신이 통제할 수 없는 뭔가에, 아니 누군가에게 그렇게 매달린다는 것이 그에게 얼마나 가혹한 일이었을지 상상이 되었다. 어쨌든 그 순간에 가장 관심을 가질 부분은 따로 있었다. 그에게 노력할 의지가 있다는 것과 그것이 단지 말에만 그친 게 아니라는 사실이었다. 그는 실제로 행동을 취했다.

"할 일이 많을 거예요, 기데온."

"일이라면 두렵지 않아."

그가 두 손으로 내 허벅지와 엉덩이를 훑으며 초조하게 나를 만지고 있었다. 마치 내 맨살을 애무하는 것이 그에게는 숨 쉬는 것만큼이나 절실한 일인 것처럼.

"내가 두려운 건 당신을 잃는 것뿐이야."

나는 그의 볼에 내 볼을 대고 꾹 눌렀다. 우리는 서로에게 이상적인 상대였다. 그의 손이 소유욕에 불타 내 몸을 더듬는 그 순간, 나는 얼었던 내 영혼이 녹아드는 것을 느꼈다. 이제

야 마침내 나의 가장 깊고 가장 은밀한 열망을 이해하고 채워
주는 남자의 여자가 되었다는 극도의 안도감이 밀려들었다.

"당신을 너무 원해."

그의 입이 내 뺨을 훑으며 목으로 내려갔다.

"당신 안으로 들어가고 싶어……."

"안 돼요. 맙소사. 여기에선 안 돼요."

하지만 내 저항은 내 귀에도 힘없게 들렸다. 나도 그를 원하
고 있었다. 어디에서든, 언제든, 어떤 식으로든…….

"꼭 여기여야 해."

그가 무릎을 꿇으며 속삭였다.

"꼭 지금이어야 해."

그가 살이 쓸려 얼얼하도록 내 레이스 팬티를 쫙 찢더니 치
마를 허리까지 밀어 올렸다. 깊숙한 다리 사이를 혀로 핥으며
비집고 들어와 고동치고 있는 내 클리토리스를 애무했다.

나는 숨을 헐떡이며 뒤로 물러나려 했지만 물러날 곳이 없
었다. 등 뒤에는 문이 막고 있었고, 앞에서는 기데온이 완강히
버티며 한 손으로 나를 꼼짝 못하게 붙잡고 있었다.

그는 그 불 같은 입으로 나를 열고 들어왔다. 그의 혀가 나
를 미치게 몰아가는 그곳에서부터 맹렬한 고동이 느껴져 나
는 머리를 유리에 쿵 부딪혔다. 나는 다리로 그의 등을 휘감으
며 그를 더 끌어당겼고 두 손으로 그의 머리를 꼭 붙잡은 채
로 그를 향해 몸을 흔들었다. 예민한 내 허벅지 안쪽이 그의

부드러운 머리카락에 따끔따끔 쓸리자 그것에 자극을 받아 주위 모든 것이 더 또렷하게 의식되었다.

우리는 기데온의 부모님 집에 와 있었다. 그것도 수십 명의 유명인이 참석한 파티가 한창 열리고 있는 곳에. 그 와중에 그는 무릎을 꿇은 채 굶주린 욕망에 거친 신음 소리를 내며 미끈미끈하고 얼얼한 내 깊숙한 곳을 핥고 빨고 있었다. 그는 나를 흥분시키는 요령을 알았다. 내가 뭘 좋아하고 원하는지를 알았다. 환상적인 오럴섹스 기교를 훨씬 넘어서서, 내 본능까지 이해하는 기술을 터득하고 있었다. 지독히 매력적이고 중독적이게도.

금기의 쾌감에 휩싸이며 몸이 떨리고 눈꺼풀이 무겁게 내려앉았다.

"기데온……, 당신은 나를 너무 흥분시켜요."

그의 혀가 꽉 조여진 내 몸의 입구를 핥고 또 핥으며 애를 태웠다. 나는 그의 애무에 자극받아 부끄러움도 잊은 채 그의 입 쪽으로 몸을 흔들었다. 그의 손이 내 엉덩이를 감싸고 주무르며 그의 혀로 끌어당겼다. 나를 탐욕스레 즐기는 그의 탐닉에서는 경의감마저 느껴졌다. 내 몸을 이해하는 듯한 느낌이, 내 몸에 즐거움을 주고 내 몸에서 즐거움을 취하는 것이 그에게는 혈관 속을 흐르는 피처럼 절대적으로 필요한 일이라는 것이 확실하게 느껴졌다.

"좋아요."

나는 오르가슴이 서서히 오는 것을 느끼며 헉헉댔다. 아까 먹은 샴페인과 기데온에게서 올라오는 뜨거운 체취에 취하고, 나 자신의 흥분에 취해 정신이 몽롱해졌다. 오르가슴에 임박하면서 끈 없는 브래지어 안에 갇힌 내 가슴은 점점 터질 듯 팽팽해지고 몸은 파르르 떨렸다.

그때 한쪽에서 누군가의 기척이 시선을 잡아끌었다. 순간 나는 몸이 얼어붙은 채로 막달레나와 눈이 딱 마주쳤다. 그녀는 문 바로 안쪽에서 걸음을 뚝 멈추고는 휘둥그레진 눈과 벌어진 입을 한 채 기데온의 까딱거리는 뒤통수를 빤히 쳐다봤다.

하지만 그는 둔한 것인지, 아니면 너무 열정에 빠져 관심이 없는 것인지 의식하지도 못했다. 그의 입술은 내 클리토리스를 애무하기에 바빴다. 뺨이 움푹 들어가도록. 리드미컬하게 빨아주던 그가 혀끝으로 나의 가장 예민한 그곳을 문지르며 자극해왔다. 온몸이 극도로 조여졌다가 풀어지면서 쾌감이 뜨겁게 분출되었다.

오르가슴이 뜨거운 파도처럼 온몸으로 퍼져나갔다. 나는 소리를 터뜨리며 모든 생각을 다 잊은 그의 입으로 엉덩이를 밀어 넣었다 뺐다 하면서, 우리 사이의 원초적 결합에 몰입해버렸다. 내 무릎에 힘이 풀리자 기데온은 나를 붙잡으며 마지막 전율이 사라질 때까지 내 떨리는 몸을 핥아주었다.

다시 눈을 떴을 때 우리의 관중은 도망치고 없었다.

기데온이 급히 일어서더니 나를 들어 안아 소파로 데려갔다. 그는 나를 소파 위에 길게 눕혀놓고는 내 엉덩이를 끌어 올려 팔걸이에 기대 앉혔다.

나는 그를 올려다보며 생각했다. 그냥 나를 엎드리게 해서 뒤에서 해도 될 텐데?

잠시 후 그가 지퍼를 쫙 열어젖히며 그 크고 멋진 페니스를 꺼내자 나는 그가 얼마나 오랫동안 나를 가지든 상관없을 것 같았다. 그가 내 안으로 밀고 들어오는 순간 끙 하는 신음 소리가 터졌다. 그토록 갈망하던 그 채워짐에, 놀랍도록 꽉 채워주는 그의 남성에 적응하느라 몸이 버둥거려졌다. 기데온은 내 엉덩이를 잡아당기며 강하게 찔러 들어오기 시작했다. 그 잔혹하도록 굵고 단단한 페니스로 내 부드러운 그곳을 계속해서 때렸다. 어둡고 소유욕에 불타는 눈빛으로, 내 안으로 끝까지 들어올 때마다 원초적 신음을 내쉬면서.

어느새 나는 그가 찌르고 들어오며 일으키는 그 마찰에 결코 충족될 수 없는 욕구가 분출되었다. 그에게, 오직 그에게만 의식을 잃을 만큼 먹히고 싶은 그런 욕구가.

몇 번을 찔러 들어온 후 그가 머리를 뒤로 푹 떨어뜨리더니 헐떡이며 내 이름을 부르며 나를 미치도록 자극했다.

"꽉 조여줘, 에바. 나를 꽉 조여줘."

내가 그 말대로 해주자 그가 관능적이기 그지없는 거친 신음을 토해냈고 그 감응으로 내 깊은 그곳이 파르르 떨렸다.

"젠장, 앤젤…… 바로 그렇게."

내가 그를 더욱 조이자 그가 흥분의 욕설을 터뜨렸다. 그의 시선이 나와 눈을 맞추었다. 그 멋진 푸른 눈이 성적 쾌감에 젖어 몽롱해져 있었다. 그의 탄탄한 몸이 발작같은 떨림에 휩싸여 몸부림치는가 싶더니 뒤이어 엑스터시의 순간에 내지르는 고통에 찬 신음 소리가 들려왔다. 그가 길고 강렬한 오르가슴에 이르며 내 몸 깊숙이 꽉 조여진 채로 뜨겁게 자신을 분출했다.

나에겐 다시 한 번 절정에 이를 시간이 없었지만 상관없었다. 그저 경외와 여자로서의 순전한 승리감에 젖어서 그를 지켜봤다. 내가 그를 이렇게 절정에 이르게 해냈다는.

그 오르가슴의 순간에 나는 그가 나를 가진 것처럼 그를 온전히 다 가졌다.

16

기데온은 내 몸 위에 자신을 포갠 채 머리카락으로 내 가슴을 간질이며 가슴을 들썩거렸다.

"젠장. 이렇게 하지 않고는 단 며칠도 견딜 수가 없어. 일하는 시간조차 너무 지루하기만 해."

나는 그의 머리카락에 손가락을 밀어 넣어 땀에 젖어 축축해진 모근을 쓸어주었다.

"나도 당신이 그리웠어요."

그가 내 가슴에 코를 비볐다.

"당신이 곁에 없으면 나는……. 더 이상은 도망가지 마, 에바. 내가 견딜 수가 없어."

그가 내 안에서 자신을 여전히 빼지 않은 자세 그대로, 나를 끌어당기며 내 하이힐이 나무 바닥에 닿을 때까지 앞쪽으로 일으켜 세웠다.

"나하고 당장 집으로 갑시다."

"캐리를 놔두고 갈 순 없어요."

"그럼 같이 끌고 가면 되지. 캐리가 이 파티에서 뭘 낚고 싶어 하든 간에, 그건 내가 해줄 수 있어. 여기에 있어봐야 아무것도 못 건진다고."

"캐리가 파티를 즐기고 있을지도 모르잖아요."

"나는 당신이 여기에 있는 게 싫어."

그가 갑자기 냉담해지면서 아주 절제된 어조로 말했다.

"당신의 그런 말에 내가 얼마나 상처받는지 알아요?"

나는 상처받은 아픔에 가슴이 메어 작게 훌쩍였다.

"뭐가 마음에 안 들어서 내가 당신 가족들과 있는 게 싫다는 건데요?"

"앤젤, 그런 게 아니야."

그가 나를 껴안고 등을 어루만져주며 달랬다.

"당신 때문이 아니야. 이 집이 문제지. 나는 이 집엔 안 와. 아니, 올 수가 없어. 내가 무슨 악몽에 시달리는지 알고 싶어? 바로 이 집 꿈이야."

걱정과 혼란스러움이 뒤섞이며 속이 울렁거려왔다.

"미안해요. 몰랐어요."

내 말소리에서 뭔가가 느껴져 마음이 움직인 듯, 그가 내 미간에 꾹 입을 맞추었다.

"오늘 내가 당신에게 좀 거칠게 굴었군. 미안해. 여기에 오면 신경이 예민하고 불안해지긴 하지만, 그래도 그건 당신에게 변명이 안 되지."

나는 그의 얼굴을 감싸고 그의 눈을 뚫어지게 쳐다봤다. 그가 습관처럼 숨겨왔던 감정이 엿보였다. 폭풍 같이 들끓는 그런 감정이.

"나에게 당신 모습 그대로를 보이는 것 때문이라면 사과하지 말아요. 그건 내가 원하는 거니까요. 난 당신의 안전한 안식처가 되고 싶어요, 기데온."

"당신은 나한테 그런 안식처야. 당신은 그걸 잘 모르겠지만 언젠가 느끼게 해주겠어."

그가 나와 이마를 맞대며 말을 이었다.

"함께 집으로 가. 당신 주려고 사놓은 선물이 있어."

"정말요? 나 선물 되게 좋아하는데."

자기중심적이고 로맨틱하지 못한 애인이 주는 선물이라면 특히 더 좋았다.

그가 조심스럽게 나에게서 몸을 떼기 시작했다. 순간 나는 깜짝 놀랐다. 내가 그렇게 많이 젖어 있었는지를, 그가 그렇게 사정을 많이 했다는 걸 그제야 느꼈다. 그의 페니스가 빠르게 쓱 미끄러져 나갔고 내 안쪽 허벅지는 그가 쏟아낸 것들로 번들번들했다.

"이런, 젠장. 엄청 뜨겁네. 또 서려고 하는군."

그가 신음하듯 말했다.

나는 보란 듯이 일어서는 그의 페니스를 빤히 보다가 흥분을 느꼈다.

"그렇게 사정을 하고도 그게 돼요?"

"안 될 거 없지."

그가 한 손으로 내 음부를 감싸더니 그 미끌미끌한 정액을 여기저기에 문질러 음모 쪽을 적시면서 다리 사이를 애무했다. 좋은 술을 마셨을 때 느껴지는 온기처럼 행복감이 온몸으로 퍼졌다. 기데온이 나와 내 몸에서 큰 기쁨을 얻고 있음을 깨닫게 되는 순간에만 느낄 수 있는 그런 만족감이었다.

"나는 당신 앞에서는 짐승이 돼버려. 당신에게 소유 표시를 해두고 싶어. 우리 사이에 아무런 틈이 없게 당신을 온전히 다 가지고 싶어."

그가 속삭였다.

방금 전 그가 내 안에 들어왔을 때 자극되었던 그 욕망이, 그의 속삭임과 애무로 다시 불붙어 올랐다. 나는 작은 원을 그리며 엉덩이를 돌리기 시작했다. 다시 한 번 오르가슴에 오르고 싶었다. 침대로 가기 전까지 도저히 기다릴 수 없을 것 같았다. 그의 앞에서는 육체적으로 아주 민감해져서 나도 모르게 색광이 되었다. 그리고 그가 절대로 육체적으로 나에게 상처를 주는 일은 없으리라고 굳게 자신하게 돼서……. 그래서 자유로워졌다.

나는 손가락을 그의 손목에 감으며 살며시 내 엉덩이로 끌고 왔다. 이로 그의 턱을 살짝 깨물며 그가 내 안에 불어넣어 준 용기를 끌어모아 속삭였다.

"손가락으로 여기도 해줘요. 여기에도 소유 표시 해줘요."

그의 몸이 굳어버리더니 가슴을 빠르게 들썩였다.

"안 돼."

그가 힘이 잔뜩 들어간 목소리로 말했다.

"난 애널 섹스는 안 해, 에바."

그의 눈을 들여다보는데 어쩐지 어둡고 불안한 눈빛이 읽혔다. 아주 고통스러워하는 눈빛이었다.

그리고 그보다 더 강렬히 읽히는 또 다른 뭔가가 있었다. 바로 우리에게 공통점이 있다는 그런 느낌.

욕망으로 원색적이고 격정적이던 감정이 애정이 깃든 따뜻하고 친밀한 감정으로 가라앉았다. 나는 가슴이 에이는 채로 고백했다.

"나도 싫어요. 적어도 자발적으로 응하지 않은 경우라면요."

"그런데……, 왜?"

당혹스러움이 묻어나는 그의 목소리를 듣자 감정이 격해졌다. 나는 그를 끌어안으며 그의 어깨에 볼을 꾹 눌렀다. 당황하여 살짝 쿵쾅거리는 그의 심장박동 소리가 들려왔다.

"당신의 손길이 닿으면 나단 오빠의 흔적이 지워질 것 같아서요."

"에바."

그가 뺨을 내 정수리에 꾹 눌렀다.

나는 그의 품 안으로 더 파고들었다.

"당신은 나에게 안전하단 느낌을 줘요."

우리는 그렇게 한참 동안 서로를 안고 있었다. 그의 심장박
동이 느려지며 호흡도 진정되어갔다. 나는 깊이 숨을 들이마셨
다. 그의 체취가 기분 좋게 내 안으로 밀려들었다. 격렬한 욕정
의 향취와 그보다 더 격렬한 섹스의 향취가 뒤섞여 있었다.

그의 가운뎃손가락 끝이 내 항문 주름 쪽으로 부드럽게 미
끄러져 왔을 때 나는 가만히 있다가 뒤로 몸을 빼며 그를 쳐
다봤다.

"기데온?"

"왜 나지?"

그가 부드럽게 물었다. 멋진 눈이 짙게 이글이글거렸다.

"당신은 내가 엉망인 걸 알잖아, 에바. 그 모습도 봤고…….
당신이 나를 깨웠던 그날 밤에 다 봤잖아, 젠장. 그런데 어떻
게 당신의 몸을 이런 식으로 나에게 믿고 내맡길 수 있지?"

"내 심장과 심장이 들려주는 말을 믿으니까요."

나는 그의 미간 사이 찡그린 주름을 펴주며 말을 이었다.

"당신은 내 몸을 온전히 회복시켜줄 수 있는 사람이에요,
기데온. 나는 당신만이 그렇게 해줄 수 있다고 믿어요."

그가 눈을 감으며 축축한 이마를 내게 맞댔다.

"세이프 워드 있어, 에바?"

나는 놀라서 몸을 뒤로 빼며 그의 얼굴을 유심히 쳐다봤다. 그룹 치료를 받을 때 몇 사람이 도미넌트와 서브미시브 관계에 대해 얘기한 적이 있었다. 서로 정반대 성향을 가진 사람끼리 만나서 속박과 굴욕적 행위를 통해, 쾌감과 고통을 느껴야만 그들의 병적인 욕구를 만족시킬 수 있다고 했다. 그런 라이프스타일을 행하는 사람들 사이에서 세이프 워드는 관계 중 모든 행위를 확실하게 '멈추기' 위해 정해놓는 일종의 신호였다. 하지만 세이프 워드가 나와 기데온 사이에 무슨 관계가 있다는 건지 어리둥절했다.

"당신은요?"

"난 필요 없어."

내 다리 사이를 살살 애무하는 그의 손가락의 머뭇거림이 줄어들었다. 그가 같은 질문을 반복했다.

"세이프 워드 있어?"

"없어요. 그런 게 필요한 적은 없었어요. 정상체위, 후배위, B.O.B.……. 뭐 이 정도가 내가 성생활에서 열중한 기교들이니까요."

그 말에 그의 심각하던 얼굴에 미소가 살짝 번졌다.

"다행이군. 안 그랬으면 내가 당신을 감당하지 못했을지 몰라."

그는 손가락 끝으로 여전히 나를 애무하며 어두운 갈망을 자극했다. 기데온은 나에게 그런 식으로 과거에 있었던 모든 일들을 잊게 해줄 수 있었다. 그에게는 성적으로 거부감이 생기지 않았고 주저함이나 두려움도 없었다. 그는 나에게 그런 느낌을 주는 사람이었다. 그 보답으로 그가 과거로부터 해방시켜준 내 몸을 주고 싶었다.

문 근처 큰 괘종시계가 울리며 시간을 알렸다.

"기데온, 시간이 많이 지났어요. 우리가 너무 오래 안 보이면 누가 우릴 찾으러 올 거예요."

그가 내 옷의 장미꽃 장식을 아주 지그시 눌렀다.

"정말로 누가 찾으러 올까 봐 신경 쓰여?"

그의 손길에 내 엉덩이가 휘어졌다. 기대감에 나는 다시 뜨겁게 달아올랐다.

"난 당신 말고는 아무것도 관심 없어요. 당신이 날 만지고 있을 때요."

그가 자유로운 다른 쪽 손을 올려 내 머리카락을 바짝 잡으며 내 머리를 움직이지 못하게 했다.

"애널 섹스를 즐긴 적 있었어? 뜻하지 않게든, 의도적이든."

"없어요."

"그런데도 나에게 이렇게 해달라고 할 만큼 나를 믿는군."

그가 내 이마에 키스하며 미끈미끈한 자신의 정액을 내 엉덩이로 가져가 묻혔다.

나는 그의 바지 허리끈을 붙잡으며 말리려 했다.

"그러지 않아도 돼요."

"아니, 해야 돼."

그의 목소리는 아주 단정적이었다.

"당신이 뭔가를 갈망한다면 내가 그 갈망을 채워주겠어. 에바, 당신이 무엇을 필요로 하든 내가 다 채워줄 거야. 어떤 대가를 치르더라도."

"고마워요, 기데온."

그가 계속해서 부드러운 손길로 내 엉덩이를 만지자 엉덩이가 자꾸만 들썩거려졌다.

"나도 당신이 필요로 하는 대로 되고 싶어요."

"나에게 뭐가 필요한지는 이미 말했잖아, 에바. 통제력."

그가 입술을 벌리며 내 입술을 이리저리 가볍게 스쳤다.

"당신은 지금 나에게 당신을 아픈 상처로 되돌아가게 해달라고 부탁하고 있어. 그게 당신에게 필요한 것이라면 나는 그렇게 해줄 거야. 하지만 우리는 아주 신중해야 해."

"알아요."

"신뢰란 당신에게나 나에게나 힘든 문제야. 우리 사이에 신뢰가 깨지면 모든 것을 잃을 수도 있어. 힘이 연상되는 단어를 생각해봐. 당신의 세이프 워드, 앤젤. 골라봐."

한 손가락으로 압박해오는 그의 손길이 더 강해졌다. 나는 신음 소리를 내며 말했다.

"크로스파이어요."

"흠……. 맘에 드는데."

그의 혀가 내 입을 파고들며 내 혀에 닿을락 말락 다가왔다
가 물러났다. 그의 손가락은 내 엉덩이의 깊숙한 곳 가장자리
를 반복적으로 돌고 또 돌면서 그의 미끈미끈한 것을 주름진
구멍 안으로 밀어 넣고 있었다. 그 손길에 반응해 내 엉덩이
안쪽이 수축되며 더 해달라는 무언의 간청을 보내자 그의 입
에서 낮은 신음 소리가 터져 나왔다.

뒤이어 그가 깊은 곳을 압박해오자 나는 엉덩이를 바깥쪽
으로 밀었고, 그 순간 그가 손가락을 내 안으로 쓱 밀어 넣었
다. 뚫고 들어올 때 느낌은 움찔 놀랄 만큼 강렬했다.

예전에 그랬던 것처럼, 굴복의 압박이 내 몸을 짓눌렀다.

"괜찮아? 그만 할까?"

내가 그에게 기대 축 늘어지자 그가 거친 목소리로 물었다.

"아니……, 계속 해줘요."

그가 조금 더 깊이 손가락을 밀어 넣었고 나는 그곳을 꽉
조였다. 민감한 피부조직으로 뭔가가 미끄러져 들어오는 느낌
에 대한 어쩔 수 없는 반응이었다.

"포근하고 타는 듯 뜨거워. 그리고 정말 부드럽군. 아프지
않아?"

"안 아파요. 제발, 계속 해줘요."

기데온이 손가락을 끝까지 뺐다가 다시 손가락 마디까지 천
천히, 살살 밀어 넣었다. 나는 쾌감에 몸을 떨며, 그 느낌이 매
우 좋아 깜짝 놀랐다. 꽉 채워지고픈 애타는 둔부의 그 느낌

이 정말 좋았다.

"어때?"

그가 쉰 목소리로 물었다.

"좋아요. 당신이 해주는 건 뭐든 다 기분이 좋아요."

그가 손가락을 뺐다가 또다시 깊게 쓱 넣었다. 나는 그가 하기 편하도록 엉덩이를 뒤로 밀며 그의 가슴에 내 가슴을 밀착시켰다. 내 머리를 움켜쥔 그의 손이 꽉 쥐어지더니 내 머리를 뒤로 젖히며 입술에 진하고 끈적끈적한 키스를 했다. 우리의 벌어진 입이 서로의 입술을 훑었고, 내 흥분이 고조될수록 우리는 더욱 격정적으로 치달았다. 그 어두운 곳, 쾌감의 정점을 부드러운 리듬으로 찔러주는 기데온의 손가락을 느끼며 나는 엉덩이를 뒤쪽으로 움직여 안으로 들어오는 그 손가락을 맞았다.

"당신은 정말 아름다워. 당신을 기분 좋게 해줄 때마다 미쳐버리도록 좋아. 당신의 몸에 오르가슴이 퍼지는 것을 보는 게 정말 좋아."

그가 이루 말할 수 없이 부드러운 목소리로 속삭였다.

"기데온."

나는 그의 품에 안겨 있다는 기쁨과 그에게 사랑받고 있다는 기쁨에 겨워 정신을 잃을 지경이었다. 단 나흘만으로도 나는 절절히 느꼈다. 우리가 화해를 하지 못했다면 내가 얼마나 불행했을지를. 그가 없는 세상이 얼마나 따분하고 시시했을지를.

"나에겐 당신이 필요해요."

"알아."

그는 머리가 핑 돌도록 내 입술을 짜릿하게 핥아주었다.

"당신의 그곳이 떨리면서 꽉 조이고 있어. 나를 위해 다시 한 번 오르가슴을 느껴줘."

나는 떨리는 두 손을 우리의 몸 사이로 뻗어 그의 페니스를 잡았다. 딱딱하게 서 있었다. 나는 치맛단을 들어 올려 흠뻑 젖은 내 안으로 그를 삽입시켰다. 서 있는 자세였기 때문에 조금밖에 들어오지 못했지만 그 정도만으로도 충분했다. 나는 무릎에 힘이 풀려서 팔로 그의 어깨를 안으며 얼굴을 그의 목에 파묻었다. 그가 내 머리를 잡고 있던 손을 풀어 내 등을 꽉 잡으며 나를 더 바짝 안았다.

"에바, 그거 알아? 당신이 나에게 뭘 해주는지?"

뒤를 찔러 들어오는 손가락의 템포가 더 빨라졌다. 그의 페니스가 내 민감한 그곳을 기분 좋게 문질러주었다.

"당신은 갈망에 목이 타 사랑스럽게 꽉 조이며 나를 빨아들이고 있어. 당신을 위해 절정에 오르게 해줘. 당신이 오르가슴에 이르면, 나도 오르가슴에 이를 거야."

내 목구멍에서 나도 모르게 신음 소리가 흘러나오는 것이 어렴풋이 느껴졌다. 내 감각은 기데온의 체취와 그의 탄탄한 몸에서 발산되는 열기에 취해버렸다. 내 안을 문질러주는 그의 남성과 내 엉덩이 안쪽 그곳을 찔러주는 손가락이 주는 그 느낌에 흠뻑 마비되어버렸다. 그는 나를 포위하고 가득 채워 희열로 몸서리치게 만들었고, 결국 나를 완전히 소유해버렸다. 절정이 강렬히 치달아 오르며 온몸이 두근두근 울리고 내 중심이 흥건히 젖어왔다. 그것은 단순한 육체적 쾌감만이 아니었다. 그가 나를 위해 또다시 위험을 기꺼이 감수했음을 느낌으로써 차오르는 흥분이기도 했다.

그가 손가락을 멈추었고 나는 보채는 신음을 냈다.

"쉿. 누가 오고 있어."

그가 속삭였다.

"어떡해요! 좀 아까 막달레나가 여길 지나가다가 우릴 봤어요. 그 여자가 가서 말을 했으면……."

"그대로 있어."

기데온이 나를 놓아주지 않았다. 그는 앞과 뒤에서 나를 채운 채 그 자세 그대로 서서 한 손으로 내 등뼈를 쓰다듬어 내리며 내 드레스 자락을 아래로 펴주었다.

"이렇게 치마를 내리면 안 보이니까 괜찮아."

입구 쪽으로 등을 돌린 채 나는 화끈거리는 얼굴을 그의 셔츠에 꾹 묻었다.

문이 열렸다. 그리고 잠시 조용하더니 누군가의 말소리가 들렸다.

"괜찮은 거예요?"

크리스토퍼였다. 나는 난처해져서 고개를 돌릴 수도 없었다.

"당연히 괜찮지 그럼. 무슨 일인데?"

기데온이 절제된 침착함을 내보이며 유유히 말했다.

경악스럽게도 그는 그 와중에 손가락을 다시 넣었다 뺐다. 조금 전처럼 깊지는 않았지만 내 치마가 들썩거리지 않을 만큼 느리고 얕게. 이미 극도의 흥분에 올라 오르가슴의 직전까지 와 있었던 나는 그의 목에 손톱을 꾹 박아 넣고 말았다. 크리스토퍼가 그곳에 들어와 있다는 것 때문에 몸이 긴장되자, 도리어 흥분이 더 고조되었다.

"에바?"

크리스토퍼가 내 이름을 불렀다.

나는 침을 꿀꺽 삼켰다.

"네?"

"괜찮아요?"

기데온이 자세를 고쳐 서며 페니스를 내 안으로 밀어 넣더니 고동치는 내 클리토리스에 부딪쳐 왔다.

"네. 그냥……, 얘기 중이에요. 만찬에 대한 얘기요."

기데온의 손가락 끝이 그의 페니스와 그의 손가락 사이를 가르는 얇은 벽을 스치는 순간, 나는 눈을 감고 말았다. 그가 다시 내 클리토리스를 찔러온다면 절정에 이를 것 같았다. 나는 너무 흥분이 고조되어서 멈출 수가 없었다.

내 뺨에 닿은 기데온의 가슴이 가늘게 떨리는가 싶더니 그가 크리스토퍼에게 말을 했다.

"먼저 가 있으면 금방 끝내고 갈 테니까, 무슨 일로 온 건지 나 말해."

"엄마가 찾고 계셔."

"왜?"

기데온이 다시 몸을 움직였다. 내 클리토리스를 처음과 동시에 손가락을 엉덩이 깊숙이 빠르고 깊게 찔러 넣었다.

나는 절정에 이르렀다. 다음 순간, 입 밖으로 터져 나오려는 쾌감의 신음 소리에 질겁하며 기데온의 탄탄한 가슴에 이를 깊이 박았다. 그가 작게 신음을 내뱉으며 절정에 이르기 시작했다. 그의 페니스가 확 당겨지면서 내 안으로 뜨거운 액체가 흥건히 뿜어져 나왔다.

피가 솟구쳐 오르는 바람에 그 뒤에 오간 대화는 알아듣지도 못했다. 크리스토퍼가 뭐라고 말하고 기데온이 대답을 한 뒤에 문이 다시 닫혔다는 것밖에는. 내 몸이 들어 올려지더니 팔걸이에 기대어 앉혀졌다. 이어서 기데온이 벌어진 내 허벅지 사이로 찌르고 들어와 다 가시지 않은 오르가슴을 마무리하며 내 입에 대고 거친 신음을 토해냈다. 내 생애 가장 외설적이고 가장 관음증적인 섹스가 그렇게 끝났다.

그 뒤에 기데온은 내 손을 잡고 욕실로 데려가 수건에 살짝 비누를 묻혀 내 다리 사이를 닦아주고 나서 자기 페니스도 닦아냈다. 나를 신경써주는 그런 친밀한 배려가 기분 좋았다. 그것은 또 하나의 증거였다. 나에 대한 욕망이 원초적이라 해도, 내가 그에게 소중한 사람이라는 증거.

"더 이상 안 싸웠으면 좋겠어요."

세면대에 걸터앉아 있던 내가 나지막이 말했다.

그가 숨겨져 있던 세탁물 활송 장치 안에 수건을 던져 넣고 나서 지퍼를 다시 채웠다. 그런 다음 나에게 다가와 차가운 손가락으로 내 볼을 가볍게 쓸었다.

"그래, 싸우지 맙시다, 앤젤. 우리는 서로를 두렵게 하지 않는 법을 배워야 해."

"참 쉽게 말하네요."

내가 툴툴거렸다.

"쉽거나 어렵거나, 그런 건 중요하지 않아. 우리는 극복해낼 거야. 그래야만 하니까."

그가 헝클어진 머리를 가지런히 매만져주었다.

"그건 집에 가서 찬찬히 얘기합시다. 이제야 우리 문제의 핵심이 뭔지 알 것 같거든."

그의 그런 확신과 결의가 지난 며칠간 나를 괴롭혔던 불안감을 달래주었다. 나는 눈을 감고 긴장을 풀며 내 머리카락을 만지는 그의 손길을 즐겼다.

"당신 어머니는 내가 금발인 걸 보고 놀라시는 것 같던데요."

"그랬어?"

"우리 엄마도 놀라셨어요. 그러니까 내 말은 내가 금발인 것 때문이 아니라, 당신이 금발 머리 여자에게 관심을 가졌다는 것 때문예요."

"그래?"

"기데온!"

"음?"

그가 내 코에 입을 맞추며 두 손으로 내 팔을 쓸어내렸다.

"당신 원래 나 같은 타입의 여자는 별로 안 좋아하죠, 맞죠?"

그가 한쪽 눈썹을 치켜들었다.

"내가 좋아하는 타입은 딱 하나야. 에바 로렌 트라멜. 그게 다야."

나는 눈알을 굴렸다.

"어쨌거나, 됐어요."

"그게 뭐가 중요해? 지금 내 옆에 있는 여자는 당신인데."

"누가 중요하대요? 그냥 궁금해서 그런 거지. 사람들은 보통 자기 이상형에서 벗어나지 않잖아요."

그가 내 다리 사이로 들어와 서며 두 팔로 내 엉덩이를 감쌌다.

"내가 당신에게 맞는 타입이라 다행이군."

"기데온, 당신은 어떤 타입도 아니에요."

내가 느릿느릿 말했다.

"당신은 그 자체로 최고예요."

그 말에 그의 눈이 반짝반짝 빛났다.

"지금도 그런가, 음?"

"당신도 그렇다는 거 알잖아요. 그래서 어서 여기에서 나가야 해요. 다시 정신을 잃고 또 시작하기 전에요."

그가 나와 볼을 꾹 맞대며 속삭였다.

"언제나 살이 간질거릴 만큼 흥분해서 이성을 잃게 하는 사람은 당신뿐이야. 내가 원하고 필요한 바로 그런 모습으로 내 곁에 와줘서 고마워."

"기데온."

나는 두 팔과 다리를 그의 몸에 두르며 있는 힘껏 꼭 그를 끌어안았다.

"당신 나 때문에 여기에 온 거죠, 그렇죠? 당신이 싫어하는 이곳에서 나를 데려가려고요."

"당신을 위해서라면 나는 지옥이라도 걸어 들어갈 거야, 에바. 그리고 여긴 나에겐 거의 지옥과 같은 곳이고."

그가 거칠게 숨을 내쉬었다.

"당신이 여기에 온다는 걸 알았을 때 당신 아파트로 가서 못 가게 끌고 오려고 했어. 크리스토퍼와 가까이 지내면 안 돼."

"왜 자꾸 그런 말을 하는 거예요? 정말 좋은 사람 같던데."

기데온이 뒤로 물러서며 손가락으로 내 머리를 빗어주었다. 그러고는 격렬히 타오르는 눈빛으로 내 눈을 똑바로 쳐다보았다.

"크리스토퍼는 형제 간의 경쟁심이 지나칠 만큼 심하고 정서가 불안정해서 위험한 녀석이야. 당신에게 접근하는 것도 당신을 이용해 나에게 상처를 주려는 거야. 내 말을 믿어."

기데온이 동생의 의도를 왜 그렇게 의심하는지 의아했다. 하지만 분명히 그럴 만한 이유가 있을 것 같았다. 그가 나에게 그 내막을 완전히 털어놓지는 않고 있지만, 괜히 그럴 리가 없었다.

"믿어요. 당연히 믿어야죠. 이제 가까이하지 않을게요."

"고마워."

그가 내 허리를 붙잡아 들어 올리며 세면대에서 바닥으로 내려서게 해주었다.

"캐리를 데리고 어서 여기에서 떠나자."

나는 그에게 손이 잡힌 채로 밖으로 다시 나왔다. 너무 오래 자리를 비운 것 같아 기분이 거북했다. 벌써 태양이 지고 있었다. 게다가 나는 팬티도 입고 있지 않았다. 내 찢어진 팬티는 기데온의 청바지 주머니에 쑤셔 박혀 있었다.

우리가 대형 천막으로 들어설 때 그가 나를 흘끗 쳐다보며 말했다.

"아까는 미처 말을 못했는데, 당신 오늘 정말 예뻐, 에바. 그 드레스 당신한테 무척 잘 어울려. 그 도발적인 빨간색 하이힐도."

"그렇담, 이렇게 입고 오길 잘했네요. 고마워요."

내가 어깨로 그의 어깨를 툭 쳤다.

"뭐가? 칭찬? 아니면 섹스?"

"쉿, 조용히 해요."

나는 얼굴을 붉혔다.

그가 귀에 감기는 부드러운 목소리로 웃는 바람에 그 소리를 들은 주위 모든 여자들이 고개를 돌려 쳐다봤다. 그중엔 남자들도 몇 명 섞여 있었다. 그가 잡은 손을 내 허리에 붙이며 나를 끌어당겨 쪽 소리가 나도록 키스했다.

"기데온!"

엘리자베스 비달이 눈을 반짝거리며 그 사랑스러운 얼굴에 활짝 웃음을 머금은 채 우리 쪽으로 다가왔다.

"네가 이렇게 와주다니 정말 좋다."

그녀가 기데온을 껴안으려고 했지만 기데온이 멈칫거렸다. 순식간에 그의 자세가 미묘하게 바뀌면서 어떤 보이지 않는 막이 내려앉는 느낌이었다. 주위로 눈에 보이지 않는 에너지장이 쳐진 것 같았다.

엘리자베스 비달은 갑자기 우뚝 멈춰 섰다.

"어머니."

그가 찬바람이 쌩쌩 돌도록 차갑게 어머니를 맞았다.

"제가 여기 온 거에 대해서라면 에바에게 고마워하세요. 에바를 데려가려고 온 거니까요."

"하지만 에바가 파티에서 즐거운 시간을 보내고 있잖니. 안 그래요, 에바? 에바를 위해서라도 더 있다가 가렴."

엘리자베스가 애원하는 눈빛으로 나를 쳐다봤다.

나는 기데온에게 잡힌 손을 구부렸다. 당연히 나에겐 그가 더 중요했지만, 그래도 궁금한 건 어쩔 수 없었다. 어떤 사연이 있기에 아들을 사랑하는 어머니에게 그가 저렇게 차갑게 대하는 것인지. 그녀는 흠모하는 눈빛으로 자신을 꼭 닮은 아들의 얼굴을 굶주린 듯 구석구석 뜯어보고 있었다. 도대체 얼마나 오랜만에 아들을 보기에 저럴까?

그러다 다음 순간 또 다른 의혹이 불쑥 솟아났다.

혹시……, 그녀가 자신의 아들을 너무 사랑하는 건 아닐까?

혐오감이 치밀며 등이 뻣뻣이 굳었다.

"에바를 끌어들이지 마세요."

기데온이 손가락으로 내 굳은 등을 문질러주며 말했다.

"원하던 소원 성취하셨잖아요. 에바를 만났으니까요."

"이번 주말에 두 사람 모두 만찬에 와주겠니?"

그는 한쪽 눈썹을 꿈틀하더니 아무 대답도 하지 않았다. 그런 후 나에게 따라오라는 눈빛을 보냈다. 그때 캐리가 눈에 들어왔다. 한쪽 팔에 아주 유명한 팝의 여왕을 낀 채로 빽빽한 나무 울타리 같은 곳에서 나오고 있었다. 기데온이 캐리에게 우리 쪽으로 오라는 제스처를 보냈다.

"캐리까지 데려가면 안 돼! 캐리가 파티 분위기를 살려주고 있는데."

엘리자베스가 말리고 나섰다.

"제 생각엔 어머니가 개인적으로 캐리가 마음에 들어서 그러시는 것 같은데요."

기데온이 이를 드러내며 말했다. 미소를 짓는 것이라고 보기엔 너무나 날카로운 표정이었다.

"캐리가 에바의 친구라는 걸 잊지 마세요, 어머니. 에바의 친구면 제 친구이기도 해요."

캐리가 우리 옆으로 다가오자 나는 그의 느긋함에 덩달아 긴장이 풀렸다.

캐리가 나에게 말했다.

"안 그래도 널 찾고 있었는데. 괜찮으면 집에 가자고 하려고. 기다리던 전화를 받았거든."

반짝반짝 빛나는 그의 눈을 보니 알 만했다. 트레이가 전화를 한 모양이었다.

"그래, 우리도 가려던 중이었어."

캐리와 나는 한 바퀴 빙 돌며 작별 인사와 감사 인사를 했다. 기데온은 나를 자기 여자라고 표시하듯 여전히 옆에 그림자처럼 딱 붙어 있었다. 표정은 침착했지만 눈에 띄게 굳어 있었다.

우리 셋이 바깥쪽으로 걸어갈 때 한쪽 옆에 떨어져서 기데온을 빤히 보고 있는 아일랜드가 눈에 들어왔다. 나는 걸음을 멈추고 그를 올려다봤다.

"동생한테 가서 인사하고 와요."

"음?"

"당신 왼쪽에 동생이 서 있어요."

나는 일부러 오른쪽을 쳐다보며 말했다. 큰오빠를 우상처럼 흠모하는 그 어린 소녀에게, 내가 기데온에게 알려줬다는 눈치를 내보이지 않으려는 배려였다.

그는 아일랜드에게 퉁명스레 손을 흔들어 보였다. 그녀는 예쁘장한 얼굴에 습관처럼 굳어진 그 반항기 어린 따분한 표정을 지은 채 느릿느릿 걸으며 꾸물거렸다. 나는 저 나이 때의 내가 너무도 잘 기억나서 캐리와 마주 보며 고개를 설레설레 저었다.

나는 기데온의 손목을 꽉 쥐었다.

"내 말 들어요. 동생한테 이렇게 왔는데 밀린 얘기도 못 하고 가서 미안하다고 말하고 원하면 언제 한번 전화하라고 해요."

기데온이 나에게 짓궂은 눈빛을 던졌다.

"무슨 밀린 얘기?"

내가 그의 팔뚝을 문지르며 말했다.

"말할 기회만 주면 얘긴 동생이 알아서 다 할 거예요."

그가 얼굴을 찡그렸다.

"쟨 말 많은 십 대야. 내가 왜 귀 아프게 그 수다를 들어줘야 해?"

나는 발끝으로 서서 그의 귀에 대고 속삭였다.

"나도 당신에게 그런 기회를 빚질 거니까요."

"당신 뭔가 꿍꿍이가 있군."

그가 잠시 경계하는 눈빛으로 쳐다보더니 거친 소리를 내며 내 입술에 꾹 입을 맞추었다.

"그럼 자세한 얘긴 나중에 하고 일단 그 기회는 한 번 이상 인 걸로 하지. 정확히 몇 번이 될지는 나중에 정하고."

나는 고개를 끄덕였다. 캐리가 발뒤꿈치로 서서 몸을 뒤로 젖히더니 집게손가락을 다른 쪽 집게손가락으로 휘감으며, 기 데온이 나에게 꽉 잡혔다는 신호를 보냈다.

솔직히, 그래야 공평했다. 내 심장은 그에게 꽉 잡혀 있었으 니까.

기데온이 주차 담당 직원에게 벤틀리 SUV의 키를 받아 들 어서 나는 깜짝 놀랐다.

"당신이 운전해서 왔어요? 앙구스는요?"

"쉬는 날이야."

그가 내 관자놀이에 코를 비비며 말을 이었다.

"당신이 보고 싶은데 내가 운전해야지 어쩌겠어, 에바."

내가 조수석에 오르자 그가 문을 닫아주었다. 안전벨트를 매면서 보니 그가 보닛 옆에서 잠깐 멈춰 서서 번드르르한 검 은색 메르세데스 벤츠 세단 옆에서 대기 중인 검은색 옷차림

113

의 남자 두 명과 눈을 맞추었다. 두 남자가 고개를 끄덕이며 벤츠에 올라탔다. 기데온이 비달 가 진입로로 차를 빼자 그들이 바로 우리 뒤를 따라왔다.

"경호원들이에요?"

내가 물었다.

"맞아. 당신이 여기에 있다는 걸 알고 내가 차를 너무 빨리 모는 바람에 잠깐 내 뒤를 놓치기도 했지."

캐리는 클랜시의 차를 타고 집으로 돌아갔고, 기데온과 나는 곧장 그의 펜트하우스로 향했다.

기데온이 운전하는 모습을 보는 것도 묘하게 흥분을 불러왔다. 그가 운전하는 방식은 다른 모든 것을 다룰 때와 똑같았다. 자신감 넘치고 공격적이며 능숙한 통제력을 발휘했다. 그는 속도를 냈지만 무모하지는 않게 차를 몰면서, 곡선로와 직선로들이 이어진 경치 좋은 길을 거뜬히 누비며 도시로 돌아왔다. 맨해튼에 다 와서 교통정체를 만나기 전까지는 차도 거의 막히지 않았다.

그의 아파트에 도착해서 우리는 곧장 침실에 딸린 욕실로 들어가 샤워를 하려고 옷을 벗었다. 기데온은 나를 만지는 걸 멈출 수 없다는 듯 머리에서부터 발끝까지 씻겨주고 나서 수건으로 닦아도 주고 이니셜이 수놓인 청록색 기모노 소매의 새 가운을 걸쳐주었다. 그리고 마지막으로 서랍에서 비슷한 색의 실크 바지를 꺼냈다.

"팬티는 안 줘요?"

섹시한 속옷이 들어 있는 내 서랍이 생각나서 물었다.

"당연하지. 주방에 가면 벽에 전화기가 있을 거야. 1번 단축 번호를 눌러서 전화 받는 남자에게 '피터 루거'에서 내가 평상시에 먹는 걸로 2인분 사다 달라고 해."

"알았어요."

거실로 나가 전화를 걸고 다시 방으로 들어왔을 땐 기데온은 보이지 않았다. 그는 서재에 있었다. 전에 왔을 때 들어가 보지 못했던 방이었다.

처음엔 방 안을 제대로 보지 못했다. 불빛이라곤 그림을 비추는 벽에 딸린 각진 조명불 하나와 반질반질한 나무 책상 위 스탠드뿐이었기 때문이다. 물론 내 눈의 관심이 그에게 쏠려 있기도 해서였지만.

큼지막한 검은색 가죽 의자에 쭉 누워 있는 그의 모습은 감탄이 나올 만큼 관능적이었다. 두 손으로 술이 담긴 튤립형 잔을 감싸 데우고 있었는데, 멋지게 불거진 팔뚝의 알통도, 그 탄탄한 복근도 내 온몸을 흥분시키기에 충분했다.

그의 시선이 조명불이 비추고 있는 벽에 머물러 있어서 나도 그쪽으로 관심이 쏠렸다. 그런데 벽에 걸린 작품을 보는 순간 깜짝 놀랐다. 그것은 그와 나의 사진들을 모아 확대해서 붙여놓은 커다란 콜라주였다. 헬스클럽 밖 도로에서 키스하는 사진, 자선만찬에서 기자단 사이를 지나며 함께 찍힌 사진, 브라이언트 공원에서 말다툼 직후의 다정한 모습⋯⋯.

그 콜라주에서 압권은 중앙에 자리 잡은 사진이었다. 내가 그를 위해 촛불만을 밝혀둔 채 침대에서 자고 있었을 때 잠든 모습을 찍은 것이었다. 관음증적이긴 했지만 은밀함이 느껴지는 사진이었다. 찍힌 대상보다는 사진을 찍은 사람에 대해 더 많은 것을 말해주는 그런 사진.

그동안 그가 나와 같은 마음이었다는 그 증거 앞에서 나는 매우 큰 감동을 받았다.

기데온이 책상 모서리에 나를 위해 미리 따라놓은 잔을 가리키며 말했다.

"앉아."

나는 호기심을 품은 채 그가 시키는 대로 앉았다. 그에게서는 좀 전과는 다른 예리한 분위기가 풍겼다. 어떤 목적의식과 냉정한 결의, 그리고 날카로운 집중력이 느껴졌다.

기데온이 왜 저러는 걸까? 오늘 저녁엔 우리에게 또 무슨 일이 일어날까?

그런 초조함에 잠겨 있던 나는 잠시 뒤에 잔 옆에 세워진 작은 사진을 보고서야 마음을 놓았다. 내 책상 위에 있는 것과 아주 비슷한 그 액자 안에는 기데온과 내가 함께 있는 사진 세 장이 있었다.

"당신 사무실에 가져다 놓아줘."

그가 조용히 말했다.

"고마워요."

나는 며칠 만에 처음으로 행복을 느꼈다. 한 손으로 그 액자를 가슴에 꼭 안으며 다른 손으로는 잔을 들어올렸다. 그가 눈을 반짝거리면서 자리에 앉은 나를 유심히 쳐다봤다.

"내 책상 위 사진 속에서 당신은 하루 종일 나에게 키스를 날리고 있어. 당신도 나처럼 그렇게 내 생각을 하고 우리 생각을 해야 공평하지 않겠어?"

나는 심장이 콩닥거려서 훅, 숨을 내쉬었다.

"난 한순간도 당신에 대해서나 우리에 대해 잊은 적이 없는걸요."

"당신이 잊으려고 해도 내가 그렇게 놔두지 않을 거야."

기데온이 목젖을 움직이며 술 한 모금을 꿀꺽 삼켰다.

"우리가 첫 번째로 저지른 실수가 뭔지 이제는 알 것 같아. 그 실수 때문에 그 뒤로 우리 사이가 그렇게 꼬였던 거야."

"네?"

"당신도 아르마냑(프랑스산 브랜디-옮긴이) 한 모금 마셔, 앤젤. 마셔두는 게 좋을 거야."

나는 조심스럽게 한 모금 홀짝여봤다. 마시자마자 타는 듯한 느낌이 올라왔지만 맛은 괜찮았다. 나는 이번엔 더 크게 한 모금을 들이켰다.

기데온은 손바닥 사이에 잔을 끼고 돌리다가 한 모금 더 마시고 나서 나를 골똘히 쳐다봤다.

"어떤 게 더 뜨거웠는지 말해봐, 에바. 당신이 주도했던 리무진에서의 섹스? 아니면 내가 주도했던 호텔에서의 섹스?"

나는 그가 무슨 얘길 하려는 건지 잘 모르겠어서 초조함에 몸을 들썩였다.

"난 당신이 리무진에서의 그 일을 좋아하는 줄 알았어요. 그러니까, 그 일이 벌어지고 있는 동안에는 그랬다고요. 그 후가 아니라요."

"매우 좋았어."

그가 확신이 담긴 목소리로 나직이 말했다.

"붉은색 드레스를 입은 당신 모습, 당신 안에 들어온 내 느낌이 무척 좋다며 신음하던 그 소리는 내가 살아 숨 쉬는 한 계속 아른거릴 거야. 당신이 다시 내 위로 올라오고 싶어 한다면 난 두말없이 오케이야."

나는 뱃속이 조이며 어깨의 근육이 점점 굳어졌다.

"기데온, 좀 화가 나려고 하네요. 세이프 워드니 상위체위니 그런 얘기를 꺼내는 게……, 아무래도 내가 견딜 수 없는 쪽으로 대화가 이어지는 것 같은데요."

"당신은 지금 노예적 관계나 고통 같은 걸 생각하는데, 나는 합의하의 권한 교환을 말하려는 거야."

기데온이 나를 유심히 살피며 말을 이었다.

"브랜디 좀 더 줄까? 얼굴이 너무 창백해."

나는 다 비운 잔을 내려놓으며 말했다.

"그렇게 생각해요? 나한텐, 당신이 도미넌트라고 말하려는 것처럼 들리는데요."

"앤젤, 벌써 눈치챘군."

그가 입술에 부드럽고 섹시한 미소를 머금더니 말을 이었다.

"당신에게 서브미시브 성향이 있다는 얘기를 하려 했다는 걸 말이야."

17

나는 벌떡 일어났다.

"안 돼."

그가 묵직히 목소리를 깔며 말했다.

"도망갈 생각 마. 아직 얘기 안 끝났어."

"당신이 지금 하려는 얘기는 말도 안 되는 소리예요."

다른 누군가의 손아귀에 잡혀 꼼짝 못하는 일은, *안 된다고 말할 권리까지 잃는 그런 일은* 내게는 두 번 다시 있어서는 안 되는 일이었다.

"내가 어떤 일을 겪었는지 당신도 알잖아요. 난 당신만큼이나 지배력을 필요로 하는 사람이에요."

"앉아, 에바."

나는 내 말이 맞다는 것을 증명하기 위해 그의 말을 거부한 채 그대로 서 있었다. 그가 더 활짝 미소를 지으며 내 마음속을 녹였다.

"내가 당신한테 얼마나 미쳐 있는지 당신은 모를 거야."

그가 낮게 속삭였다.

"당신이 미친 건 맞는 것 같네요. 내가 이래라저래라 명령받는 것을, 그것도 특히 성적으로 명령받는 걸 견딜 수 있을 거라고 생각하다니 말이에요."

"좀 들어봐, 에바. 당신도 알잖아. 내가 당신을 때리고 난폭히 다룬다거나, 일부러 고통을 가한다거나, 모욕을 준다거나, 애완견처럼 이래라저래라 명령하려 할 그런 사람이 아닌 걸. 우리 둘 다 그런 욕구는 없어."

기데온이 허리를 똑바로 세우더니 책상에 팔꿈치를 괴며 몸을 앞으로 숙였다.

"당신은 내 인생에서 가장 소중해. 당신은 나에게 소중한 사람이야. 나는 당신을 보호해주고 싶고 당신에게 안전한 느낌을 주고 싶어. 그래서 이런 얘기를 꺼내는 거라고."

젠장. 어떻게 이 남자는 저렇게 말도 안 되는 얘기를 하는 순간에도 저렇게 멋져 보인담?

"난 지배당하고 싶은 마음 없어요!"

"당신에게 필요한 건 신뢰할 사람이야. 안 돼. 입 다물어, 에바. 내 얘기 끝날 때까지 기다리라고."

나는 뭐라고 반항하려 식식대다가 입을 다물었다.

"당신은 나에게 과거 당신에게 상처와 공포를 주었던 그 행위를 다시 일깨워달라고 부탁했어. 나는 당신이 나에게 갖는 믿음이 어떤 의미인지, 내가 그 믿음을 깨면 내게 어떤 일이 닥칠지 잘 모르겠어서 불안해. 잘못될까 봐 조마조마하다고, 에바. 그러니까 같이 이 문제를 제대로 풀어야 해."

내가 팔짱을 끼며 말했다.

"내가 바보 멍청이였나 보네요. 난 우리 섹스궁합이 환상적이라고 생각했는데."

기데온이 잔을 내려놓더니 내 얘기를 못 들은 것처럼 자기 할 말을 계속했다.

"오늘 당신은 당신에게 필요한 것을 채워달라고 부탁했고 나는 거기에 동의했어. 지금 우리에게 필요한 건……."

"내가 마음에 안 들면 그냥 솔직히 말해요!"

나는 후회할 만한 짓을 하게 될까 봐 사진 액자와 잔을 내려놓고 나서 말을 이었다.

"듣기 좋게 꾸미지 말고."

그가 책상을 돌아 나오는 것을 보고 나는 비틀비틀 뒤로 물러났지만 두 걸음도 떼기 전에 그가 나를 붙잡았다. 그의 입이 내 입을 막았고 그의 팔이 나를 꼼짝 못하게 옥죄었다. 그가 아까처럼 벽으로 나를 끌고 가 못 움직이게 밀어붙이더니 내 손목을 꽉 붙잡아 머리 위쪽으로 끌어올렸다.

내가 꼼짝없이 갇혀 아무것도 할 수 없는 그 순간, 그가 무릎을 구부리며 단단하게 발기된 자신의 페니스를 내 다리 사이에 문질렀다. 한 번, 두 번. 실크 가운이 쓸리면서 내 클리토리스가 부풀어 올랐다. 그가 이로 가운 아래 내 젖꼭지를 물었을 때는 온몸에 전율이 퍼지면서 그의 따뜻한 피부에서 풍기는 개운한 체취에 취하고 말았다. 나는 헉 하는 소리를 내며 그의 품 안으로 축 늘어졌다.

"내가 지배하려 할 때 당신이 얼마나 쉽게 복종하는지 알겠어?"

그가 입술로 내 눈썹을 훑으며 계속 말했다.

"그리고 기분도 좋잖아, 안 그래? 그건 잘못된 감정이 아니야."

"공평하지 않잖아요."

나는 나를 내려다보는 그를 째려봤다. 그에게 그렇게밖에는 할 수 없었다. 너무도 당황스럽고 혼란스러운 그 와중에도 나는 거부할 수 없이 그에게 끌리고 있었다.

"그래. 그 말도 맞아."

내 시선은 갈기 같은 그 멋진 새까만 머리카락과 깎아놓은 조각처럼 너무 잘난 얼굴을 떠돌았다. 갈망이 너무 강렬해서 고통스러울 지경이었다. 그 안에 감추어진 상처는 나에게 그를 더 사랑하게 만들었다. 가끔은 나 자신의 다른 반쪽을 그에게서 찾을 것 같은 기분이 들 때도 있었다.

"당신이 날 흥분시키면 난 어쩔 수가 없어요. 당신이 내 안에 그 큰 물건을 찔러 넣을 수 있게 내 몸이 생리적으로 온순

해지고 풀려버리는 걸 어떡해요."

내가 투덜투덜 말했다.

"에바. 우리 솔직해지자고. 당신은 내가 완전히 지배해주길 원해. 당신은 날 믿는 게 중요해. 내가 당신을 잘 돌봐줄 거라는 믿음. 그건 잘못된 게 아니야. 나에게는 그 반대의 믿음이 필요해. 당신이 그런 지배력을 포기할 만큼 날 믿어주는 거야."

그가 나에게 몸을 딱 밀착시킨 그 상태에서, 나는 몸이 얼얼하도록 그의 단단한 남성을 의식하는 것 외에는 아무런 생각도 할 수가 없었다.

"난 복종적이지 않아요."

"내가 무슨 말을 하는지 알면서 왜 이러는 거야. 기억을 되짚어 봐. 당신은 내내 나에게 굴복했잖아."

"당신이 잠자리 기교가 좋으니까요! 그리고 경험도 더 많고. 물론 나도 당신이 하고 싶은 대로 내버려뒀지만."

나는 입술이 떨려 아랫입술을 깨물었다가 다시 말했다.

"당신에게 내가 별 흥분을 주지 못한 것 같아 미안하네요."

"젠장, 에바. 내가 당신과 사랑을 나누는 걸 얼마나 즐기는지 알잖아. 당신하고 그걸 못하면 다른 건 아무것도 못한다고. 아무튼 우린 지금 내 성적 쾌감에 대해 얘기하자는 게 아니야."

"그럼 나에게 쾌감을 주는 게 무엇인지에 대한 얘긴가요? 그래요?"

"그래. 그런 것 같아."

그가 얼굴을 찌푸렸다.

"당신 마음이 상했군. 이럴 생각이 아니었는데, 빌어먹을. 난 이런 얘기가 우리에게 도움이 될 거라고 생각했어."

"기데온. 당신은 내 가슴을 찢어놓고 있어요."

눈이 따끔거리면서 눈물이 그렁그렁 맺혔다. 그는 가슴 아픈 표정을 지으며, 당혹감을 느끼는 나만큼이나 아파했다.

그가 내 손목을 풀어주며 뒤로 물러났다. 두 팔로 나를 들어 안더니 서재를 나가 어떤 닫힌 문 앞으로 나를 데려갔다.

"손잡이를 돌려봐."

그가 나직이 말했다.

문을 열고 들어가니 방 안에 촛불이 밝혀져 있었고 안에선 새로 칠한 페인트 냄새가 희미하게 풍기고 있었다. 나는 어떻게 된 영문인지 이해가 되지 않아 잠시 얼떨떨했다. 방금 전까지 기데온의 아파트였는데 지금 눈앞에는 내 침실이 펼쳐져 있었던 것이다.

"어떻게 된 거예요?"

나는 아직도 건물과 건물 사이를 순간이동한 듯한 느낌을 지우지 못한 채 물었다.

"당신……, 날 데리고 순간이동이라도 한 거예요?"

"그런 건 아니야."

그가 나를 내려놓으며 한 팔은 여전히 나에게 감고 있었다.

"당신이 잘 때 찍은 사진을 보고 똑같이 당신 방을 꾸민 거야."

"왜요?"

왜 그런 건지 이해할 수가 없었다. 혹시 악몽 꾸는 모습을 보여주지 않으려고?

그런 생각이 들자 가슴이 더 찢어졌다. 그 순간 기데온과의 사이가 더 벌어지는 기분이었다.

그가 두 손으로 내 젖은 머리를 쓸어주었지만 그 손길에 오히려 화가 더 치밀었다. 그의 손을 쳐내고 적어도 방 하나 거리만큼 떨어져 있고 싶었다. 아니, 방 두 개의 거리는 더 필요했다.

그가 부드럽게 말했다.

"도망가고 싶어서 못 견디겠거든 이 방에 들어와서 문을 닫아. 당신이 준비될 때까지 그냥 내버려두겠다고 약속할게. 이렇게 하면 당신에게는 안전한 공간이 생기는 셈이고, 나도 당신이 나를 버리고 떠났다는 생각이 들지 않을 테니까."

수많은 의문과 추측이 머릿속을 맴돌았지만 그중 한 가지가 불쑥 입 밖으로 튀어나왔다.

"그럼 잘 때 같은 침대를 쓰긴 하는 거예요?"

"당연히, 매일 밤 같이 자야지."

기데온이 입술을 내 이마에 가져다 댔다.

"당연한 건데 왜 그런 걸 묻지? 말해봐, 에바. 대체 그 예쁜 머릿속에서 무슨 생각을 하는 거야?"

"내 머릿속에 뭐가 있냐고요?"

내가 쏘아붙였다.

"그럼 당신 머릿속엔 대체 뭐가 들어 있는데요? 헤어졌던 그 나흘 동안 무슨 일이 있었던 거냐고요?"

그의 턱이 팽팽하게 굳었다.

"우린 헤어진 적 없어, 에바."

그때 다른 방에서 전화벨이 울렸다. 나는 작은 소리로 욕을 내뱉었다. 그와 같이 얘기하고 싶은 마음과 그가 저리 가버렸으면 좋겠다는 마음이 동시에 들어서 미칠 노릇이었다.

그가 내 어깨를 꽉 잡았다가 놓아주었다.

"저녁이 왔나 보네."

그가 방을 나갈 때 나는 따라가지 않았다. 기분이 너무 뒤숭숭해서 뭘 먹을 기분도 아니었다. 내 방에 있는 것과 똑같은 침대로 올라가 베개를 끌어안고 웅크리며 눈을 감았다. 기데온이 다시 돌아오는 소리는 듣지 못했지만 그가 침대 근처에서 멈춰서는 기척을 느꼈다.

"제발 나 혼자 먹게 하지 마."

그가 돌아볼 생각도 않는 내 등에 대고 말했다.

"그냥 같이 먹자고 명령을 하지 그래요?"

그가 한숨을 내쉬더니 침대 위로 올라와 뒤에서 나를 끌어안았다. 어느새 소름이 돋게 했던 한기가 사라지면서 그의 따뜻한 체온이 반가웠다. 그는 한참 동안 아무 말 없이 그렇게 꼭 붙어서 나에게 위안을 주었다. 아니면 그가 나에게서 위안을 얻었던 건지도.

"에바."

그의 손가락이 실크 가운 위로 내 팔을 어루만졌다.

"난 당신이 슬퍼하면 견딜 수가 없어. 얘기 좀 해봐."

"무슨 말을 해야 할지 모르겠어요. 이제야 우리 사이가 잘 풀리게 되었다고 생각했었는데."

나는 베개를 더 꽉 끌어안았다.

"그러지 마, 에바. 당신이 나에게서 떨어지려고 하면 내가 마음이 아파."

오히려 나는 그가 나를 밀어내는 것 같은 기분이었는데.

나는 돌아누우며 그를 똑바로 눕혔다. 그리고 그의 골반 위에 올라타 가운 자락을 헤치고 다리를 벌려 앉았다. 손바닥으로 그의 탄탄한 가슴을 쓸며 햇볕에 그을린 피부를 손톱으로 긁었다. 엉덩이를 올렸다 내렸다 하며 아무것도 걸치지 않은 내 다리 사이 그곳을 페니스에 대고 비벼댔다. 얇은 실크 바지 아래로 페니스의 윤곽과 힘줄이 그대로 느껴졌다. 그의 눈빛이 짙어지고 그 조각 같은 입이 가쁜 숨으로 벌어졌다. 그도 나의 축축하고 뜨거운 그곳을 느끼고 있었다.

나는 엉덩이를 흔들며 물었다.

"이러면 기분이 끔찍한가요? 그렇게 밑에 누워서 무슨 생각

을 하죠? 내가 주도하고 있어서, 내가 바라는 대로 해주지 않
겠다고 생각 중인가요?"

기데온이 내 허벅지에 손을 얹었다. 악의가 없는 그런 손길
마저도 지배적인 기운을 풍겼다.

좀 아까 그에게서 감지했던 예리함과 집중력이 퍼뜩 생각나
면서 뭔가가 느껴졌다. 그는 더 이상 의지를 억누르고 있지 않
았다.

그의 안에서 똘똘 휘감겨 말려 있던 격렬한 에너지가 이제
는 나를 향해 뜨겁게 폭발하고 있었다.

"내가 말했었지?"

그가 쉰 목소리로 말했다.

"당신을 갖기 위해선 뭐든 할 거라고."

"어쨌거나요. 아래에서 위로 올라오려는 속셈을 내가 모를
거라고 생각하지 말아요."

그는 미안해하기는커녕 즐거워하며 미소를 지었다.

나는 엉덩이를 밑으로 내리고 혀끝으로 그의 납작한 젖꼭
지를 핥으며 애를 태웠다. 전에 그가 나에게 했던 것처럼 그의
골반과 다리 위로 몸을 쭉 뻗어 그의 몸을 덮었다. 그리고 두
손을 그의 멋진 엉덩이 밑으로 찔러 넣어 탄탄한 엉덩이 살을
꽉 움켜쥐고 나에게 꼭 붙였다. 그의 굵직한 페니스가 내 배
에 밀착되자 그를 향한 강렬한 욕망이 되살아났다.

"쾌감으로 나에게 벌을 줄 생각인가?"

그가 나직이 물었다.

"당신은 그럴 수 있는 여자야. 나를 무릎 꿇릴 수 있는 여자라고, 에바."

나는 이마를 그의 가슴에 푹 박으며 큰 소리로 훅, 숨을 내쉬었다.

"그러고 싶어요."

"제발 그렇게 불안해하지 마. 우린 이 문제도, 그리고 다른 문제들도 다 극복해낼 거야."

내가 눈을 가늘게 뜨며 그를 쳐다봤다.

"어떻게 그렇게 확신해요? 그건 당신 생각일 뿐이에요."

"그것도 당신 생각일 뿐일지 모르잖아."

기데온이 자신의 아랫입술을 핥자, 내 중심부가 더욱 예민하게 반응하며 조여졌다.

그의 눈에는 아주 깊은 감정이 배어 있었다. 우리의 관계가 어떻게 되어가든 간에 한 가지는 확실했다. 우리가 서로에게 깊이 얽매어져 있다는 것.

그리고 나는 그것을 몸으로 증명해보이려 했다.

내 입이 그의 몸통을 훑자 기데온이 목을 뒤로 젖혔다.

"오, 에바."

"당신의 세계가 흔들리려 하고 있어요, 크로스 씨."

정말이었다. 나는 그렇게 확신했다.

나는 여자로서의 승리감에 도취된 채로 기데온의 식탁에 앉아 방금 전 그의 모습을 떠올렸다. 내가 탐스러운 그의 몸을 음미할 때 땀에 젖어 헐떡이며 욕을 내뱉던 그 모습을.

그가 보온기 덕분에 아직도 따뜻한 스테이크 한 입을 삼키며 침착하게 말했다.

"당신은 만족을 모르는 여자야."

"그래요, 네네. 당신은 멋지고 섹시하고 페니스가 아주 큰 남자고요."

"그렇게 인정해줘서 기쁘군. 덧붙이면 난 엄청 돈이 많기도 해."

나는 오천만 달러는 나갈 것이 분명한 아파트든 뭐든 다 관심 없다는 듯 한 손을 아무렇게나 휘저었다.

"그게 뭐요? 난 돈 같은 거에 관심 없어요."

"글쎄, 난 관심 있는데."

그가 입술을 말아 올리며 말했다.

나는 포크로 독일식 감자튀김 하나를 찍으며 피터 루거의 음식 맛이 거의 섹스 못지않게 끝내준다는 생각을 했다.

"당신이 돈 같은 건 아쉬울 게 없어서 일을 그만두고 내 성노예가 되어 알몸으로 빈둥거려준다면 모를까, 다른 경우라면 당신 돈에 관심 없어요."

"금전상의 여유라면, 그거야 나에겐 문제될 게 없지. 하지만 당신이 싫증나서 나를 걷어차면 그땐 어쩌지?"

그가 훈훈한 미소를 띠며 말을 이었다.

"이젠 당신 생각을 증명해보였다고 생각해?"

나는 음식을 좀 씹다가 말했다.

"다시 증명해줘야 해요?"

"당신은 아직도 흥분되어 있군. 내 생각이 맞다는 걸 증명해보일 수 있을 만큼."

"흠."

나는 와인을 마시며 잠깐 말을 끊었다.

"누가 맞는지 한번 해볼까요?"

그가 나를 흘끗 보더니 내가 지금껏 맛본 것 중 가장 부드러운 스테이크를 한 입 더 먹으며 아무렇지도 않은 표정으로 씹었다.

나는 불안하고 초조해서 숨을 깊이 들이쉬었다가 물었다.

"말해봐요. 우리 사이의 섹스가 불만족스러웠던 거예요?"

"말도 안 되는 소리 하지 마, 에바."

그런 게 아니라면 무엇 때문에 나흘간의 이별 후에 그가 이런 얘기를 꺼내는 것인지, 답답했다.

"아무래도 내가 당신이 원래 좋아하는 타입이 아닌 게 좀 문제인 것 같네요. 그리고 우리가 그 호텔에 있던 성인용품들을 써보지 않아서……."

"그만 해."

"뭐라고요?"

기데온이 포크와 나이프를 내려놓았다.

"당신이 스스로의 자존심을 망가뜨리는 그런 얘긴 듣고 싶지 않아."

"그런 얘기를 꺼낸 사람이 누군데요?"

"나에게 싸움을 거는 건 괜찮아, 에바. 하지만 그렇더라도 당신 자신을 속이진 마."

"누가……."

그가 눈을 부릅뜨는 바람에 나는 입을 다물었다. 그의 말이 맞았다. 나는 아직도 그를 원하고 있었다. 그가 내 위에 올라와 격정적 욕망에 불타는 채로 나와 그의 쾌감 모두를 완전히 지배해주길 원하고 있었다.

그는 몸을 밀어 식탁에서 물러나며 퉁명스레 말했다.

"잠깐 기다려봐."

잠시 후에 돌아온 그가 가죽으로 된 검은색 반지 상자를 내 접시 옆에 놓고는 다시 자기 자리에 앉았다. 상자를 보는 순간 나는 한 방 맞은 것처럼 정신이 아득해졌다. 처음엔 두려움에 몸이 얼음처럼 싸늘해졌다가, 바로 갈망이 이어지며 뜨겁게 달아올랐다.

무릎 위의 손이 덜덜 떨렸다. 손가락을 깍지 끼면서 보니 아예 온몸을 떨고 있었다. 나는 어쩔 줄 몰라 시선을 들어 기데온을 쳐다봤다.

손가락 끝으로 내 볼을 쓸어주는 그의 손길에 마음속의 떨리는 불안감이 한결 달래지면서 이제는 지독한 갈망만이 남게 되었다.

"그런 반지는 아니야. 아직은 아니야. 당신이 준비가 안 됐으니까."

그가 부드럽게 속삭였다.

왠지 맥이 빠졌지만, 곧 안도감이 밀려왔다. 솔직히, 너무 빨랐다. 우리 둘 다 아직은 준비가 되어 있지 않았다. 하지만 기데온에 대한 사랑이 얼마나 깊은지에 관한 문제라면, 이제 나는 그 답은 알고 있었다.

나는 고개를 끄덕였다.

"열어봐."

그가 말했다.

나는 조심스럽게 상자를 끌고 와서 엄지손가락으로 뚜껑을 열었다.

"오!"

가죽과 벨벳으로 된 그 검은색 상자 안에는 세상에 둘도 없을 독특한 디자인의 반지가 있었다. 다이아몬드들이 박힌 여러 겹의 로프가 X자로 꼬여 있는 반지였다.

"크로스(x)한테 구속당하는 족쇄인가요."

나는 그의 이름 기데온 크로스를 떠올리며 중얼거렸다.

"꼭 그렇진 않아. 그 로프들은 속박이 아니라 당신의 여러 가지 특징을 상징하는 거야. 하지만 X자가 당신에게 매달리고

있는 나인 건 맞아. 정말로 내가 당신에게 필사적으로 매달리
고 있으니까."

그가 와인을 다 비운 후에 잔을 다시 채웠다.

나는 멍해서 꼼짝도 못하고 가만히 앉아 모든 상황을 이해
하려 애썼다. 우리가 서로 떨어져 있었던 그 시간 동안 그가
했던 모든 일을 생각해봤다. 사진 액자, 반지, 피터센 박사님,
똑같은 침실 꾸미기, 누군가를 시켜 나를 미행하기. 내가 그를
떠났음에도 그의 머릿속에서는 나를 떠나보낸 적이 없다는 얘
기였다.

"당신은 나에게 열쇠를 돌려보냈어요."

나는 그때의 아픔을 아직도 잊지 못한 채 속삭였다.

그가 손을 뻗어 내 손 위에 포갰다.

"여러 이유로 그랬던 거야. 당신은 가운만 달랑 걸치고 열쇠
도 없이 떠나버렸어, 에바. 그때 캐리가 집에 있어서 문을 열
어주었으니 다행이었지 안 그랬다면 어땠을지, 생각만 해도
나는 견딜 수가 없어."

나는 그의 손등에 입을 맞춘 후 손을 놓아주고 반지 상자
의 뚜껑을 닫았다.

"정말 예뻐요, 기데온. 고마워요. 이 반지는 나에게 정말 소
중한 의미예요."

"그런데 안 낄 생각이군."

그가 질문이 아닌 단정적인 투로 말했다.

"오늘 밤에 당신과 그런 얘기를 한 뒤라 속박처럼 느껴져요."

잠시 시간이 흐른 후 그가 고개를 끄덕였다.

"그럴 만도 하겠네."

머리가 아프고 가슴이 에였다. 나흘 밤을 잠 못 이루고 뒤척였지만 그 시간도 도움이 되지 않았다. 나는 아직도 이해할 수가 없었다. 그가 나를 그렇게까지 필요로 하는 이유를. 나는 그를 절실히 필요로 했지만 그의 그런 마음은 이해가 되지 않았다. 그의 삶에서 나를 대신할 수 있는 여자들은 뉴욕에만도 수천 명이나 있지만 기데온 크로스는 단 한 명뿐이었다.

"내가 당신을 실망시킨 것 같아요. 기데온. 오늘 밤 당신과 그런 얘기들을 나누고 나니……, 이것이 파국의 시작인 것 같은 기분이 들어요."

그가 의자를 뒤로 밀고 일어나며 내 쪽으로 몸을 숙여 내 볼을 만졌다.

"그렇지 않아."

"피터센 박사님은 언제 만나요?"

"화요일에 혼자 갈 거야. 당신이 박사님과 얘기해서 커플 치료에 동의하면 목요일에는 함께 갈 수도 있고."

"일주일에 두 시간씩이에요. 매주요. 오고 가는 시간 빼고요. 그 정도면 큰 시간을 빼는 건데."

나는 손을 들어 올려 그의 뺨으로 내려온 머리카락을 뒤로 쓸어주며 말을 이었다.

"고마워요."

기데온이 내 손을 잡으며 손바닥에 입을 맞추었다.

"나에게 그건 희생이 아니야, 에바."

그는 잠자리에 들기 전 잠깐 일을 하기 위해 서재로 들어갔고, 나는 반지 상자를 가지고 침실에 딸린 욕실로 갔다. 이를 닦고 머리를 빗는 내내 반지 상자를 유심히 뜯어봤다.

내 피부 안에서 또 한 번 잔잔히 욕망이 들썩이는 게 느껴졌다. 그 날 하루 동안 이미 맛보았던 오르가슴의 횟수를 생각하면 또 그렇게 흥분이 된다는 것은 말도 안 됐다. 그것은 감정이 일으킨 욕망이었다. 기데온과 이어지고픈 마음과, 우리 사이에 별일 없을 것이라는 확신을 얻고픈 마음이 일으킨 욕망.

나는 손 안에 반지 상자를 움켜쥐고 침대로 가서 상자를 테이블 위에 올려놓았다. 잠을 푹 잔 후에 일어나자마자 가장 먼저 그 상자를 보고 싶었다.

한숨을 내쉬며 예쁜 새 가운을 침대 발치 받침대에 걸쳐놓고 침대 안으로 들어갔다. 그리고 한참을 뒤척이다가 잠이 들었다.

한밤중에 심장이 쿵쾅쿵쾅 빨라지고 숨이 차서 잠에서 깼다. 여기가 어디인지 혼란스러워 가만히 누워 있다가 잠시 후에야 기억이 났다. 정신이 들자 이번엔 기데온이 또 악몽을 꾼 건가 싶어 긴장이 되면서 귀가 팽팽하게 섰다. 내 옆에서 깊고 고른 숨을 내쉬며 조용히 누워 있는 그를 보자 안도의 한숨이 나왔다.

그는 몇 시에 침대로 들어온 걸까? 며칠을 떨어져 지낸 후라 괜한 걱정이 들었다. 그가 혼자 있고 싶어서 일부러 늦게 들어온 것이 아닌가 하는.

그런데 다음 순간 나는 깜짝 놀랐다. 내 몸이 흥분되어 있었다. 그것도 너무나 고통스러울 만큼.

가슴은 팽팽해지고 젖꼭지가 발딱 서 있었다. 중심부가 얼얼했고 다리 사이는 이미 젖어 있었다. 달빛이 비치는 어둠 속에 그렇게 누워서 나는 서서히 깨달았다. 내 몸이 욕망에 못 이겨 나를 깨웠음을. 내가 자다가 야한 꿈이라도 꾼 걸까? 아니면 기데온이 내 옆에 누워 있는 것만으로 그렇게 흥분이 일어난 걸까?

나는 팔꿈치를 괴고 몸을 일으키며 그를 쳐다보았다. 허리까지 덮인 이불 위로 그의 조각 같은 가슴과 팔뚝의 맨살이 그대로 드러나 있었다. 오른팔은 얼굴을 감싸고 흘러내린 까만 머리 위로 뻗어 있었고, 왼팔은 팔뚝의 두꺼운 힘줄이 튀어 나오도록 주먹을 꽉 쥔 상태로 이불 위에 얹어져 있었다. 그는 잠을 자고 쉬는 동안에도 강하고 힘이 넘쳐 보였다.

내 몸이 더 바짝 조여왔다. 소리 없이 뿜어 나오는 그의 강력한 의지에 끌리는 느낌이었다. 그가 잠들어 있는 상태에서 나에게 복종을 강요한다는 건 터무니없는 일이었지만, 그 느낌은 뭐랄까, 우리 사이에 보이지 않는 밧줄이 있어 그에게로 끌려 들어가는 그런 느낌이었다.

다리 사이가 욱신욱신 쑤시도록 울려서 나는 한 손으로 그 격한 고동을 꾹 누르며 통증이 가라앉길 바랐다. 하지만 통증은 가라앉기는커녕 더 심해졌다.

그대로 가만히 있을 수가 없었다. 따뜻한 우유에 아까 기데온이 주었던 브랜디를 섞어서 먹어볼까? 이불을 홱 젖히고 매트리스 가장자리로 다리를 미끄러뜨렸다. 그러다 달빛을 받아 어렴풋이 보이는 테이블 위 가죽 반지 상자에 시선이 쏠려 멈칫했다. 그 안의 반지를 떠올리니 욕망이 더 끓어올랐다. 그 순간, 기데온에게 속박당한다는 생각을 하자 내 안 가득 뜨거운 열망이 차올랐다.

섹스에 환장한 계집애. 나는 스스로를 자책했다.

함께 그룹 치료를 받던 어떤 여자애는 '주인'이 오로지 자신의 쾌감을 위해 그녀의 몸을 아무 때고 자기 마음대로 이용했다고 얘기했었다. 그 얘기에서 나는 성적 흥분을 느낀 적이 없었다. 적어도 그 상상 속에 기데온을 끼워넣기 전까지는……. 나는 그를 흥분시키는 것이 매우 좋았다. 그를 절정에 이르도록 만드는 게, 그냥 그게 정말 좋았다.

나는 손가락으로 그 작은 상자의 뚜껑을 훑다가 떨리는 숨을 내쉬며 상자를 집어 들어 열었다. 잠시 뒤, 나는 그 차가운 반지를 내 오른손 약지에 끼우고 있었다.

"마음에 들어, 에바?"

기데온의 목소리에 나는 그만 오싹해져 소름이 돋았다. 그때껏 들어본 그의 목소리 중 가장 저음에, 가장 거친 음성이었다. 그는 어느 샌가 잠에서 깨어 나를 지켜보고 있었다.

언제부터 깨어 있었던 걸까? 자는 동안 나에게 주파수라도 맞추어져 있었던 건가? 내가 그에게 그랬던 것처럼?

"정말 맘에 들어요." *사랑해요.*

나는 상자를 옆으로 내려놓고 일어나 앉는 그를 돌아봤다. 그의 눈이 반짝거렸다. 나를 더할 수 없이 흥분시키면서도 찌릿한 두려움을 일으키기도 하는 그런 눈빛이었다. 처음 만나던 날, 말 그대로 나를 엉덩방아를 찧게 만들었던 그 눈빛. 타는 듯 강렬하고 소유욕이 느껴지면서, 어둡고 불길한 분위기의 황홀감으로 가득했던 바로 그 노골적인 눈빛. 그 멋진 얼굴이 어둠 속에서 야성적으로 보였다. 그가 내 오른손을 들어 자기 입으로 가져가더니 반지에 입을 맞추었다.

나는 침대 위에서 무릎을 꿇으며 두 팔로 그의 목을 끌어안았다.

"날 가져요. 당신 마음대로요."

그가 내 엉덩이를 감싸 안으며 꽉 움켜쥐었다.

"그렇게 말하니까 기분이 어때?"

"당신이 나에게 가져다줄 오르가슴과 거의 비슷할 만큼

좋아요."

"오, 도전의지가 발동하는데."

그가 혀끝으로 내 입가를 감질나게 핥더니 키스를 할 것처럼 자극만 해놓고는 의도적으로 혀를 빼버렸다.

"기데온!"

"똑바로 누워, 앤젤. 그리고 두 손으로 베개를 꽉 잡아."

그의 입가에 짓궂은 미소가 지어졌다.

"어떤 이유로든 베개를 놓으면 안 돼. 알겠어?"

나는 침을 꿀꺽 삼키며 시키는 대로 했다. 너무 흥분이 됐다. 애타는 내 중심부에서 끊임없이 일어나는 경련만으로도 오르가슴에 이를 것처럼.

그가 이불을 침대 발치로 걷어찼다.

"다리 벌리고 무릎을 세워."

젖꼭지가 더 딱딱해지고 가슴에 격한 통증이 일어 숨이 헉하고 막혔다. 맙소사. 기데온은 지독하게 뜨거웠다. 나는 흥분으로 헐떡였고 기대감에 머리가 핑 돌았다. 다리 사이의 살이 갈망으로 파르르 떨렸다.

"오, 에바."

그가 집게손가락으로 미끌거리는 내 다리 사이를 훑으며 다정하게 소곤거렸다.

"나를 향한 갈망이 대단한데. 당신의 사랑스럽고 귀여운 여기를 만족시켜주느라 내가 온종일 바쁘군."

그 단단한 집게손가락이 다리 사이, 부풀어 오른 그곳을 가르며 내 안으로 밀고 들어왔다. 나는 그의 손가락을 꽉 조이며 절정 직전에 다다르는 것을 느꼈다. 그런데 그때 그가 손가락을 빼더니 손을 입으로 가져가 핥으며 내 맛을 음미했다. 나는 나도 모르게 엉덩이를 휘어 올리며 그에게로 몸을 바짝 죄었다.

"내가 이렇게 뜨거운 건 다 당신 잘못이에요. 당신이 며칠 동안 할 일을 게을리해서 그런 거니까요."

내가 헉헉거리며 말했다.

"그럼 내가 그 허비한 시간을 다 메워주지."

그가 엎드린 자세를 취하며 어깨를 내 허벅지 밑으로 집어넣었다. 그리고 혀끝으로 떨리고 있는 내 몸의 입구 가장자리를 빙 핥았다. 그렇게 몇 번을 돌고 또 돌았다. 내가 사정을 해도 클리토리스는 건드릴 생각도 안 하고 내 안으로 들어오려고도 하질 않았다.

"기데온, 제발."

"쉬. 먼저 당신을 준비시켜야 해."

"난 준비돼 있어요. 당신이 눈을 뜨기 전부터요."

"그럼 더 일찍 깨웠어야지. 난 당신이 필요로 하면 언제나 그 자리에 있는 사람이야, 에바. 그게 내가 사는 이유니까."

나는 고통에 겨워 우는 소리를 내며 애만 먹이는 그의 혀를 향해 엉덩이를 흔들었다. 그의 몸을 일부분이라도 느끼고 싶은 절실함으로 애액을 분비하며 혼자 달아올라 흠뻑 젖어 있을 그때에야 그가 내 위로 올라왔다. 내 벌어진 허벅지 사이로 들어와 내 양 팔뚝을 침대 위에 딱 붙였다.

그가 나와 시선을 맞췄다. 극도로 뜨겁고 돌처럼 딱딱한 그의 남성이 내 여성의 언저리에 밀착되었다. 어서 안으로 들어와 주길, 나는 숨 쉬는 것보다 더 간절히 원했다.

"어서요, 어서요."

내가 헉헉거리며 재촉했다.

그가 엉덩이를 한 번 능숙하게 움직이더니 내 몸이 침대 위까지 밀리도록 안으로 깊이 찌르고 들어왔다.

"오, 이런."

나는 나를 가진 그의 그 굵은 불기둥을 감싸며 희열에 들떠 부들부들 떨고 헐떡였다. 바로 이 느낌이었다. 서재에서 그와 이야기한 이후로 나에게 가장 필요했던 것. 저녁을 먹기 전 그의 몸 위로 올라타 그의 딱딱하게 발기된 페니스에 엉덩이를 찧으면서 내가 갈망했고, 그의 굵은 페니스를 문지르며 절정에 이르던 그 순간까지도 그렇게 절실히 원했던 바로 그것.

"아직 절정에 이르면 안 돼."

그가 내 귀에 대고 속삭이더니, 두 손으로 내 가슴을 감싸며 엄지손가락과 집게손가락으로 젖꼭지를 빙빙 돌렸다.

"뭐라고요?"

놀라서 내뱉은 내 숨을 그가 깊이 들이마시는 것 같았다.

"그리고 베개도 놓으면 안 돼."

기데온이 천천히 굼뜬 리듬으로 내 안으로 찌르며 들어오기 시작했다.

"곧 그러고 싶을 거야."

그가 내 귓밑의 민감한 곳에 코를 비비며 속삭였다.

"당신은 내 머리를 움켜잡고 손톱으로 내 등을 긁어내리는 걸 좋아하잖아. 그리고 오르가슴에 다다르면 내 엉덩이를 움켜쥐고 나를 더 깊이 당기고 싶어 하지. 당신이 그렇게 흥분할 때면, 당신 안에 들어간 나를 느끼지. 그리고 그 느낌을 얼마나 사랑하는지 보여줄 때면, 난 미치도록 딱딱해져."

"그런 게 어딨어요."

그가 일부러 나를 자극한다는 걸 눈치 챈 나는 우는 소리를 냈다. 그의 거친 목소리는 맹렬히 돌진해오는 그의 엉덩이와 타이밍이 기가 막히게 맞아떨어졌다.

"지금 날 고문하겠다, 이건가요."

"기다리는 자에게 복이 온다는 말도 있잖아."

그가 혀로 내 귓바퀴를 훑다가 귀 안으로 쏙 집어넣는 것과 동시에 내 양쪽 젖꼭지를 잡아당겼다.

뒤이어 그가 내 안으로 찌르고 들어오는 순간, 오르가슴 직전에 다다랐다. 기데온은 내 몸을 정말 잘 알았다. 내 몸의 비밀과 민감한 부분을 낱낱이 알았다. 자기 페니스를 내 안에서 능란하게 움직이며 희열에 파르르 떨리는 내 민감한 그곳을

144

문지르고 또 문질렀다. 그리고 민감하지 않은 다른 곳들로 슬쩍 빠지기도 하면서 내 애를 태웠다.

나는 몸이 너무 달아 얼이 빠질 지경에 이르러 애처로운 소리를 냈다. 오르가슴에 이르고픈 맹렬한 욕망에 못 이겨 베개를 잡은 내 손은 꽉 움켜쥐어졌고 머리는 이리저리 휘둘려졌다. 그가 내 안에서 그곳을 문질러만 주면 오르가슴에 이를 수 있는데, 다른 남자에게서는 느껴보지 못하고 그만이 해줄 수 있는 강렬한 오르가슴에 이를 수 있는데. 그러지 못하자 미칠 것 같았다.

"아직 안 돼."

그가 쉰 목소리로 같은 말을 반복했다.

"좀 더 기다려."

"저, 정말 안 되겠어요. 너무 좋아요. 오, 기데온……."

눈꼬리로 눈물이 흘러내렸다.

"난……, 난 당신에게서 헤어 나오지 못할 것 같아요."

나는 작은 소리로 울었다. 너무 빠른 사랑 고백의 말이 또 튀어나와 우리 사이의 미묘한 균형이 망가질까 봐 두려웠다.

"오, 에바."

그가 내 젖은 얼굴에 볼을 비볐다.

"당신을 원하는 내 마음이 너무 강렬하고 너무 끊임없어서 어차피 당신은 나에게서 헤어 나오지 못할 거야."

"제발, 늦춰줘요."

내가 나직이 애원했다.

기데온이 고개를 들어 올려 나를 쳐다보더니, 내 젖꼭지를 약하게 비틀며 살짝 고통을 주었다. 내 안의 민감한 근육들이 너무 꽉 조이면서 또다시 찌르고 들어오던 그가 신음 소리를 냈다.

"제발요."

나는 오르가슴의 절정을 지연시키려 애쓰느라 바르르 떨면서 다시 애원했다.

"당신이 늦추지 않으면 곧 절정에 이를 것 같아요."

그는 뜨거운 시선으로 내 얼굴을 응시했다. 여전히 정확한 템포로 엉덩이를 앞뒤로 움직이며 천천히 내 제정신을 훔쳐가고 있었다.

"절정에 이르고 싶지 않아, 에바?"

그가 지옥이라도 따라 들어가고 싶도록 마음을 녹여버리는 그 목소리로 소곤거리며 황홀한 미소를 지었다.

"오늘 밤 내내 당신이 그렇게 원했던 거잖아?"

그의 입술이 내 목을 훑었고 나는 목을 젖히며 헐떡였다.

"당신이 그러라고 해야만 할 수 있어요. 당신이……, 그러라고 할 때만."

"앤젤."

그가 내 얼굴로 한 손을 가져오며 땀에 젖어 들러붙은 머리카락을 뒤로 쓸었다. 혀를 내 입 안 깊숙이 넣어 핥으며 깊고 경건한 키스를 선사했다.

"이제 나를 위해 절정에 올라. 어서, 에바."

그가 페이스를 높이며 나를 자극했다.

명령이 떨어지자마자 갑자기 오르가슴이 확 밀려왔다. 그 벅찬 느낌은 온몸이 충격에 휩싸이도록 강렬했다. 고동치는 뜨거운 열기가 물결처럼 연이어 나를 휩쓸면서 내 그곳이 탄탄히 조여왔다. 나는 크게 소리를 내질렀다. 처음엔 고통스러운 쾌감에 의미 없는 신음 소리를, 그다음엔 그의 이름을. 내가 찬양하듯 그의 이름을 부르고 또 부를 때 그는 그 환상적인 페니스를 내 안으로 넣었다 뺐다 하며 내 절정의 순간을 늘려주더니 또 한 번의 절정을 경험하게 해주었다.

"이제 날 만져. 안아."

내가 그의 밑에서 완전히 무너져 있던 그때 그가 거친 목소리로 말했다.

베개를 잡고 있으라는 명령에서 풀려난 나는 두 팔과 다리로 그를 끌어안으며 땀에 젖어 미끈거리는 내 몸에 그를 꼭 밀착시켰다. 그는 나를 깊고 강하게 찔러오며 절정을 향해 맹렬히 치달았다.

짐승처럼 포효하는 신음 소리와 함께 그가 절정에 이르더니, 고개를 뒤로 꺾으며 한참 동안 내 안에 자신을 뿜어냈다. 나는 그를 꼭 안았다. 우리의 몸이 식고 거친 숨이 가라앉을 때까지.

기데온이 마침내 내 몸에서 내려갔지만 여전히 꼭 안은 채였다. 그가 자기 몸으로 내 등을 감싸며 속삭였다.

"이젠 자야 해."

순식간에 잠에 빠져들어 대답을 했는지도 기억이 나지 않았다.

18

아무리 월요일 아침이라도 기데온 크로스와 함께라면 최고의 아침이 될 수 있었다. 출근하는 차 안에서 그는 내 어깨에 팔을 둘렀고, 나는 그의 품에 기댔다. 그러고는 손을 깍지 껴서 마주 잡았다.

그가 자신이 준 반지를 만지작거릴 때 나는 발을 차대며 고급스러운 누드빛의 하이힐을 보고 있었다. 내가 자고 갈 경우를 대비해 그가 몇 벌의 옷과 함께 사놓은 구두였다. 새로운 한 주를 시작하는 의상으로 내가 고른 옷은 가는 세로줄 무늬가 들어가고 그의 눈을 연상시키는 푸른색의 가느다란 벨트가 달린 검은색 시드 원피스였다. 그는 감각이 탁월했다. 그 점은 정말 인정하지 않을 수 없었다.

그런데 만약 짙은 머리의 '아는 여자들' 중 한 명을 보내 왕창 사들이고 있는 것이라면……?

나는 불쾌해져서 그 생각은 그쯤에서 그만두었다.

아까 그가 나를 위해 내어준 침실 서랍들을 살펴봤었는데, 그 안에 내가 평상시에 쓰는 화장품들이 색깔까지 모두 맞춰져서 전부 갖추어져 있었다. 하지만 그에게 어떻게 알았는지 물어보진 않았다. 괜히 물었다가 화를 내게 될까 봐, 그냥 그의 관심을 보여주는 또 하나의 증거려니 여기고 말았다. 그가 모든 것을 일일이 다 신경써주는 거라고.

그날 아침의 하이라이트는 기데온이 심각하도록 섹시한 슈트를 입을 때 옆에서 도와주던 순간이었다. 내가 그의 셔츠 단추를 잠그자 그가 그 셔츠를 바지 안에 집어넣었고, 내가 그의 지퍼를 올리자 그는 타이를 맸다. 그가 어깨를 으쓱하며 조끼를 입을 때는 안에 입은 셔츠와 똑같이 고급스러운 그 맞춤 조끼를 매만져 펴주다가 깜짝 놀라기도 했다. 그렇게 옷을 입고 있어도 옷을 벗었을 때만큼이나 섹시할 수 있다는 것 때문에. 어쨌든 그 순간은 내 선물을 포장하고 있는 기분이었다.

세상은 그 멋진 포장을 보겠지만 그 안의 남자와 그 남자의 진정한 가치는 나만이 아는 것이었다. 그의 친밀한 미소와 저음의 허스키한 웃음소리, 부드러운 손길과 격정적인 야성은 전부 나의 전유물이었다.

벤틀리가 도로에 패인 웅덩이를 지나며 살짝 덜컹거리자 기데온이 내 손을 꽉 잡았다.

"퇴근 후에 뭐 해?"

"오늘부터 크라브 마가 강습을 받을 거예요."

나는 목소리에 흥분감을 감추지 못한 채 대답했다.

"참, 그렇군."

그가 입술로 내 관자놀이를 가볍게 쓸었다.

"당신이 연습하는 모습을 봐야지 안 되겠는데. 생각만 해도 딱딱하게 서는걸."

"이미 우리가 함께 하는 모든 게 당신을 서게 하잖아요."

나는 그를 팔꿈치로 쿡 찌르며 놀리듯 말했다.

"당신의 모든 것이지. 당신이 만족을 모르는 여자라 얼마나 다행인지 몰라, 에바. 강습 끝나면 문자 보내. 내가 당신 아파트로 갈 테니까."

나는 핸드백을 뒤져 휴대폰을 꺼내서 아직 배터리가 남아 있는지 확인하려다 캐리가 보낸 문자를 봤다. 동영상이 첨부된 문자였다.

'X가 자기 남동생이 말종인 거 알아? CV랑 가까이 지내지 마. 〈첨부파일 – 역겨운 것들〉.'

나는 첨부된 동영상을 재생하고 1분쯤 지나서야 무슨 내용인지 이해가 되었다. 그 순간, 몸이 꼿꼿이 굳어버렸다.

"뭔데?"

기데온이 내 머리에 입술을 누르며 묻다가 다음 순간 뻣뻣하게 굳었다. 내 어깨 너머로 동영상을 본 모양이었다.

그것은 캐리가 비달 가의 가든파티에서 찍은 동영상이었다.

캐리가 2.5미터 정도 높이의 울타리 사잇길에 들어갔다가 나무 잎사귀 사이로 엿보며 찍은 것으로 동영상 속 주인공은 뜨겁게 포옹하고 있는 커플이었다. 여자는 서럽게 눈물을 흘리고 있었고 남자는 흥분해서 키스를 하고 두 손으로 부드럽게 여자의 몸을 애무하는 중이었다.

두 사람은 나와 기데온의 이름을 들먹이며, 내가 기데온의 돈이 탐나서 내 몸을 이용하고 있다는 둥 얘기를 하고 있었다. 그들은 다름 아닌 크리스토퍼와 막달레나였다.

"걱정 마."

크리스토퍼가 흥분해서 제정신이 아닌 막달레나를 달래주었다.

"형이 금방 질려 하는 거 알잖아."

"그 여자한테는 달라. 내, 내가 보기엔 그 여잘 사랑하는 것 같아."

그가 그녀의 이마에 입을 맞추었다.

"그 여잔 형 타입이 아니잖아."

기데온과 깍지 낀 손가락에 힘이 꽉 들어갔다.

우리가 동영상을 보는 동안 막달레나의 태도가 서서히 변했다. 그녀는 크리스토퍼의 손길에 코를 부비기 시작하더니 목소리가 점점 부드러워지면서 입술로 키스를 갈망했다. 가만히 지켜보다 보니 한눈에도 크리스토퍼는 막달레나의 몸을 잘 알고 있었다. 어디를 애무하고 어디를 문질러줘야 좋아하는지를 잘 알았다. 그녀가 그의 능란한 유혹에 넘어오자 그는 이제 그녀의 드레스 자락을 올리고 그녀에게 삽입을 했다. 그가 그녀를 이용하고 있는 것이 확연히 보였다. 그녀가 축 늘어질 때까지 관계를 갖는 동안 그의 얼굴 표정에 드러난 경멸 섞인 승리감이 그것을 말해주고 있었다.

동영상 속의 크리스토퍼가 낯설었다. 그의 얼굴, 그의 태도, 그의 목소리는 다른 남자 같아 보이기만 했다.

휴대폰 배터리가 다 되어 갑자기 화면이 깜빡하고 꺼질 때는 다행스러울 지경이었다. 기데온이 두 팔로 나를 안아주었다.

"역겨워요."

나는 작게 얘기하며 그의 양복 칼라에 화장이 묻지 않게 그의 품에 살짝 안겼다.

"너무 오싹거려요. 그 여자가 안 됐어요."

그가 거칠게 숨을 내쉬었다.

"크리스토퍼가 그런 녀석이라니까."

"개자식. 그 의기양양한 얼굴 표정이라니. 토 나올 것 같아요."

나는 부들부들 몸서리를 쳤다.

그가 내 머리카락에 입술을 꾹 누르며 속삭였다.

"그 자식이 마기는 안 건드릴 거라고 생각했는데. 어머니들끼리 오래전부터 아는 사이라서. 그 자식이 나를 얼마나 미워하는지 내가 깜빡했군."

"왜 미워하는데요?"

기데온의 악몽이 크리스토퍼와 관련된 건 아닐까 싶었지만, 금세 그 생각을 접었다. 그건 말이 안 되었다. 기데온이 나이도 몇 살 더 많고 체력면에서도 전반적으로 더 앞섰다. 오히려 기데온이 크리스토퍼를 꼼짝 못하게 하면 했지 당했을 리는 없었다.

"어렸을 때 내가 모든 관심을 빼앗아 갔다고 생각해."

기데온이 지친 목소리로 말했다.

"모두들 내가 아버지의 자살 때문에 힘들어할까 봐 걱정해 줬기 때문이지. 그래서 내 것을 욕심내. 자기 손에 넣을 수 있는 건 뭐든지."

나는 그에게로 몸을 돌려 두 팔을 그의 재킷 밑으로 넣어 더 꼭 끌어안았다. 그의 목소리에서 내 마음을 아프게 하는 어떤 뉘앙스가 느껴졌다. 그가 안쓰러웠다. 가족들이 사는 그 집이 악몽의 원흉이라던 그 얘기도, 심하도록 서먹한 가족들과의 관계도.

그는 사랑을 받아본 적이 없었다. 그것은 앞선 사실만큼 분명하면서도 복잡한 문제였다.

"기데온?"

"음?"

나는 뒤로 몸을 빼며 그를 쳐다봤다. 그리고 손을 뻗어 그의 짙은 눈썹을 쓸어주었다.

"사랑해요."

그가 격하게 몸서리를 한 번 쳤고, 그 격렬한 반응에 나도 파르르 떨고 말았다.

"당신을 기겁하게 만들 생각은 아니었어요."

나는 그를 안심시키려 얼른 말하며 얼굴을 돌려 눈길을 피해주었다.

"뭘 어떻게 해달라고 한 얘기 아니에요. 그냥 당신이 내 감정을 모르는 채로 또 1분이 지나가는 게 싫어서 한 말이었어요. 그러니까 그냥 알고나 있으라고요."

그가 한 손으로 내 목덜미를 붙잡고 다른 손으론 아플 만큼 내 허리를 꽉 안았다. 기데온은 그렇게 나를 그의 품에서 꼼짝 못하게 붙잡아놓고 있었다. 내가 바람에 날아가기라도 할까 봐 불안한 사람처럼. 그의 호흡이 거칠었고 심장도 쿵쾅쿵쾅 세게 뛰었다. 차가 도착할 때까지 그는 아무 말이 없었지만 나를 놓아주지도 않았다.

나는 언젠가 나중에 다시 고백해야겠다고 생각했지만, 첫 번째 시도에 관한 한 우리 둘 다 잘 해낸 것 같았다.

10시 정각, 나는 스물네 송이 붉은 장미 꽃다발을 기데온의 사무실로 배달시켰다. 메모와 함께.

붉은 드레스와 리무진 안에서의 시간을 기념하며.

10분 후, 메모 카드가 담긴 사내문서 메시지를 받았다.

다시 한 번 합시다. 곧.

11시 정각, 검은색과 흰색의 칼라릴리 꽃다발을 메모와 함께 그의 사무실로 배달시켰다.

블랙 앤 화이트 가든파티 드레스와 장서실로 끌려간 순간을 기념하며.

10분 후, 그에게서 답신이 왔다.

조만간 당신을 바닥으로 끌고 내려가서 하고 말겠어.

정오에 나는 반지 쇼핑을 갔다. 여섯 곳의 가게를 돈 후에야 마음에 꼭 드는 반지를 찾았다. 문양이 새겨진 고리에 검은색 다이아몬드 여러 개가 박힌 실용적 디자인의 백금 반지였는데 힘과 구속을 연상시켰다. 굵고 남성적이어서 위압감도 풍겼다. 가격이 꽤 비싸서 마이너스 계좌를 개설해 앞으로 몇 달간 나누어 결제해야 했지만 그만한 가치가 있는 물건 같았다.

기데온의 사무실로 전화를 걸어 스캇과 통화했다. 그는 내가 잠깐 들를 수 있도록 기데온의 빽빽한 스케줄 가운데 15분

쯤 비는 시간을 알려주었다.

"도와줘서 정말 고마워요, 스캇."

"별말씀을요. 오늘 꽃다발을 받는 대표님 모습 보면서 저도 즐거웠습니다. 그렇게 웃으시는 건 처음 보는 것 같습니다."

사랑의 감정이 샘솟아 따스함이 물결처럼 밀려들었다. 나는 기데온을 행복하게 해주고 싶었다. 그의 말마따나, 그것이 내가 사는 이유였다.

기데온이 웃었다는 말에 덩달아 기분이 좋아진 나는 입가에 웃음을 머금고 사무실로 돌아왔다. 2시 정각, 참나리 꽃다발을 기데온의 사무실로 보낸 후에 사내문서를 통해 직접 쓴 메모도 보냈다.

광란의 섹스에 감사하며.

그에게 답신이 왔다.

크라브 마가 건너뛰지. 운동은 내가 시켜줄 테니까.

기데온의 시간이 빈다는 3시 40분이 5분 앞으로 다가오자 긴장이 되었다. 나는 떨리는 다리를 이끌고 천천히 엘리베이터로 걸어가 기데온의 사무실이 있는 위층으로 올라갔다. 막상 그에게 선물을 주려니 불안해졌다. 반지를 받고 좋아하지 않을까 봐. 어쨌든 그가 반지를 낀 걸 본 적이 없었으니까. 단지 내가 반지를 꼈다는 이유로 그에게 반지를 주려는 것이 너무 주제넘고 소유욕을 내보이는 짓일까?

빨강 머리의 안내 직원은 아무런 절차 없이 바로 나를 안으로 들여보내 주었고 스캇이 들어오는 나를 보더니 책상에서 일어나 환한 웃음으로 맞았다. 내가 기데온의 사무실로 들어가자 스캇이 문을 닫았다.

사무실에 들어서자마자 향기로운 꽃향기가 코를 찔렀다. 꽃다발 덕분에 삭막할 만큼 현대적인 사무실 분위기에 따스함이 더해졌다.

기데온이 모니터에 가 있던 시선을 들었다가 나를 보더니 세련된 동작으로 자리에서 일어났다.

"에바. 이 시간에 어떻게?"

그는 사무적 태도에서 사적인 태도로 바뀌면서 부드러워진 시선으로 나를 바라봤다.

"그게. 그냥."

나는 숨을 깊이 들이쉰 후 그에게로 갔다.

"당신한테 줄 게 있어서요."

"또? 오늘 혹시 무슨 특별한 날인가?"

나는 그의 책상 가운데에 반지 상자를 올려놓고 나선 불안해서 고개를 돌려버렸다. 아무래도 성급한 선물 같아 바로 후회가 밀려들었다. 지금 생각하니 멍청한 짓을 한 것 같았다.

그가 받고 싶어 하지 않으면 무슨 말로 그의 죄책감을 덜어
주지? 오늘 그에게 사랑 고백이라는 폭탄을 던진 것으로도 모
자라 반지 선물로 또 부담을 주려 하다니. 그는 벌써부터 올가
미에 묶인 기분이 들지도 모르는데. 그런 상황에서 그 올가미
가 더 바짝…….

그때 반지 상자 열리는 소리에 뒤이어 기데온의 놀라는 숨
소리가 들렸다.

"에바."

그의 목소리에서 위압적이고 아슬아슬한 분위기가 느껴졌
다. 나는 조심스럽게 돌아봤다가 그의 심각한 표정과 준엄한
시선을 보고 움찔했다. 그는 손이 하얗게 되도록 반지 상자를
꼭 쥐고 있었다.

"부담스러운가요?"

내가 쉰 목소리로 물었다.

"그럼."

그가 상자를 내려놓고 책상을 돌아 나왔다.

"너무 부담스러워. 이러면 내가 가만히 앉아서 집중을 할 수
가 없어. 머리에서 당신 생각을 지울 수가 없다고. 미치도록
안달이 나서 평상시의 나처럼 일을 못해. 일이 너무 바쁜데 당
신에게서 벗어나지 못한다고."

그의 일이 얼마나 빡빡한지는 나도 잘 알았다. 하지만 그를
놀라게 해주고 싶은 마음이 앞서서 그것까지는 미처 생각하지

못했다.

"미안해요, 기데온. 내가 생각이 짧았어요."

그가 잠자리에서의 환상적인 모습을 넌지시 상상시키는 섹시한 걸음을 떼며 나에게 다가왔다.

"미안해할 거 없어. 오늘은 내 생애 최고의 날이니까."

"정말요?"

그가 내가 보는 앞에서 오른손 약지에 반지를 꼈다.

"당신을 기쁘게 해주고 싶었어요. 잘 맞아요? 그냥 감으로 산 건데……."

"나한테 딱 맞는데. 당신처럼."

기데온이 내 두 손을 잡으며 내 반지에 입을 맞추었다. 내가 그를 따라 똑같이 할 때는 내 얼굴을 가만히 지켜보았다.

"당신 때문에 지금 내 기분이 어떤지 알아? 에바……. 마음이 아파."

그 말에 나는 깜짝 놀랐다.

"반지가 그렇게까지 별로예요?"

"정말 좋아서."

그가 내 얼굴을 감쌀 때 반지의 차가운 감촉이 내 볼에 닿았다. 그는 내 입술을 탐욕스레 빨고 혀를 능숙하게 밀어 넣으며 뜨거운 키스를 했다.

나는 진도를 더 나가고 싶었지만 참았다. 하루 동안 이 정도 한 것만으로도 이미 많이 넘친 것 같았다. 게다가 내가 갑자기 사무실에 들어오는 바람에 그가 정신이 없어서 프라이버시 모드로 유리벽을 바꾸지도 못한 상황이었다.

"아까 차 안에서 했던 그 말, 다시 해줘."

그가 속삭였다.

"흠……, 글쎄요."

나는 자유로운 손으로 그의 조끼를 가볍게 스치며 말했다.

사랑한다는 말을 또 하기가 겁이 났다. 처음 말했을 때 받아들이기 힘들어했던 그의 모습도 생각났고, 우리에게 그 말의 의미가 뭔지를 그가 충분히 이해할지 어떨지도 자신이 없었다.

"있잖아요, 당신은 말도 안 되게 잘생겼어요. 당신을 볼 때마다 깜짝깜짝 놀랄 정도예요. 아무튼……, 난 당신이 겁먹고 도망갈까 봐 말하기 싫어요."

그가 머리를 숙여와 이마를 맞댔다.

"괜히 말했다고 후회하는군, 그렇지? 꽃다발과 반지는……."

"그 반지 정말 마음에 들어요?"

나는 초조하게 물으며 그가 정말 진심인지를 보려고 뒤로 물러나 그의 얼굴을 살폈다.

"싫은데 나 때문에 억지로 끼지 않아도 돼요."

그의 손가락이 내 귓바퀴를 쓸었다.

"마음에 딱 들어. 자, 봐. 이렇게 자랑스럽게 끼고 있잖아."

그가 반지를 받아줘서 기뻤다. 그것이 나를 받아준다는 의미였기 때문에.

"그 말을 취소하고 싶은데 어떻게 얘길 꺼내야 충격을 덜 줄지 생각하는 거라면."

불현듯 불안감이 든 듯한 시선으로 그가 말했다.

나는 그의 눈에 담긴 부드러운 애원의 눈빛을 거부할 수 없었다.

"진심이었어요, 기데온."

"당신이 그 말을 다시 하게 만들 테니까 두고 봐."

그가 유혹적으로 소곤거리면서 으름장을 놓았다.

"절정에 이를 때쯤 큰 소리로 말하게 하겠어."

나는 싱긋 웃으며 뒤로 물러났다.

"다시 일어나 하시죠, 마왕님."

"5시에 집까지 태워다줄게."

그가 문으로 향하는 나를 보며 말했다.

"내려와서 차에 탈 때 당신 거기에 아무것도 안 걸쳐져 있고 젖어 있으면 좋겠어. 젖게 하려고 자위를 하더라도 절정까지 가지는 말고. 안 그랬다간 불이익이 있을 줄 알아."

불이익이라. 살짝 떨렸지만 별로 겁나진 않았다. 기데온을 믿었다. 나를 어디까지 압박할지, 어떻게 해줄지.

"당신도 준비하고 오기예요?"

그의 입가에 짓궂은 미소가 번졌다.

"당신과 있으면서 내가 안 섰던 적이 있던가? 오늘 정말 고마워, 에바. 1분 1초까지 모두."

162

나는 손키스를 날리다 그의 눈빛이 어두워지는 것을 봤다. 그 표정이 그 뒤로 내내 어른거렸다.

노곤하도록 뜨거운 섹스 후에 헝클어진 모습으로 아파트에 돌아오니 6시가 지나 있었다. 퇴근 후 도로변에 벤틀리가 아닌 기데온의 리무진이 서 있는 걸 봤을 때 곧 닥칠 일을 짐작했었다. 아니나 다를까 내가 뒷자리에 오르자마자 그가 나에게 달려들다시피 붙으며 그 환상적인 오럴 섹스 테크닉을 유감없이 발휘하더니 나를 좌석에 꼼짝 못하게 붙잡아놓고는 격정적인 열정을 발산했다.

내가 평소에 체력 관리를 잘한 것이 그나마 다행이었다. 안 그랬으면 만족을 모르는 성욕과 끝없는 정력을 가진 기데온 때문에 지금쯤 초죽음 상태가 되었을지 모른다. 그렇다고 불만은 아니었다.

아파트 건물 로비로 허둥지둥 들어가 보니 클랜시가 벌써 와서 기다리고 있었다. 말도 못하게 구겨진 원피스, 달아오른 뺨, 산발이 된 머리를 보고 그가 대충 눈치를 챘는지 모르겠지만 어쨌든 내색하진 않았다. 위층에서 후다닥 옷을 갈아입고 와서 파커의 도장으로 출발했다. 첫 강습이 쉬운 편이길 바랐다. 발끝이 오그라들 정도로 격한 오르가슴에 두 번이나 이른 후여서 다리가 그때까지도 흐물거렸다.

브루클린의 개조된 창고 도장에 도착했을 때 나는 흥분이 되어 어서 배우고 싶어졌다. 십여 명이 넘는 강습생들이 여러 가지 동작을 연습 중이었고 파커는 매트들이 놓인 곳 가장자리에 서서 감독과 격려를 해주고 있었다. 그가 나를 보자 가까이 다가오더니 1 대 1 훈련을 위해 대련장 한구석으로 데려갔다.

"저기……, 잘 지내셨어요?"

나는 긴장을 깨려고 말을 꺼냈다.

그가 싱긋 웃더니 아주 유쾌하면서 재미있는 표정을 지어보였다.

"긴장돼요?"

"조금요."

"오늘 할 훈련은 체력과 지구력, 그리고 지각을 키우는 훈련이에요. 예기치 못한 상황 앞에서 몸이 굳거나 멈칫거리지 않게 해주는 훈련도 시작할 겁니다."

훈련에 들어가기 전까지만 해도 내가 체력과 지구력이 상당히 좋은 편이라고 자신했는데 막상 해본 후에는 둘 다 별로라는 걸 깨달았다. 그는 제일 먼저 그곳의 시설과 공간 배치를 간략히 소개해준 후에 격투 자세, 중립적 자세, 소극적 자세에 대해 설명했다. 그다음엔 같이 기본적인 몸 풀기 운동을 하고 나서 '태깅tagging'에 들어갔다. 서로 마주 보고 선 상태에서 서로의 어깨와 무릎을 가볍게 치는 동시에 방어를 하는 훈련이었다.

당연한 얘기지만 파커는 태깅에 도사였고 나는 완전 초짜였다. 계속된 훈련은 대체로 기본기 쌓기를 위한 것이어서 나는 이를 악물고 익혔다. 좀 하다 보니 몸을 숙이면 어떤 식으로 불리한지를 터득하게 되었다.

파커가 나의 숨겨진 열정을 알아봤는지는 모르겠지만 그런 것에 대한 말은 없었다.

그날 저녁에 기데온이 아파트에 왔을 때 나는 욕조에 욱신거리는 몸을 푹 담그고 있었다. 척 보기에도 전담 트레이너와 운동을 한 후 말끔하게 샤워한 모습이었는데도 그는 옷을 벗고 욕조 안으로 들어와 내 뒤로 오더니 두 팔과 다리로 나를 끌어안았다. 그가 나를 앞뒤로 살살 흔들어줄 때 내가 낮게 끙끙거렸다.

"그렇게 좋아?"

그가 이로 내 귓불을 물며 놀렸다.

"정력이 넘치는 남자와 한 시간 동안 뒹구는 게 얼마나 피곤한 일인지 누가 알았겠어요?"

크라브 마가를 하면 멍이 든다고 했던 캐리의 말이 맞았다. 아직 힘든 훈련은 시작도 안 했는데 벌써 피부 밑에 멍 자국이 몇 개 올라오는 게 보였다.

"나 질투했을지도 몰라."

기데온이 내 가슴을 꽉 쥐며 소곤거렸다.

"스미스가 애 딸린 유부남이란 걸 몰랐다면."

그건 그가 알 턱이 없는 사실이었다. 나는 코웃음을 치며 물었다.

"스미스의 신발이랑 모자 사이즈도 알겠네요?"

"그건 아직 몰라."

내가 화난 척 쏘아붙이자 그가 웃음을 터뜨렸고 좀처럼 듣기 어려운 그런 웃음소리에 나도 덩달아 미소가 비어져 나왔다.

언젠가 곧 그의 병적인 정보 수집에 대해 얘기를 하긴 해야 할 것 같았지만 오늘은 적당한 때가 아니었다. 크게 다투고 화해한 지 얼마 지나지 않은 데다, 그동안 못한 만큼 즐거운 시간을 가져야 한다는 캐리의 충고도 계속 맴돌았다.

나는 기데온의 손가락에 끼워진 반지를 만지작거리며 토요일에 아빠와 전화 통화했던 얘기를 해줬다. 아빠의 동료 경찰들이 내가 기데온 크로스와 사귄다는 가십 기사들을 보고 나서 아빠를 괴롭혀댄다고.

그가 한숨을 내쉬었다.

"미안해."

나는 고개를 돌려 그를 마주 봤다.

"당신 기사가 나는 게 당신 잘못은 아니잖아요. 당신이 지나치게 매력적이라 그런 걸 어떻게 해요."

"조만간 내 얼굴이 저주인지 아닌지를 심각하게 생각해봐야겠어."

그가 짐짓 진지한 척하며 농담을 했다.

"내 의견이 조금이라도 중요하다면 말이지만, 난 당신 얼굴 좋아요."

기데온이 입술을 실룩거리며 내 볼을 만졌다.

"당신 의견이라면 그것이 뭐든 다 중요하지. 당신 아버지의 의견도. 아버님이 날 좋아하셨으면 좋겠어, 에바. 당신 딸을 그런 가십 기사들에 노출시켰다고 나를 괘씸해하지 않으셔야 할 텐데."

"아빠도 당신을 좋아하게 되실 거예요. 아빠가 원하시는 건 내 안전과 행복이에요."

그가 눈에 띌 만큼 크게 안심하며 나를 더 가까이 끌어당겼다.

"내가 당신을 행복하게 해주고 있는 건가?"

"그럼요."

나는 그의 심장 쪽에 볼을 기대며 말을 이었다.

"당신과 있는 게 정말 좋아요. 떨어져 있을 땐 함께 있고 싶고요."

"더 이상 싸우고 싶지 않다고 말했었지?"

그가 내 머리카락에 입술을 대고 속삭였다.

"그 말이 계속 걸려. 내가 끊임없이 실수해서 지겨운 건가?"

"당신이 언제 끊임없이 실수를 저질렀다고 그래요. 그리고 바보처럼 실수를 저지르긴 나도 마찬가지였고요. 연애는 어려운 거예요, 기데온. 우리처럼 격한 섹스를 하는 연인은 별로 없어요. 그런 면에선 우린 운이 좋은 거잖아요."

그가 손을 모아 물을 떠서 내 등에 부어주었다. 그렇게 부들부들하고 따뜻한 물로 욱신거리는 몸을 계속 풀어줬다.

"난 아버지에 대한 기억이 별로 없어."

"아……."

나는 놀란 티를 낼까 봐 조심했다. 그에 대해 더 알고 싶은 궁금함에 흥분되고 안달하는 마음도 티내지 않으려 애썼다. 그가 가족 얘기를 꺼낸 것은 처음이었다. 이것저것 물어보고 싶어 못 견딜 지경이었지만, 그가 말할 준비가 되어 있지 않다면 다그치고 싶지 않았다.

그가 가슴을 부풀렸다가 크게 한숨을 내쉬었다. 그 한숨 소리에서 뭔가가 느껴져서 나는 고개를 돌리며 조심하자던 의지를 무너뜨리고 말았다.

나는 손으로 그의 딴딴한 가슴 근육을 쓸었다.

"당신이 알고 있는 기억에 대해 말해봐요."

"그냥……, 막연한 인상들뿐이야. 아버진 집에 계신 적이 별로 없었어. 일이 많으셨지. 내 충동적인 면은 아버지한테 물려받은 것 같아."

"워커홀리즘……. 이 단어 맞죠? 아무튼 워커홀리즘은 당신 부자의 공통점인 것 같네요. 하지만 닮은 건 딱 거기까지만이에요."

"당신이 어떻게 알아?"

그가 반항적인 투로 쏘아붙였다.

나는 손을 뻗어 얼굴로 내려온 그의 머리카락을 쓸어 넘겨주었다.

"미안해요, 기데온. 하지만 당신 아버진 사기라는 편하고 이기적인 길을 선택했어요. 당신에겐 그런 기질이 없잖아요."

"그런 기질이라면, 나에겐 없지."

그가 잠시 말을 끊었다.

"하지만 내 생각에 아버진 사람들과 교감하는 법을 배운 적이 없으셨던 것 같아. 당신 자신의 당장의 욕구 외에 다른 것에는 관심없는 것도 그렇고."

나는 그를 유심히 살펴보며 물었다.

"당신이 그렇다고 생각해요?"

"모르겠어."

그가 나직이 대답했다.

"음, 난 알아요. 당신은 안 그래요."

나는 그의 코끝에 입을 꾹 맞췄다.

"당신은 사람을 돌봐줄 줄 아는 사람이잖아요."

"그런 사람이면 좋겠어."

그가 나를 안은 두 팔을 꽉 조였다.

"난 당신이 다른 사람과 있는 건 생각할 수가 없어, 에바. 다른 남자가 나처럼 당신을 본다고 생각하면, 이렇게 당신을 보면서 당신을 만진다고 생각하면……, 암담해져."

"당신이 생각하는 그런 일은 없을 거예요, 기데온."

나는 그런 그의 심정을 이해했다. 나도 그가 다른 여자와 깊은 관계를 갖게 된다면 견딜 수 없을 것 같으니까.

"당신으로 인해 내 모든 것이 변했어. 당신을 잃는다면 난 견딜 수가 없을 거야."

나는 그를 꼭 껴안아주었다.

"그건 나도 그래요."

기데온이 내 머리를 뒤로 젖히며 뜨거운 키스를 했다.

잠시 후, 안 되겠다는 생각이 들었다. 계속 그러고 있다간 금방이라도 사방으로 물을 튀기게 될 상황이 연출될 것이 뻔했다. 나는 그에게서 떨어지며 말했다.

"당신이 또 한바탕 하고 싶더라도 난 뭐 좀 먹어야겠어요, 마왕님."

"젖은 알몸으로 내 온몸을 문지르는 여자친구의 말씀이라면."

그가 응큼스러운 미소를 지으며 뒤로 기대앉았다.

"싼 중국요리 시켜서 젓가락으로 먹자고요."

"고급 중국요리 시켜서 그렇게 합시다."

19

　우리는 캐리와 함께 거실에서 고급 중국요리와 달콤한 매실주를 맛보며 월요일 밤의 TV 프로그램을 시청했다. 채널을 돌리다 몇몇 리얼리티 프로그램의 재미있는 프로그램명을 보고 다 같이 깔깔거릴 때, 나는 내 인생에서 가장 소중한 두 남자가 편안한 휴식을 누리며 서로 즐겁게 지내는 모습을 흐뭇하게 지켜봤다. 두 사람은 남자들끼리 으레 하는 식으로 조롱과 장난스러운 욕설을 해가며 서로 잘 어울렸다.

　나는 거실의 L자형 소파 한쪽 전체를 독차지한 채로 있었고 두 남자는 커피 테이블을 식탁 삼아 바닥에서 양반 다리를 하고 앉아 있었다. 둘 다 트레이닝 바지에 몸에 붙는 티셔츠 차림이라 두 남자를 보고 있는 내 눈은 즐겁기만 했다. 내가 정말 복 터진 여자다 싶을 만큼.

　캐리가 포춘쿠키를 깨려고 손가락 마디를 뚝뚝 꺾으며 손

풀기에 요란을 떨었다.

"내가 부자가 될 수 있을지 어디 좀 볼까? 엄청 유명해진다는 것도 좋은데. 키 크고 분위기 있고 멋진 훈남이나 훈녀를 만날 수는 있을까? 멀리 여행을 떠난다고 나오는 건 아닐까? 두 사람은 뭐 나왔어?"

"난 김새는 거야."

내가 말했다.

"'결국 모든 것이 밝혀지게 될 것이다.' 제길. 난 그런 쪽으론 행운 같은 거 필요 없는 사람이라고."

기데온이 자기 포춘쿠키를 깨서 읽었다.

"'곧 성공이 당신의 문을 두드릴 것이다.'"

나는 코웃음을 쳤다. 캐리가 나를 흘긋 쳐다보며 말했다.

"정말 웃긴다, 그치? 크로스가 다른 사람에게 가야 할 포춘쿠키를 훔쳤네."

"다른 사람 포춘쿠키 근처에 얼씬거리지 못하게 해야겠어."

나도 농담을 하며 거들었다. 기데온이 손을 뻗어 내가 쥐고 있던 포춘쿠키 반쪽을 획 채갔다.

"걱정 마, 앤젤. 나는 당신 쿠키에만 관심이 있으니까."

그가 윙크를 던지며 그 쿠키 반쪽을 입 안에서 딱 소리 나게 씹었다.

"닭살 돋아 못 봐주겠네."

캐리가 투덜대더니 요란스러운 동작과 함께 자기 포춘쿠키를 깼다가 인상을 찌푸렸다.

나는 몸을 앞으로 숙였다.

"뭐라고 써 있어?"

"공자 왈, 좋은 일을 하면 하루 종일 으스대리니."

기데온이 말을 지어냈다. 캐리가 쿠키 반쪽을 기데온에게 던지자 기데온이 그것을 날쌔게 잡으며 씩 웃었다.

"이리 줘봐."

나는 캐리의 손에서 종이를 빼앗아 읽고는 풋 하고 웃음을 터뜨렸다.

"망할 계집애."

캐리가 톡 쏘아붙였다.

"뭐라고 써 있는데?"

기데온이 다그쳐 물었다.

"'아쉽지만 다음 기회에.'"

"행운에 저당 잡힌 거네."

기데온이 피식 웃었고, 그것을 본 캐리가 나머지 쿠키 반쪽을 던졌다.

샌디에이고 대학에 다닐 때 캐리와 저녁에 저렇게 장난을 치며 보내곤 했던 일이 생각났다. 이어서 자연스레 기데온의 대학 시절 모습도 상상되었다. 읽어봤던 기사들의 내용대로라면 그는 컬럼비아 대학을 다니다 사업에 대한 관심이 늘면서 그쪽에 집중하느라 중퇴했다.

대학 시절 기데온은 다른 학생들과 잘 어울렸을까? 사교파 티에 가서 빈둥거리며 폭음을 하고 그랬을까? 워낙 통제력이 있어서 그런 희희낙락 풀어진 모습을 상상하기가 힘들긴 했지만, 지금 그는 나와 캐리와 함께 바로 그런 모습으로 즐기고 있었다.

그때 그가 여전히 미소를 머금은 얼굴로 나를 흘끗 돌아봤다. 설렘에 심장이 철렁였다. 이번만큼은 그가 그의 나이로 보였다. 심하게 잘생기고 지극히 평범한 젊은 청년으로. 그 순간, 우리는 룸메이트와 함께 리모콘을 돌리며 집에서 편하게 쉬는 이십 대의 평범한 커플일 뿐이었고 그는 나와 사귀는 평범한 남자친구일 뿐이었다. 모든 것이 무척 달콤하고 태평스러워서 꿈을 꾸는 듯했다.

인터폰이 울리자 캐리가 가서 받으려고 벌떡 일어났다. 그러고는 생긋 웃으며 자랑하듯 말했다.

"트레이일 거야."

나는 손을 들어 올려 손가락을 엇갈리게 포개며 행운을 빌어주었다. 하지만 캐리가 문을 열었을 때 마주한 손님은 일전의 밤에 왔다간 그 롱다리 금발 아가씨였다.

"안녕하세요."

그녀가 인사를 하며 테이블 위의 먹다 남은 식사를 빤히 쳐다봤다. 그러다 기데온이 정중하게 몸을 펴고 그 특유의 강인함이 깃든 세련된 동작으로 일어서자, 뜯어보는 듯한 눈빛으로 그를 쳐다봤다. 나에겐 아주 잠깐 억지미소만 지어 보이더니 기데온에겐 슈퍼모델 같은 아찔한 미소를 날리며 손을 내밀기까지 했다.

"타티아나 철린이에요."

기데온이 그녀의 손을 잡고 악수했다.

"에바의 남자친구입니다."

나는 그의 소개말에 눈썹을 치켜들었다. 자기 신원을 보호하려고 그러나? 아니면 사생활을 지키려고? 어느 쪽이든, 나로선 그런 그의 소개가 마음에 들었다.

캐리가 와인과 두 개의 잔을 들고 자기 방으로 들어가며 그녀에게 방 쪽을 가리켰다.

"이리 와."

타티아나는 가볍게 손을 흔들어 보인 후에 캐리 앞으로 걸어 나갔다. 나는 돌아선 그녀를 확인하고 캐리에게 '뭐 하려고 그래'라고 소리 없이 물었다.

그가 윙크를 보내며 작게 소곤거렸다.

"포춘쿠키의 다음 기회를 뽑으려고."

얼마 지나지 않아 기데온과 나는 잠자리에 들기 위해 내 방으로 향했다. 샤워를 하기 위해 준비하는 동안 나는 아까부터 궁금했던 것을 물었다.

"대학생 때도 섹스 방 있었어요?"

그가 머리 위로 티셔츠를 벗으며 되물었다.

"음?"

"그러니까 그 호텔 방 같은 곳 말이에요. 당신은 성욕이 주체가 안 되는 남자잖아요. 그래서 그때도 그런 방을 가지고 있었는지 궁금해서요."

머리를 가로젓는 그를 바라보다 나는 신이 내려준 완벽한 몸통과 잘빠진 엉덩이에 추파의 눈길을 던졌다.

"당신을 만나고 나서 한 섹스가 지난 2년 동안 한 횟수를 다 합친 것만큼인데."

"허, 말도 안 돼요."

"나는 열심히 일하고 운동은 더 열심히 해. 그렇게 하면 대체로 기분이 좋을 만큼 몸을 노곤하게 만들 수 있어. 유혹을 뿌리치지 못할 때도 간혹 있지만 섹스에 대해선 의지대로 잘 다스리는 편이지. 당신을 만나기 전까지 얘기지만."

"거짓말 마요."

아무리 생각해도 믿기지가 않았다.

그는 나를 흘낏 쳐다보고는 검은색의 가죽 파우치 가방을 들고 욕실로 걸어갔다.

"의심하려면 의심해, 에바. 그러면 어떻게 되는지 두고 보자고."

"뭐예요?"

나는 그를 따라가며 그의 매력 넘치는 엉덩이로 눈을 한껏

호강시켰다.

"나한테 또 그때처럼 해서 당신의 섹스에 대한 제어력을 보이는 걸로 복수하겠단 건가요?"

"손뼉도 마주쳐야 소리가 나는 거 아닌가."

그가 가방을 열어 새 칫솔을 꺼내더니 포장을 뜯어 내 칫솔통에 던져 넣었다.

"우리 사이에서 섹스를 먼저 시도한 횟수로 따지면 당신도 나 못지않았어. 당신도 나만큼이나 원하잖아."

"그야 그렇지만. 그건 그냥……."

"그냥 뭐?"

그가 서랍 하나를 당겨 열었다가 안이 꽉 찬 것을 보고 얼굴을 찡그리더니 다른 서랍을 열어젖혔다. 자기도 내 방에 자기 서랍이 생길 줄 기대했다가 찾지 못해 인상을 찡그리는 그를 보니 슬며시 미소가 지어졌다.

"다른 쪽 세면대예요. 그쪽 서랍은 다 당신 거예요."

기데온은 옆쪽 세면대로 옮겨가서 가방 안 물건을 서랍에 풀어놓기 시작했다.

"그냥 뭐가 뭐냐니까?"

그가 샴푸와 바디클렌저를 샤워 부스로 가져가며 또 물었다.

엉덩이를 세면대에 기대고 팔짱을 낀 채 가만히 보고 있자니 그는 자신의 영역을 표시하듯 내 욕실 여기저기에 자기 물건을 늘어놓고 있었다. 그것은 분명 소유권을 주장하는 행동이었다. 누구든 방에 들어오자마자 나에게 남자가 있다는 것을 대번에 알아채도록 하려는 확실한 소유권 주장.

그때 문득 생각이 났다. 나도 그의 사적인 공간에 그와 비슷하게 해두었음을. 그의 가사 도우미들이 그가 깊은 연애 관계에 빠져 있음을 눈치 채지 않을 수 없을 만큼 말이다. 그 생각을 하자 조금 무서운 기분이 들었다.

"아까 당신 대학 시절이 궁금해지더라고요. 저녁 먹으면서 캠퍼스에서의 당신을 봤다면 어땠을까, 상상해봤어요. 아마 당신에게 홀딱 반했겠죠. 그냥 당신을 좀 보려고 가던 길도 잊고 당신 주위에서 맴돌았을 것 같아요. 일부러 당신이랑 같은 수업을 들으면서 강의 시간 동안 당신과 관계를 갖는 몽상에 빠져 있었을지도 몰라요."

"이런 색마."

그가 코끝에 입을 맞추며 내 앞을 지나가더니 이를 닦으려 하면서 이어 말했다.

"내가 당신을 봤다면 어떻게 됐을지, 그건 당신도 나도 잘 알잖아."

"음⋯⋯, 그럼 그때도 어쩌다 드물게 당신을 유혹해낸 운 좋은 여자들을 데리고 갔던 그런 섹스 방이 있었어요?"

그의 시선이 거울 속에 비친 내 얼굴을 가만히 응시했다.

"쭉 그 호텔 방을 썼는데."

"여태껏 그 방에서만 섹스를 했다고요? 나를 만나기 전까지?"

"합의하의 섹스는 그곳에서만 했어. 당신을 만나기 전까진."

그가 나직이 말했다.

"아."

나는 가슴이 미어졌다.

그에게로 걸어가 뒤에서 안으며 그의 등에 볼을 비볐다.

우리는 침대로 가서 서로를 안고 누웠다. 나는 그의 목에 얼굴을 묻고 그의 체취를 들이마시며 기분 좋게 그의 품에 꼭 안겼다. 그의 몸은 단단한데도 기대고 있으면 말할 수 없이 포근했다. 매우 따뜻하며 든든했고, 강한 힘이 느껴졌다. 그를 생각하면 어쩔 수 없이 그를 원하지 않을 수가 없었다.

나는 한쪽 다리를 그의 엉덩이로 쓱 올려 그를 눕히고선 그의 위로 올라가 쫙 벌린 두 손으로 그의 배를 짚었다. 어두워서 그가 보이진 않았지만 상관없었다. 기데온 스스로도 너무 잘생겨서 가끔 원망스러워하는 그 얼굴을 너무 사랑하긴 하지만, 나를 정말로 흥분시키는 것은 그의 손길과 속삭임이었다.

"기데온."

더 이상 다른 말은 필요도 없었다.

그가 일어나 앉으며 두 팔로 나를 안고 진하게 키스했다. 잠시 후 몸을 굴려 내 몸을 아래쪽으로 오게 하고는 부드럽게 나를 가지면서 나를 영혼까지 흔들어놓았다.

나는 한밤중에 깜짝 놀라 잠에서 깨어났다. 누군가 무겁게 내 몸을 누르며 귀에 대고 거친 목소리로 상스럽고 음란한 말을 내뱉고 있었다.

'또 이러지 마. 싫어……. 제발, 안 돼!'

나단의 손이 내 입을 막으며 내 다리를 확 벌렸다. 그의 다리 사이 물건이 내 몸 안으로 밀고 들어오려고 아무 데나 막 찔러댔다. 나는 그의 손바닥으로 입술을 후려 맞으며 비명도 제대로 지르지 못하고 겁이 나서 파르르 떨었다. 심장이 너무 세게 뛰어 터져버릴 것만 같았다. 그는 너무 무거웠다. 너무 무겁고 힘이 셌다. 내 힘으론 몸을 흔들어 떨어뜨릴 수가 없었다. 밀어낼 수도 없었다.

'그만 해! 저리 가. 내 몸에 손대지 마! 제발 나한테 이러지 마……. 더는 안 돼……! 엄마는 어디 계시지? 엄마!'

비명을 질렀지만 그가 입을 틀어막고 눌렀다. 머리가 베개에 꾹 눌려 으깨져버릴 것 같이 세게. 내가 반항할수록 그는 점점 더 흥분했다. 개처럼 헉헉거리며 계속 박아대며 내 안으로 밀고 들어오려고 했다

"이게 어떤 느낌인지 곧 알게 될 거야."

순간 몸이 굳어버렸다. 내가 아는 목소리였다.

그는 나단이 아니었다.

꿈이 아니었다. 그래도 여전히 악몽 같았다.

젠장, 안 돼. 나는 어둠 속에서 미친 듯이 눈을 깜빡거리며

앞을 보려고 버둥거렸다. 귀로 피가 몰리며 둥둥거려 소리도 들리지 않았다.

이 냄새는 기데온의 체취였다. 무자비하긴 했지만 그의 손길이라는 것도 알았다. 내 몸을 함부로 누르고 있었지만 그 감촉이 그의 몸이라는 것도 알았다.

기데온의 발기된 페니스가 내 다리 사이를 연달아 세게 쳐댔다. 나는 공포에 질려 온 힘을 다해 몸을 위로 들어올렸다. 내 얼굴을 덮은 그의 손이 떨어져 나갔다. 나는 그 순간을 놓치지 않고 숨을 빨아들였다가 크게 비명을 내질렀다.

그가 가슴을 들썩이며 으르렁거리듯 험악하게 말했다.

"자기가 당할 때는 얌전하지가 못하시군."

"크로스파이어."

내가 헐떡이며 말했다.

그때 통로 쪽에서 불이 켜지며 눈이 부시는가 싶더니 뒤이어 숨이 막히도록 무겁게 누르던 기데온이 나에게서 떨어져 나갔다. 나는 옆으로 돌아누우며 흑흑 흐느껴 울었다. 줄줄 흐르는 눈물 때문에 흐릿해진 시야 사이로 캐리가 보였다. 캐리는 기데온을 방 맞은편으로 떠밀었다가 석고보드 벽이 움푹 들어가도록 벽으로 냅다 던졌다.

"에바! 괜찮아?"

캐리가 침대 옆의 전등을 켜더니 태아처럼 잔뜩 웅크린 채 부들부들 떨고 있는 나를 보고 욕설을 내뱉었다.

기데온이 몸을 펴자 캐리가 버럭 소리를 질렀다.

"경찰이 오기 전까지 손가락 하나라도 까딱했다간 봐! 내가 피투성이가 되도록 패줄 테니까!"

나는 얼얼한 목으로 침을 삼켜 넘기며 몸을 일으켜 앉았다. 내 시선이 기데온의 시선과 마주쳤고 그때 나는 보았다. 그의 눈에서 잠결의 흐릿한 눈빛이 사라지고 상황을 파악한 경악의 눈빛이 떠오르는 것을.

"꿈이었어."

나는 전화기를 잡으려는 캐리의 팔을 막으며 숨 막힌 소리로 말렸다.

"저 사람 꾸, 꿈을 꾸고 있었던 거야."

야생동물처럼 알몸으로 바닥에 몸을 웅크리고 있는 기데온을 캐리가 흘끗 돌아보더니 팔을 옆으로 툭 떨어뜨리며 작은 소리로 말했다.

"맙소사, 처음엔 내가 술에 취해서 잘못 본 줄 알았어."

나는 아직 두려움이 다 가시지 않아 속이 울렁거렸지만 침대에서 미끄러져 내려오며 떨리는 다리로 일어섰다. 무릎이 꺾여 휘청거리자 캐리가 똑바로 서게 잡아주면서 우는 나를 안아주었다.

"내가 소파에서 자고 있을게."

캐리가 자다 나와서 마구 헝클어진 머리를 손으로 쓸며 복도 벽에 기댔다. 나는 방문을 열어둔 채 방 밖으로 나왔고 기데온은 창백하고 겁에 질린 얼굴로 방 안에 있었다.

"기데온한테도 이불과 베개를 가져다 눕혀줘야겠다. 보니까 혼자서 집에 가기는 글렀어. 지금 상태가 말이 아니야."

"고마워, 캐리."

나는 내 몸통을 감싸 안고 있던 팔을 꽉 쥐며 말했다.

"타티아나 아직도 있어?"

"당연히, 아니지. 우린 그런 거 아니야. 그냥 섹스만 하는 사이라고."

"트레이는?"

기데온에게로 온 정신이 팔려 있었지만, 그래도 캐리를 생각해 작게 물었다.

"내가 사랑하는 사람. 지금까지 만났던 사람 중에 최고인 것 같아. 너는 빼고."

그가 몸을 앞으로 숙여 내 이마에 입을 맞추었다.

"그리고 그 사람한텐……, 모르는 게 약이지. 아무튼 내 걱정은 그만 하시고 너나 신경 쓰셔."

나는 눈물이 그렁그렁해진 눈으로 그를 올려다봤다.

"어떻게 해야 할지 모르겠어."

초록색 눈이 어둡고 심각한 빛을 띠며 캐리가 한숨을 내쉬었다.

"내 생각엔 네가 감당할 수 있을지 결정해야 할 것 같아, 에

바. 고쳐질 가망이 없는 사람도 있어. 나를 봐. 정말 좋은 남
자를 만났는데도 참아줄 수 없는 여자와 그러고 다니잖아."

"캐리……."

내가 팔을 뻗어 그의 어깨에 얹었다.

캐리가 그 손을 잡으며 꽉 움켜쥐었다.

"여기에 있을 테니까 필요하면 불러."

내가 방으로 돌아왔을 때 기데온은 더플백의 지퍼를 닫고
있었다. 그가 나를 보는 순간, 불안감에 뱃속이 사르륵 조여
들었다. 나 때문이 아니라 그 때문이었다. 그렇게 쓸쓸하고,
그렇게 처절하도록 낙담한 표정은 본 적이 없었다. 그 멋진 눈
속에 어린 쓸쓸함이 나를 불안하게 했다. 그에게 생기라고는
하나도 보이질 않았다. 그 숨 막히게 잘생긴 얼굴 구석구석까
지 짙은 그림자가 깔려 죽은 사람처럼 창백하기만 했다.

"뭐하는 거예요?"

내가 작게 속삭였다.

그는 나에게서 최대한 멀리 떨어지고 싶어 하는 것처럼 뒷
걸음질 쳤다.

"여기에 계속 있을 순 없어."

혼자 있게 된다는 생각에 안도감이 확 밀려들어, 마음이 괴
로웠다.

"우리, 도망가지 않기로 했잖아요."

"그건 내가 당신을 겁탈하기 전이었지!"

그가 쏘아붙이며, 한 시간 만에 처음으로 생기를 보였다.

"당신도 모르고 그런 거잖아요."

"당신은 다시는 그런 일을 당하면 안 돼, 에바. 세상에……
내가 당신한테 그런 짓을 할 뻔하다니……."

그가 나에게 등을 돌렸다. 그 구부정한 어깨를 보는 게 그
가 나를 덮쳤을 때보다 더 무서웠다.

"당신이 가버리면 우리는 지는 거고 우리의 과거가 이기는
거예요."

내 말에 그는 한방 얻어맞은 것처럼 놀랐다. 내 방에는 불
이란 불은 다 켜져 있었다. 전깃불만이 우리 영혼에 드리워진
그림자를 모조리 내쫓아줄 수 있기라도 하다는 듯 그렇게.

"난 두려워요. 당신이 지금 포기해버리면, 당신은 나를 멀리
하려 하고 난 그대로 내버려둘지도 몰라요. 우리 사이가 끝날
지도 모른다고요, 기데온."

"내가 어떻게 여기에 있겠어? 당신은 뭐가 좋다고 나를 붙
잡으려 하는데?"

그가 돌아서서 나를 쳐다봤다. 너무나도 간절한 갈망이 느
껴지는 그 눈빛에 또다시 눈물이 울컥했다.

"나 때문에 당신이 다치기 전에 차라리 죽어버리고 싶어."

내가 불안해했던 것 중 하나가 바로 그것이었다. 내가 아는
기데온은 워낙에 지배적이고 의지가 강해서 자기 목숨을 끊
을 사람이라고는 상상하기 힘들었지만, 지금 내 앞에 서 있는

기데온은 완전히 다른 사람이었다. 그리고 그에겐 자살한 부모가 있었다.

나는 내 티셔츠 자락을 손가락으로 잡아 뜯으며 말했다.

"당신은 날 다치게 하지 않았잖아요."

"당신은 날 무서워하고 있어."

그가 쉰 목소리로 말했다.

"얼굴에 다 보여. 나도 내가 무서워. 당신과 자다가 우리 둘 다를 망쳐놓을 그런 일을 저지를까 봐 무섭다고."

그의 말이 맞았다. 그건 사실이었다. 나는 속이 오싹할 만큼 너무나도 무서웠다.

이제 나는 그 안에 잠재된 폭발적인 폭력성을 알았다. 너무나 마음 아픈 광포성을. 그리고 우리는 서로에게 너무 격렬했다. 나도 가든파티에서 비록 뜻대로 하지는 못했지만, 그의 뺨을 때리며 육체적 폭력을 가하려 했었다.

우리 관계의 본질은 열렬하고 감정적이며, 관능적이고 원색적이었다. 우리를 묶어주며 서로에게 마음을 열게 해주는 신뢰는, 오히려 우리를 상처받기 쉽고 위험한 지경으로 내몰았다. 그리고 그런 상황은 좋아지기보다 더 나빠질 수도 있었다.

그가 한손으로 머리를 쥐어뜯었다.

"에바, 난……"

"사랑해요, 기데온."

"젠장."

그가 혐오감 비슷한 감정이 실린 표정으로 나를 쳐다봤다. 그 감정이 나를 향한 것인지 그 자신을 향한 것인지는 분간할 수 없었다.

"어떻게 그런 말을 할 수 있지?"

"그게 진실이니까요."

"방금 다 보고도……."

그가 손을 휘둘러 자신을 가리키며 말했다.

"이 안에 이성을 잃고 발광하는 미치광이가 있는 걸 못 봐서 그래?"

나는 거칠게 숨을 들이마셨다가 대꾸했다.

"나한테도 그렇게 말할 수 있어요? 나에게도 이성을 잃고 발광하는 모습이 있다는 걸 안다면 말이에요?"

"당신은 당신에게 가혹하게 구는 사람에게 끌리는 편인가 보군."

그가 기어이 심한 말을 내뱉었다.

"그만 해요. 당신이 마음이 아파서 그러는 건 알지만 나에게 심한 말을 퍼부어봐야 당신만 더 아파져요."

시계를 보니 새벽 4시였다. 나는 그에게 다가갔다. 그를 만지는 것도, 그의 손길이 닿는 것도 겁나는 내 두려움을 벗어버려야겠다는 생각에서였다.

그가 가까이 못 오게 막으려는 듯 손을 들어 올렸다.

"집으로 가야겠어, 에바."

"여기 소파에서 자요. 이런 일로 싸우지 말아요, 기데온. 제발요. 당신이 가버리면 내가 너무 걱정돼서 못 견딜 것 같아서 그래요."

"내가 여기에 있으면 더 걱정이 될걸."

그가 나를 노려보았다. 당황스러움과 분노, 그리고 지독한 간절함이 배인 눈빛이었다. 그의 눈은 나에게 용서를 빌고 있었다. 하지만 내가 용서해주려 하는데도 그 자신이 받아들이려 하지 않았다.

나는 그에게로 가서 그의 손을 잡았다. 살이 닿는 순간 불안감이 밀려왔지만 꾹 억눌렀다. 아직 몸의 신경이 얼얼하고 목과 입도 아팠다. 나단 오빠가 그랬던 것처럼 마구 삽입하려 했던 그 기억이 아직까지도 너무 생생했다.

"우린 이걸 그, 극복해낼 거예요."

내가 그에게 희망적으로 말하는데 야속하게도 목소리가 떨렸다.

"피터센 박사님에게 상담을 받아요. 그렇게 우리 함께 해결해나가면 돼요."

그가 내 얼굴을 만지려는 듯 손을 올렸다.

"만약에 캐리가 없었다면……."

"캐리가 있었잖아요. 그리고 난 괜찮을 거예요. 사랑해요. 우리 같이 이겨내요."

나는 그의 품 안으로 더 다가가 그를 안으며 그의 셔츠 밑으로 손을 넣어 등을 쓰다듬었다.

"우리, 과거가 현재의 우리를 방해하게 내버려두지 말아요."

그 말이 그와 나, 둘 중 누구를 향한 설득인지는 나도 알 수 없었다.

"에바."

그가 가슴이 으스러지도록 나를 꽉 끌어안았다.

"미안해. 미안해서 죽을 것 같아. 제발 용서해줘……. 당신을 잃고 싶지 않아."

"그럴 일은 없을 거예요."

나는 눈을 감으며 그의 감촉에, 그의 체취에 온 정신을 모았다. 그와 함께 있을 때 아무것도 두렵지 않았던 이전을 기억하면서.

"정말 미안해."

그가 떨리는 손으로 내 등을 어루만졌다.

"뭐든 다 할게……."

"쉿. 사랑해요. 우린 괜찮을 거예요."

그가 고개를 돌리며 부드럽게 키스했다.

"용서해줘, 에바. 난 당신 없이는 안 돼. 겁이 나. 만약에 당신을 잃게 된다면……."

"난 아무 데도 안 가요."

그가 불안한 듯 자꾸 내 등을 쓸어서 살이 다 얼얼했다.

"이렇게 당신 앞에 있잖아요. 더 이상 도망가지 않아요."

그가 손을 멈췄고 내 입술로 그의 거친 숨결이 확 밀려왔다. 곧 그가 고개를 기울이며 내 입술을 덮어왔다. 내 몸이 그의 부드러운 키스의 유혹에 반응했다. 나도 모르게 그의 품으로 달라붙으며 그를 더 꽉 끌어당기고 있었다.

그가 내 양쪽 가슴을 감싸 쥐고 주무르자 젖꼭지가 팽팽히 서면서 욱신거렸다. 나는 두려움과 갈망이 뒤섞인 신음 소리를 냈고 그 소리에 그가 부르르 떨었다.

"에바……?"

"난, 난 못 하겠어요."

아까 잠에서 깨던 순간의 기억이 너무 생생히 떠올랐다. 그를 거부하는 것은 가슴 아픈 일이었다. 의붓오빠의 얘기를 털어놓았을 때 내가 그에게 그랬듯, 그도 나에게 꼭 확인받고 싶었을 것이다. 그를 향한 욕망이 아직도 그대로이며, 과거의 상처가 아무리 추악하더라도 그 과거가 지금 우리 서로에게 아무 상관이 없음을.

하지만 나는 그렇게 해줄 수가 없었다. 아직은 해줄 수 없었다. 마음이 너무 얼얼하고 예민했다.

"그냥 안아줘요, 기데온. 제발."

그가 고개를 끄덕이며 두 팔로 나를 감싸 안았다.

나는 그를 잠들게 해주고 싶어서 나와 같이 바닥에 눕게 했다. 몸을 웅크려 그의 옆구리에 붙이며 다리를 그의 다리 위에 걸치고 팔을 그의 단단한 배 위에 둘렀다. 그는 나를 부드럽게 끌어안고 이마에 입을 맞추며 너무 미안하다고 속삭이고 또 속삭였다.

"날 두고 가지 말아요. 옆에 있어요."

내가 속삭였다.

기데온은 대답이나 그 어떤 약속도 하지 않았지만 나를 품에서 놓아주지도 않았다.

얼마쯤 후 눈을 떴을 때 귓가에 기데온의 고른 심장소리가 들렸다. 아직도 방 안에 불이 다 켜져 있었다. 카펫 깔린 바닥이 딱딱하고 배겼다.

기데온은 똑바로 누워 있었다. 잠에 빠진 그의 멋진 얼굴은 젊음이 넘쳤고 밀려 올라간 셔츠 아래로 배꼽과 조각 같은 복근이 살짝 드러났다.

이 사람이 바로 내가 사랑하는 남자였다. 그 몸으로 나에게 큰 기쁨을 주고 그 사려 깊음으로 몇 번씩이나 나를 감동시켰던 남자. 그는 여전히 내 옆에 있었다. 그리고 찡그려진 미간 주름은 그가 여전히 아파하고 있음을 보여주고 있었다.

나는 그의 트레이닝 바지 속으로 손을 넣었다. 늘 뜨거운 강철 같았던 그의 페니스가 우리가 함께한 이후 처음으로 묵직하지 않았다. 하지만 내가 조심스레 그의 페니스 뿌리에서부터 끝까지 애무하자 이내 부풀어 오르며 굵직해졌다. 나는 아직 두려움이 약간 남아 있었지만 나에겐 그의 내면 속 괴물을

191

끌어안고 사는 것보다 그를 잃는 것이 더 겁나는 일이었다.

그가 몸을 들썩이며 내 등을 감싼 팔에 힘을 주었다.

"에바……?"

나는 아까는 해줄 수 없었던 대답을 이제야 해주며 그의 입에 대고 소곤소곤 말했다.

"우리, 잊어버려요. 잊기로 해요."

"에바."

그가 돌아누우우며 조심조심 내 셔츠를 벗겼다. 나도 조심스럽게 그의 옷을 벗겼다. 우리는 깨지기 쉬운 물건이라도 다루듯 서로에게 다가갔다. 그만큼 그 순간의 우리는 아슬아슬한 끈으로 서로를 붙잡고 있었다. 우리 둘 다 미래에 대해, 그리고 신경이 뾰족하게 곤두선 상태에서 서로에게 가하게 될 수도 있는 상처에 대해 조마조마했다.

그가 입술로 내 젖꼭지를 감싸더니 충동을 절제하면서 천천히 빨았다. 부드럽게 당기는 그 느낌이 좋아서 나는 헐떡이며 몸을 활처럼 휘어 올렸다. 그는 내 한쪽 가슴부터 엉덩이까지 정성스레 빨았다. 그런 애무를 몇 번씩 반복하며 내 두려움을 달래주었고 어느새 내 심장은 빠르게 뛰고 있었다.

그가 이번엔 다른 쪽 가슴으로 입술을 옮기며 미안하다고, 내가 필요하다고 속삭였다. 후회와 비참함에 상처 입은 목소리였다. 그의 혀가 뻣뻣해진 젖꼭지를 덮어오며 감질나게 애를 태우다가 촉촉하고 뜨겁게 핥았다.

192

"기데온."

그 섬세한 자극이 겁먹은 내 마음에서 능숙하게 욕망을 끌어냈다. 내 몸은 이미 그에게 푹 빠져서 쾌감과 그의 아름다움을 탐닉했다.

"날 두려워하지 마. 마음 편히 가져."

그가 속삭였다.

이제 그가 내 배꼽을 키스하다 더 아래쪽 내 다리 사이로 가면서 머리카락으로 내 배를 자극했다. 그는 떨리는 손으로 나를 열며 클리토리스에 코를 대고 비볐다. 그의 혀가 다리 사이를 안달 나도록 살살 핥으며 떨리는 내 여성 안으로 파고들 때는 미쳐버릴 것 같았다.

등이 휘어 올려지고 입술 사이에서 쉰 목소리로 애원이 흘러나왔다. 온몸이 꽉 조여오며 뚝 부러질 것처럼 팽팽해지는가 싶던 찰나, 그가 혀끝을 그지없이 부드럽게 쿡 찌르자 오르가슴이 밀려왔다.

나는 소리를 내질렀고 뜨겁게 고동치는 몸을 뒤틀며 안도감을 느꼈다.

"당신을 놓아줄 수가 없어, 에바. 그럴 수가 없어."

쾌감에 몸을 바르르 떨고 있을 때 기데온이 바닥에 팔을 짚으며 내 위로 올라왔다.

나는 그의 얼굴 위로 흐르는 눈물을 닦아주며 붉게 충혈된 그 눈을 빤히 쳐다봤다. 고통스러워하는 그를 지켜보기가 가슴이 아리도록 괴로웠다.

"당신이 그러려고 해도 내가 안 떠날 거예요."

그가 마음을 추스르더니 페니스를 내 안으로 조심스럽게, 천천히 집어넣었다. 그가 점점 깊이 들어오며 내 몸을 조금씩 조금씩 가질 때 바닥에 머리가 세게 꾹 눌려졌다.

내가 그를 온전히 받아들이자 그는 서두르지 않고 한결같은 움직임으로 넣었다 뺐다 하며 찔러오기 시작했다. 나는 눈을 감고 우리를 이어주고 있는 그곳에 집중했다. 그러던 어느 순간 그가 내 위에서 그대로 동작을 멈추고는 그의 배로 내 배를 꾹 눌렀다. 나는 공포가 밀려와 심장이 마구 뛰었다. 갑작스러운 두려움에 나는 움츠러들고 말았다.

"날 봐, 에바."

알아듣기도 힘들 만큼 잔뜩 목이 멘 목소리였다.

나는 그를 쳐다봤다. 그의 절망을 봤다.

"날 사랑해줘."

그가 가쁜 숨을 내쉬며 애원조로 속삭였다.

"나와 사랑을 나눠줘. 날 만져줘, 앤젤. 당신 손으로 날 만져줘."

"알았어요."

나는 손바닥을 그의 등에 가져다 붙였다. 떨리는 그의 근육을 어루만지며 엉덩이로 미끄러뜨려 내렸다. 그 탄탄하고 팽팽한 엉덩이 살을 꽉 쥐며 더 빠르게, 더 깊이 들어오도록 그를 자극했다.

꽉 조여진 내 안쪽 깊숙이 묵직한 그의 남성이 리드미컬하게 치고 들어오자 뜨거운 파도처럼 엑스터시가 밀려왔다. 그 느낌이 정말 좋았다. 어느새 내 다리가 앞뒤로 들썩이는 그의 엉덩이를 감쌌고 숨이 가빠지면서 내 안을 옥죄고 있던 차가운 매듭이 녹았다. 우리의 시선이 서로를 마주 봤다.

관자놀이를 타고 눈물이 주르륵 흘렀다.

"사랑해요, 기데온."

"제발 한 번만 더……."

그가 눈을 꼭 감았다.

"사랑해요."

그가 능란한 엉덩이 놀림으로 내 안에서 페니스를 휘저으며 나를 오르가슴으로 이끌어갔다. 내 안의 깊은 그곳이 팽팽히 조이며 그를 꼭 붙잡으려, 그를 내 안 깊숙이 잡아놓으려 했다.

"지금이야, 에바."

그가 내 목에 대고 숨을 헐떡이며 말했다.

나는 절정에 이르려고 안간힘을 썼다. 그러나 내 위에 올라타 있는 그에 대한 불안이 아직도 다 사라지지 않고 있어서, 그 불안감이 욕망과 뒤섞여 내 신경을 곤두세웠다. 나는 그 불안감에서 벗어나려 기를 썼다.

그가 고통과 후회가 가득 배인 허스키한 목소리를 냈다.

"절정에 이르러줘, 에바……. 당신을 느끼게 해줘……, 제발……."

그가 내 엉덩이를 감싸 잡더니 엉덩이의 각도를 기울여 내 안의 민감한 그곳을 연속해서 자극했다. 지칠 줄도 모르고 끈기 있게 한참을 맹렬히 치고 들어왔다. 그러던 어느 순간 마침내 머리가 몸에 대한 통제력을 잃으면서 나는 격렬한 오르가슴에 이르렀다. 나는 그의 어깨를 물어 터져 나오려는 비명을 삼키며 그의 밑에서 몸을 떨었다. 내 안의 미세한 근육들이 밀려오는 황홀경의 파문에 파르르 떨리고 있었다. 그가 가슴 깊은 곳에서 터져 나오는 신음을 내뱉었다. 고뇌에 찬 쾌감의 거친 신음 소리를.

"한 번 더."

그가 명령하며 안으로 더 깊이 들어와 나에게 기분 좋은 욱신거림을 안겼다. 그는 일부러 그런 작은 통증을 유도하며 다시 한 번 둘 사이의 믿음을 심었다. 그리고 그런 그의 믿음이 마지막 남아 있던 내 불안을 쫓아내주었다. 우리는 서로를 믿었지만 그렇게 차츰 우리의 본능도 믿게 되었다.

나는 다시 한 번 절정에 이르렀다. 발가락이 오그라들어 쥐가 날 지경으로 격한 오르가슴이었다. 곧 익숙한 팽팽함이 기데온의 엉덩이를 휘감는 것이 느껴지자, 나는 내 안에 자신을 가득 쏟아 내는 그를 느끼고 싶어져서 안달이 났다.

"안 돼!"

그가 몸을 비틀어 빼더니 옆으로 쿵 드러누우며 한 팔로 자기 눈을 가렸다. 자기 몸에 위안과 쾌감을 주지 않는 것으로 스스로를 벌하려는 모양이었다.

그의 가슴이 들썩거리며 땀으로 반짝거렸다. 페니스가 그의 배 위에 묵직하게 뉘여 있었다. 그것도 자줏빛 귀두가 부풀어 오르고 힘줄이 툭 불거진 야성적인 모습으로.

나는 몸을 던지듯 달려들어 그것을 두 손으로 잡고 빨면서 그의 욕 섞인 격한 반항을 무시했다. 한쪽 팔뚝으로 그의 몸통을 꼭 누르고는 다른 쪽 손으로 페니스를 꽉 쥐고 아래위로 문지르며 민감한 귀두를 게걸스레 빨았다. 그는 허벅지를 바르르 떨며 두 발을 연신 차댔다.

"에바, 젠장. 빌어먹을."

그의 몸이 뻣뻣해지더니 그가 숨을 헐떡였다. 두 손을 내 머리카락에 찔러 넣으며 갑자기 엉덩이를 아래위로 격렬히 움직였다.

"오, 제기랄. 세게 빨아줘……. 오, 이런……."

그가 폭발하듯 자신을 쏟아냈다. 거의 숨이 막히도록 내 입 안 가득히 뜨거운 것이 고였다. 나는 그것을 모두 삼킨 후, 그의 페니스를 손으로 꽉 쥐고 고동치는 맥박에 맞춰 계속 쥐어짜며 그것을 삼켰다. 그가 흥분에 겨워 몸을 떨며 그만 하라고 빌 때까지.

내가 몸을 똑바로 펴자 기데온이 일어나 앉으며 나를 품에 안았다. 그는 나를 다시 바닥으로 눕히며 동이 들 때까지 내 목에 얼굴을 묻고 울었다.

　나는 출근 준비를 하며 검은색 긴팔 실크 블라우스와 정장 바지를 입었다. 나 자신과 세상 사이에 방벽이 필요하다는 느낌 때문이었다. 주방에서 기데온이 두 손으로 내 얼굴을 감싸며 입술로 내 입술을 가볍게 스쳤을 때, 그 부드러운 감촉에 가슴이 에였다. 그의 시선은 여전히 두려움에 사로잡혀 있었다.

　"점심 같이 할까요?"

　서로 꼭 붙어 있어야 할 것 같은 절박함을 느끼며 물었다.

　"사업상 일로 점심 약속이 있는데."

　그가 풀어서 늘어뜨린 내 머리를 손가락으로 빗겨주었다.

　"같이 갈까? 앙구스에게 근무시간에 늦지 않게 당신을 데려다 주라고 말해놓을게."

　"나도 같이 가고 싶어요."

　그가 저녁 행사, 회의, 약속 일정 등의 스케줄을 내 휴대폰으로 보내줬던 게 생각나서 내가 이어 물었다.

　"그런데 내일 밤에 월도프 아스토리아 호텔에서 자선만찬 있지 않아요?"

　그의 눈빛이 부드러워졌다. 출근을 위해 옷을 갈아입은 그의 표정은 침울하면서도 태연해 보였다. 하지만 그가 표정처럼 그렇게 태연한 상태가 아님을 나는 알았다.

"당신 정말로 날 버리지 않을 건가 보군, 음?"

그가 나직이 물었다. 나는 오른손을 들어 올려 반지를 내보였다.

"이제 당신은 나한테 코 꿰인 거 몰라요, 크로스 씨? 잘 알아두라고요."

출근하는 차 안에서 그는 나를 무릎 위에 앉혀 꼭 껴안고 있더니, 점심 약속을 위해 장 조르주 레스토랑으로 가는 차에서도 그랬다. 나는 식사 중에 열 단어 내외로만 짧게 얘기하며 기데온이 시켜준 음식을 아주 맛있게 즐겼다.

나는 그의 옆에 조용히 앉아 테이블보 밑 그의 딴딴한 허벅지 위에 왼손을 얹어 놓았다. 그에 대한, 그리고 우리에 대한 변함없는 마음을 전하는 무언의 다짐이었다. 그는 세인트 크로와 개발지구의 부동산에 대해 논의하며 한쪽 손을 따뜻하고 든든하게 내 손 위에 포개고 있었다. 우리는 식사 내내 그렇게 손을 잡은 채, 서로 손을 놓느니 그냥 한 손으로 식사하는 것을 택했다.

시간이 지나니 전날 밤의 공포는 서서히 사라졌다. 하지만 그 일은 우리에게 영영 지우지 못할 또 하나의 상처로 남았을 것이다. 때때로 그 상처가 괴롭고 두려울 테지만, 우리 사이를 갈라놓진 못할 것이다. 우리가 그렇게 되도록 내버려두지 않을 테니까.

일이 끝나고 밖으로 나왔을 때 앙구스가 기다리고 있다가 집까지 태워주었다. 기데온은 늦게까지 일을 하다가 바로 피터 센 박사님의 사무실에 가야 했다. 나는 차를 타고 가는 동안 파커의 도장에 갈까 말까를 놓고 고민하다 결국엔 가기로 결정했다. 계획된 생활이 필요했기 때문이었다. 현재 내 삶의 많은 부분이 통제 불능이었고, 계획을 따르는 것은 나의 전적인 통제가 가능한, 몇 가지 안 되는 일 중 하나였다.

도장에서 한 시간 반 동안 파커와 함께 태깅과 기본기 훈련을 한 후에 클랜시가 집에 내려주었을 때는 마음이 한결 가벼워져 있었다. 너무 하기 싫었는데도 불구하고 운동을 한 나 자신이 자랑스럽기도 했다.

로비로 들어섰을 때 트레이가 프런트 데스크 직원과 얘기를 하고 있었다.

"안녕하세요. 올라가게요?"

내가 말을 걸었다.

그가 고개를 돌려 나를 보더니 담갈색 눈에 따스한 눈빛을 띠며 활짝 미소 지었다. 트레이는 다정한 면이 있었고 캐리가 전에 만났던 사람들과는 달리 거짓이 없고 순수한 편이었다. 아니, 그냥 '정상인'이라고 말하는 편이 맞을지도 모르겠다. 나나 캐리의 삶 속에서는 정말 드물었던 그런 정상적인 사람.

"캐리가 집에 없나 봐요. 인터폰을 넣었는데 안 받는대요."

그가 말했다.

"저하고 같이 올라가서 기다리셔도 돼요. 어차피 이제 밖에 나갈 일도 없거든요."

"그래도 괜찮다면 그럼."

내가 프런트 데스크 여직원에게 손을 흔들어 인사하며 엘리베이터 쪽으로 향할 때 그가 내 옆으로 다가와 같이 걸었다.

"캐리에게 뭐 좀 줄 게 있어서 왔어요."

"저는 신경 쓰지 말고 편하게 기다리세요."

그의 다정한 미소에 화답하며 내가 말했다.

그가 내 요가팬츠와 탱크톱을 보며 물었다.

"운동 다녀오는 길인가 봐요?"

"네. 오늘 기분이 그래서 정말 가기 싫었는데 억지로 다녀오는 길이에요."

그가 엘리베이터를 타며 소리 내어 웃었다.

"저도 그런 기분 알아요."

엘리베이터가 올라갈 때 침묵이 내려앉았다. 분위기가 거북했다.

"별 문제 없죠?"

내가 물었다.

"그게……."

트레이가 가방을 고쳐 맸다.

"캐리가 요 며칠 저한테 관심이 좀 시들한 것 같아요."

"정말요? 어떤 식으로요?"

나는 아랫입술을 깨물었다.

"잘 모르겠어요. 설명하기가 힘들어요. 그냥 캐리한테 무슨 일이 생긴 것 같은 느낌은 드는데 그게 뭔지는 모르겠어요."

나는 그 금발 머리를 생각하며 속으로 움찔했다.

"그레이 아일스 광고 때문에 스트레스가 쌓여서일 거예요. 그런 상태에서 괜히 그쪽을 성가시게 할까 봐 피하는 걸지도 몰라요. 일하랴 공부하랴 가뜩이나 바쁜 걸 잘 아니까요."

긴장되어 있던 그의 어깨가 풀렸다.

"그렇겠네요. 정말 그럴지도 모르겠어요. 고마워요."

나는 같이 아파트로 들어가며 편히 있으라고 말했다. 트레이는 짐을 놔두고 오려고 캐리의 방으로 향했고 나는 자동응답 메시지를 확인하러 전화기 쪽으로 갔다.

그때 복도 쪽에서 고함 소리가 나서, 나는 애초의 목적과는 다른 이유로 전화기에 손을 뻗었다. 처음에는 강도라도 들어온 줄 알고 심장이 벌렁거렸다. 그런데 뒤이어 또 한 번 고함 소리가 이어졌을 때, 틀림없는 캐리의 목소리가 섞여 들려왔다.

나는 그제야 혹 숨을 내쉬며 마음을 놓았다. 전화기를 든 채 무슨 일인지 보려고 뒤쪽으로 향했다. 그때 블라우스 단추를 채우며 모퉁이를 돌아 나오던 타티아나와 부닥칠 뻔했다.

"깜짝이야."

그녀가 미안한 기색도 없이 씩 웃으며 인사했다.

"안녕."

202

그녀가 나가며 문을 닫는 소리는 트레이의 고함 소리에 묻혀버렸다.

"웃기지 마, 캐리. 얘기 했었잖아! 넌 약속했었고!"

"부풀려 생각하지 마. 네가 생각하는 그런 거 아니야."

캐리가 악을 썼다.

트레이가 캐리의 방에서 뛰쳐나왔다. 급하게 나오는 그에게 길을 비켜주느라 나는 복도 벽에 착 붙었다. 캐리가 허리에 침대 시트를 대충 두른 채로 뒤따라 나왔다. 내 앞을 지나갈 때 내가 실눈을 뜨고 눈총을 쏘자 캐리는 가운뎃손가락을 치켜들었다.

나는 두 사람을 위해 자리를 피해주려고 샤워를 하러 갔다. 자기 인생에 찾아온 좋은 기회를 또다시 망치고 있는 캐리에게 화가 났다. 제발 이젠 그러지 말았으면 좋겠는데 캐리는 왜 그런 나쁜 버릇을 못 버리는지.

30분 후에 주방으로 나왔더니 집 안이 쥐죽은 듯 조용했다. 나는 저녁 준비에만 신경썼다. 메뉴는 감자와 아스파라거스를 곁들인 돼지고기 로스트로 정했다. 캐리가 기분이 처져 있을 때 즐겨먹는 요리였다.

돼지고기를 오븐에 집어넣고 있을 때 트레이가 복도 쪽으로 툭 튀어나와 깜짝 놀랐으나 이내 그 놀란 마음은 슬픔으로 바뀌었다. 상기되고 헝클어진 모습으로 울면서 떠나는 트레이를 보자 마음이 아팠다. 그러나 곧이어 캐리가 남자의 땀 냄새와

203

섹스의 체취를 풀풀 풍기며 주방으로 들어오는 순간, 연민 대신 실망이 밀려왔다. 그는 와인셀러 쪽으로 가려고 나를 지나치면서 찡그린 얼굴로 나를 힐끗 쳐다봤다.

나는 팔짱을 턱 끼고 그를 마주 봤다.

"방금 바람을 피우다 들킨 그 침대에서 상처 입은 연인과 관계를 갖는 건 좋은 방법이 아니야."

"닥쳐, 에바."

"트레이는 지금쯤 굴복해버린 자기 자신을 증오하고 있을 걸."

"입 닥치라고 했다."

"좋아."

나는 그에게서 돌아서며 돼지고기와 함께 오븐에 넣을 감자 양념에 관심을 돌렸다.

캐리가 싱크대 수납장에서 와인 잔을 꺼내며 말했다.

"네가 날 비난하는 건 알겠는데 그만 해. 내가 남자랑 그짓을 하고 있었으면 트레이는 그 반만큼도 화내지 않았을 거야."

"그럼 다 트레이 잘못이라는 거야?"

"잠깐! 네 애정사도 완벽하진 않잖아."

"정말 못됐다, 캐리. 날 동네북으로 끌어들이지 마. 넌 실수를 해놓고는 일을 더 망쳤어. 다 네 잘못이라고."

"잘난 척하지 마. 넌 얼마나 잘한다고 그래. 조만간 널 강간할지도 모를 남자와 잠자리를 갖고 있는 주제에."

"그런 거 아니야!"

그가 초록빛 눈에 고통과 분노를 가득 담은 채 코웃음을 치며 싱크대에 엉덩이를 기댔다.

"널 덮친 게 잠결에 그러는 거라고? 그럼 술이나 마약에 취한 사람들에게도 똑같이 말해야지. 모르고 그런 거라고."

순간 나는 큰 충격에 빠졌다. 맞는 말이기도 했지만, 캐리가 나에게 상처를 주려고 일부러 그런 말을 꺼냈다는 것 때문이었다.

"술은 끊을 수 있지만 잠을 안 자고는 살 수 없어."

캐리가 몸을 똑바로 펴더니 와인셀러에서 골라온 와인을 두 개의 잔에 따라 하나를 내 쪽으로 밀었다.

"자기에게 상처를 주는 사람과 엮이는 게 어떤 기분인지는 누구보다도 내가 잘 알아. 넌 그 사람을 사랑하고 지켜주고 싶어 해. 하지만 그럼 넌 누가 지켜주겠어, 에바? 네가 그 사람과 함께 있을 때 내가 항상 네 옆에 있는 것도 아니잖아. 그 사람은 시한폭탄 같아."

"상처를 주는 사람과 사귀는 기분에 대해 더 얘기해볼까, 캐리?"

나는 내 고통스러운 진실로부터 벗어나기 위해 캐리의 문제로 되받아 쏘아붙였다.

"넌 네 자신을 지키려고 트레이를 속였잖아? 트레이가 너에게 상처를 줄까 봐 네가 먼저 밀어내려고 한 거 아니야?"

205

캐리의 입술이 냉소적으로 일그러졌다. 그는 아직도 싱크대에 놓여 있는 내 잔에 자기 잔을 부딪쳤다.

"개판 인생인 우리를 위해. 그래도 우리에겐 서로가 있잖아?"

그가 성큼성큼 주방을 나갔고 나는 풀이 꺾이고 말았다. 내가 이럴 줄 알았다. 너무 좋아 꿈같은 상황이 조만간 무너질 것임을. 마음의 평온과 행복이란 내 인생에는 없는 것이었다. 한 번에 잠깐씩만 이어지다 마는, 알고 보면 환상일 뿐이었다.

언제나 뭔가가 숨어 있었다. 그것은 숨어서 기다리다 갑자기 나타나 모든 것을 무너뜨리고 만다.

20

저녁 요리를 오븐에서 막 꺼내고 있을 때 기데온이 도착했다. 그는 한 손엔 옷가방을, 다른 손엔 노트북 가방을 든 채였다. 안 그래도 그가 피터센 박사님과의 상담 후에 집에 혼자 있을까 봐 걱정하고 있었는데 우리 집으로 오는 중이라는 그의 전화를 받자 마음이 놓였다. 하지만 막상 문을 열고 문턱을 넘어서는 그를 보자, 나도 모르게 불안함으로 몸이 오싹해졌다.

"음, 이 맛있는 냄새."

그가 나를 따라 주방으로 들어오며 작게 말했다.

"당신이 배가 고파야 할 텐데. 음식은 많은데 캐리가 같이 먹어줄 것 같지는 않거든요."

기데온이 보조식탁에 짐을 내려놓고 조심스레 나에게 다가와 내 얼굴을 살폈다.

"자고 가려고 짐을 챙겨왔는데 당신이 원한다면 그냥 갈게. 언제든지 말만 해."

나는 숨을 후 내쉬며 두려움에 절절매지 말자고 마음을 다잡았다.

"내가 원하는 건 당신이 여기에 있는 거예요."

"나도 여기에 있고 싶어."

그가 내 옆에서 머뭇거렸다.

"안아도 돼?"

나는 돌아서서 그의 품에 안기며 그를 꼭 끌어안았다.

"제발 안아줘요."

그가 나와 볼을 맞대며 나를 꼭 안았다. 포옹이 예전만큼 자연스럽고 편하지가 않았다. 우리 사이에 예전에 없던 조심스러움이 감돌고 있었다.

"기분은 좀 어때?"

그가 속삭였다.

"당신이 와서 더 기분 좋아졌죠."

"하지만 아직도 긴장해 있군."

그가 내 이마에 입술을 꾹 누르며 말을 이었다.

"하긴, 나도 그래. 다시 같이 자도 될지 불안해."

내가 뒤로 살짝 몸을 빼며 그를 올려다봤다. 솔직히 나도 그것이 두려웠다. 좀 전에 캐리와 나누었던 얘기도 마음에 걸렸다.

'그 사람은 시한폭탄 같아.'

"우린 잘 해낼 거예요."

내가 말했다.

그가 한참 동안 말이 없다가 물었다.

"혹시 의붓오빠와는 연락한 적 있어?"

"아뇨."

내 마음속 깊은 곳에서는 우연히든 의도적으로든 언젠가 그를 다시 보게 될까 두려워하고 있었다. 어디엔가 같은 하늘 아래 살아 있다고 생각만 해도……

"왜요?"

"오늘 그게 신경이 쓰였거든."

나는 몸을 뒤로 빼 그의 얼굴을 살펴봤다. 고통스러워하는 그의 표정에 목이 메어왔다.

"왜요?"

"우리 사이에 장애물이 많은 것 같아서."

"너무 부담스러워요?"

기데온이 고개를 가로저었다.

"그런 생각은 안 해."

나는 무슨 말을 해야 할지 막막했다. 내 사랑과 그의 절실 함이 우리 관계를 잘 이어가게 해줄지 나도 자신 없는 마당 에, 어떤 말로 그를 안심시킬 수 있을지.

"무슨 생각해?"

그가 물었다.

"먹는 거요. 배고파 죽겠어요. 캐리에게 먹을 거냐고 물어 봐 줄래요? 그런 다음에 우리 같이 저녁 먹어요."

캐리는 자고 있어서 결국 그와 나 단둘이 촛불을 켜놓고 식탁에서 저녁을 먹었다. 꽤나 격식을 갖춰서 먹고 있었지만 옷차림은 샤워를 하고 나서 편하게 갈아입은 낡은 티셔츠와 잠옷바지였다. 캐리가 걱정되긴 했지만, 기데온과 둘이 조용히 휴식 시간을 보내다 보니 그것이 바로 우리에게 필요한 일이라는 기분도 들었다.

"어제 사무실에서 막달레나와 점심을 먹었어."

요리를 몇 입 먹고 났을 때 그가 말했다.

"네?"

내가 반지를 사러 돌아다니는 동안 막달레나가 내 남자와 단둘이 즐거운 시간을 보내고 있었다고?

"그런 말투로 말하지 마."

그가 타이르듯 말했다.

"막달레나는 당신이 보낸 꽃다발이 가득한 사무실에서, 그것도 당신이 손키스를 날리고 있는 내 책상에서 점심을 먹었으니까."

"미안해요. 나도 모르게 발끈했어요."

그가 내 손을 잡고 손등에 꾹 입을 맞추었다.

"아직도 당신이 나 때문에 질투심이 발동하는 걸 보니 마음이 놓이는군."

나는 한숨을 쉬었다. 내 감정은 하루 종일 엉망이었다. 내 기분이 내 마음대로 되지가 않았다.

"크리스토퍼 얘기 했어요?"

"그것 때문에 점심을 먹은 거야. 동영상을 보여줬어."

"뭐라고요?"

나는 차 안에서 내 휴대폰이 꺼졌던 것을 떠올리며 인상을 찡그렸다.

"그걸 어떻게 보여줬어요?"

"당신 휴대폰을 사무실로 가져가서 USB로 동영상을 옮겼지. 내가 어젯밤에 충전해서 다시 가져다 놨는데 몰랐어?"

"몰랐어요."

나는 포크와 나이프를 내려놓았다. 어떤 선을 넘으면 내가 미쳐버리는지에 대해 이제는 얘기를 해봐야 할 것 같았다.

"내 휴대폰을 해킹하는 건 못 참아요, 기데온."

"해킹하지 않았는데. 아직 암호도 안 걸어놓고선."

"그런 얘기가 아니에요! 내 프라이버시를 심각하게 침해하는 문제를 말하는 거예요. 제길……."

대체 내 삶으로 들어오는 사람들은 내게도 지켜줘야 할 경계선이 있다는 걸 왜 이해하지 못하는 거지?

"내가 당신 물건을 뒤지면 당신은 좋겠어요?"

"난 숨길 게 아무것도 없어."

그가 자기 휴대폰을 파자마 안주머니에서 꺼내 나에게 내밀었다.

"당신도 숨기는 게 없어야 해."

안 그래도 너무 불안정한 상황인 지금으로선 그와 싸우고 싶지 않았지만 더 이상 이런 식으로 내버려두긴 싫었다.

"당신에게 보여주고 싶지 않은 게 있느냐 없느냐가 중요한 게 아니에요. 나한테도 프라이버시가 있다는 얘기지. 내 정보와 물건을 당신 멋대로 가져가기 전에 나한테 물어봐야 하는 거 아닌가요. 허락도 없이 뭐든 당신 맘대로 가져가는 건 그만해요."

"그 동영상이 무슨 비밀이라고? 당신이 나한테 보여줬던 거잖아."

그가 인상을 찡그렸다.

"우리 엄마처럼 말하지 말아요, 기데온! 내가 정말 돌아버리겠어요."

내가 버럭 소리를 질렀다.

그 소리에 그가 몸을 뒤로 크게 움찔했다. 내가 너무 화를 내서 놀란 모양이었다.

"알았어. 미안."

나는 화나고 답답한 마음을 억제해보려 와인을 벌컥벌컥 마셨다.

"화나게 해서 미안해요? 아니면 당신이 한 일이 미안해요?"

심장이 몇 번 뛸 동안 뜸을 들이다 기데온이 대답했다.

"화나게 해서 미안해."

그는 정말 이해를 못했다.

"당신이 그러는 게 얼마나 비정상인 건지 왜 몰라요?"

"에바."

그가 한숨을 쉬며 머리를 쥐어뜯었다.

"나는 매일 많은 시간을 당신 마음 안에서 사는 사람이야. 그렇게 마음을 내준 사이인 나한테 한계를 정해두는 건 나로선 독단적으로 보일 수밖에 없어."

"그건 독단적인 게 아니라 나한테 중요한 문제예요. 알고 싶은 게 있으면 나한테 물어봐요."

"알았어."

"다신 그러지 마요. 농담 아니에요, 기데온."

그의 턱이 꽉 조여졌다.

"그래. 알았어."

나는 정말로 싸우고 싶지 않았기 때문에 그쯤에서 넘어갔다.

"막달레나가 동영상 보고 뭐래요?"

그가 눈에 띌 만큼 마음을 놓으며 말했다.

"당연히 힘들어했지. 내가 봤다는 걸 알고 더 힘들어하더군."

"막달레나도 장서실에서 우릴 봤잖아요."

"그 일에 대해선 얘길 꺼내지 않았는데, 사실 무슨 말을 하겠어? 밀폐된 방에서 내 연인과 사랑을 나눈 일이 사과할 일도 아니잖아."

그가 뒤로 기대앉으며 거칠게 숨을 내쉬었다.

"막달레나는 동영상에서 크리스토퍼의 얼굴을 보고 나서, 크리스토퍼가 자기를 어떻게 생각하는지 알고 상처를 받았어. 그런 식으로 이용당한 걸 알면 힘들 수밖에. 그것도 잘 안다고 생각했고, 자기에게 관심이 있는 줄 알았던 그런 사람에게 당하면 더 힘들겠지."

그는 마치 겪어본 사람처럼 얘기하고 있었다. 그는 대체 무슨 일을 당한 걸까? 나는 반응을 숨기기 위해 그와 내 잔을 다시 채우느라 부산을 떨었다. 와인을 벌컥벌컥 급히 들이켜고 나서 물었다.

"당신은 그 일을 어떻게 할 생각이에요?"

"내가 뭘 어쩌겠어? 수년간 크리스토퍼를 설득하느라 안 해본 얘기가 없어. 돈을 줘서 달래도 보고 협박도 해봤어. 그런데도 달라질 기미를 보인 적이 없다니까. 나는 이미 오래전에 깨달았어. 내가 할 수 있는 일은 피해를 조절하는 것뿐이야. 그리고 당신을 크리스토퍼에게서 최대한 멀리 떨어뜨려놓아야 하고."

"이제 나도 알았으니까 그 부분은 내가 협조할게요."

"좋아."

그가 와인을 마시며 잔 너머로 나를 바라봤다.

"피터센 박사님과의 상담에 대해서는 안 물어보네."

"그건 내가 상관할 일이 아니니까요. 당신이 털어놓고 싶어 하지 않다면요."

나는 그가 털어놓길 내심 바라며 그와 시선을 맞추었다.

"당신이 말을 들어줄 사람이 필요하다면 언제든 들어주긴 하겠지만 억지로 캐묻진 않을 거예요. 나에게 마음을 열 준비가 되면 그때 얘기해요. 그건 그렇고, 박사님은 만나보니까 어땠어요? 좋았어요?"

"지금까진."

그가 빙긋 웃었다.

"말로 계속 나를 납득시켜주더군. 그런 능력을 가진 사람은 흔치 않은데 말이야."

"맞아요. 말을 주고받으면서 다른 각도에서 이해하게 해주시죠. '왜 내가 그런 식으로 보지 못했지?' 이런 생각을 해보게요."

기데온이 손가락으로 와인 잔 다리를 위아래로 쓰다듬었다.

"잠자기 전에 먹으라고 처방전을 써주기도 했어. 여기에 오기 전에 약을 받아왔지."

"약을 먹는 거에 대해선 어떻게 생각해요?"

그가 어둡고 초조한 눈빛으로 나를 바라봤다.

"필요할 것 같아. 당신과 같이 있지 않으면 못 견디겠고, 어떻게 해서든 당신은 안전하게 지켜야 하니까. 박사님 말로는 다른 '비정형 성적 사건수면증atypical sexual parasomniacs' 사례들에서도 약물과 상담의 병행 치료가 효과가 있었다니까 그 말을 믿어야지."(사건수면이란 각성 시에나 볼 수 있는 행동이 수면 중에 일어나는 것을 뜻함—옮긴이)

나는 손을 뻗어 그의 손을 꽉 쥐었다. 약물 복용은 쉽지 않은 선택이었다. 특히 오랜 기간 자신의 문제와 정면으로 마주하길 피했던 사람에게는 더더욱 그럴 터였다.

"고마워요."

기데온이 잡은 손에 힘을 주었다.

"관련된 수면 연구들까지 나와 있는 걸 보면 이런 문제를 가진 사람이 적진 않은가 봐. 박사님께 들어보니, 12년 동안 남편이 수면 중에 아내를 성폭행하다가 부부가 함께 도움을 청하게 된 경우도 있더군."

"12년이요? 맙소사."

"다른 이유도 있겠지만, 그렇게 오래 미루다 상담을 받은 건 남자가 수면 중일 때 섹스를 더 잘해서였을 테지."

그가 씁쓸한 투로 말을 이었다.

"아무튼 그런 수면 문제야말로 자아에 대한 치명적 타격이야."

나는 그를 빤히 쳐다봤다.

"그러게요, 젠장."

그가 일그러진 미소를 거두며 다시 말을 이었다.

"하지만 나와 같은 침대를 써야 한다는 부담감은 갖지 마, 에바. 마법의 약은 없어. 난 소파에서 자거나 집에 가도 돼. 하지만 둘 중 하나를 택하라면 소파를 고르고 싶어. 당신하고 같이 출근 준비한 날은 하루 종일 기분이 좋거든."

"그건 나도 그래요."

기데온이 팔을 뻗어 내 손을 잡으며 그의 입술로 가져갔다.

"상상도 못해봤어. 나에게 이런 순간이 올 줄은……. 내 평생에 나를 너무나 잘 이해해주고 저녁을 먹으며 거부당할 걱정 없이 내 치부를 얘기할 수 있는 그런 누군가를……. 당신에게 정말 고마워, 에바."

가슴으로 달콤한 저릿함이 밀려오며 심장이 조여들었다. 그가 저렇게 황홀하기 그지없는 말을 해주다니, 뭉클했다.

"나도 당신에게 같은 마음인 걸요."

아니, 그를 사랑하는 나니까 어쩌면 그것보다 더 깊은 마음인지도 몰랐다. 하지만 그것을 소리 내어 말하지 못한 채 속으로만 생각했다. 그도 언젠가는 그런 깊이의 마음에 이를 것이라고 믿으며. 그가 절대적으로, 돌이킬 수 없도록 내 남자가 되는 그때까지 포기하지 않을 것이라고 다짐했다.

기데온이 맨발을 커피 테이블에 걸치고 노트북을 무릎에 올린 채 너무 편안한 모습으로 내 옆에 있으니 TV를 보면서도 자꾸만 그쪽으로 한눈을 팔게 되었다.

나는 감격스러웠다. 우리가 어떻게 이런 사이가 되었을까? 말도 안 되게 섹시한 이 남자와 내가 어떻게?

"자꾸 쳐다보는 거 알아."

그가 시선을 노트북 화면에 고정한 채 중얼거렸다.

나는 그에게 혀를 삐죽 내밀었다.

"지금 그건 날 유혹하는 건가, 트라넬 양?"

"지금 화면만 보며 일하고 있으면서 날 어떻게 본 거예요?"

그가 시선을 들어 내 눈을 마주 봤다. 그의 푸른 눈이 에너지와 열정으로 반짝거리고 있었다.

"난 언제나 당신을 보고 있어, 앤젤. 당신이 내 눈앞에 찾아온 순간부터 내 눈에는 당신밖에 안 보여."

수요일은 등 뒤에서 기데온의 굵은 페니스가 내 안으로 들어오는 것으로 하루를 시작했다. 그 색다르고 짜릿한 방식의 모닝콜이 마음에 들었다.

"흠, 이런."

내가 눈을 비벼 잠을 쫓으며 쉰 목소리로 입을 여는 것과 동시에 그의 팔이 내 허리를 감더니 그가 나를 그의 따뜻하고 딴딴한 가슴 쪽으로 더 가까이 끌어당겼다.

"오늘은 아침부터 흥분하셨네요."

"당신이 아침마다 매력적이고 섹시하니까."

그가 내 어깨를 잘근잘근 깨물며 속삭였다.

"당신을 느끼며 잠에서 깨는 기분이 정말 좋아."

우리는 밤새 깨지 않고 푹 잔 것을 자축하며 서로 몇 번의 오르가슴을 나누었다.

그날 점심시간, 나는 마크와 그의 파트너 스티븐과 함께 점심을 먹었다. 우리가 들어간 곳은 도로의 높이보다 낮게 입구가 나 있는 근사한 멕시칸 레스토랑이었다. 짧은 시멘트 계단을 내려가 안으로 들어서자 레스토랑 안은 의외로 굉장히 널찍했다. 검은색 조끼를 입은 서빙 직원들과 안으로 가득히 비쳐드는 햇살이 인상적이었다.

"언제 애인을 데리고 다시 와서 석류 마가리타 한 잔 사달라고 해요."

스티븐이 말했다.

"맛있어요?"

내가 물었다.

"그럼요."

우리의 주문을 받으러 온 여자 서빙 직원이 부러울 만큼 긴 속눈썹을 깜빡거리며 마크에게 지나치도록 추파를 던졌다. 마크도 거기에 덩달아 추파를 보내며 응수했다. '쇼나'라고 찍힌 이름표를 찬 그 적극적인 빨강 머리 아가씨는 요리를 하나씩 가져올 때마다 점점 대담해지더니 다가올 때마다 마크의 어깨와 목덜미를 만졌다. 그런 그녀에게 마크가 희롱을 즐기며 유혹의 수위를 높이자 급기야 스티븐은 얼굴을 붉히고 점점 인상을 찡그리면서 초조해했다. 나는 거북해서 몸을 들썩이고 팽팽한 긴장감이 도는 식사가 어서 끝나길 바라며 마음을 졸였다.

"우리 오늘 밤에 만나요."

쇼나가 계산서를 가져다주며 마크에게 말을 걸었다.

"나하고 하룻밤 보내면 내가 기분 좋게 해줄게요."

나는 놀라서 입이 떡 벌어졌다.

"7시 괜찮아요?"

마크가 섹시하게 목소리를 깔며 물었다.

"못 일어날 만큼 화끈하게 해줄게요, 쇼나. 정신을 잃도록 완전히 뻑가게……."

나는 물을 마시다 사레가 들려 캑캑거렸다.

그때 스티븐이 벌떡 일어나 테이블을 돌아 나와서 내 등을 쳐주더니 깔깔거리며 웃었다.

"이런, 에바. 우리가 그냥 장난친 거예요. 우릴 두고 죽으면 안 돼요."

"네?"

나는 눈물까지 핑 돈 채로 헐떡거렸다.

스티븐이 씩 웃으며 내 어깨 뒤로 돌아가 그 서빙 여직원에게 팔을 둘렀다.

220

"에바, 내 동생 쇼나에요. 쇼나, 에바 양은 마크의 인생을 더 편하게 해주는 분이야."

"다행이네요. 안 그래도 마크가 오빠 때문에 사는 게 더 힘든데."

스티븐이 나에게 윙크를 하며 말했다.

"사실은 그게 마크가 내 곁을 못 떠나는 이유예요."

아까는 몰랐는데, 그들이 가까이에 붙어 있는 것을 보니 이제야 닮은 것이 보였다. 나는 몸을 축 늘어뜨려 앉으며 실눈을 뜨고 마크를 쳐다봤다.

"너무 하셨어요. 전 스티븐이 버럭 폭발할까 봐 얼마나 조마조마했는데요."

마크는 항복한다는 듯 두 손을 들어 보였다.

"전부 스티븐 생각이었어. 스티븐이 드라마광이라고 얘기했던 거 기억하지?"

스티븐이 뒤꿈치로 서서 몸을 깐닥거리며 씩 웃었다.

"과연 그럴까요, 에바. 우리 사이에서 마크가 아이디어맨인 건 당신도 알잖아요."

쇼나가 주머니에서 명함을 꺼내 나에게 내밀었다.

"그 뒤쪽에 전화번호 있으니까 전화줘요. 내가 아무도 모르는 이 두 사람의 약점을 알려줄게요. 나중에 한 방 멋지게 복수해요."

"배신자!"

221

스티븐이 핀잔을 주자 쇼나가 어깨를 으쓱했다.

"에이, 같은 여자들끼리 뭉치는 건 당연하지 뭘 그래."

퇴근 후에 기데온과 나는 앙구스가 운전하는 차를 타고 그의 헬스클럽으로 갔다. 우리는 도로변에 내려 건물 안으로 들어갔다. 헬스클럽 안은 사람들로 활기가 넘쳤고 라커룸도 북적였다. 나는 옷을 갈아입고 물건을 라커에 집어넣은 뒤에 통로에서 기데온과 만났다.

그때 크로스트레이너에 처음 왔던 날 나에게 말을 걸었던 트레이너 다니엘이 보여서 손을 흔들었다가 그 벌로 엉덩이를 세게 얻어맞았다.

나는 내 엉덩이를 때린 기데온의 손을 찰싹 쳤다.

"뭐예요, 또 그랬단 가만 안 있을 거예요."

그가 포니테일로 묶은 내 머리를 잡아당겨 고개를 뒤로 살짝 젖히더니 내 입술에 영역표시 하듯 깊고 진한 키스를 했다.

그가 그런 식으로 머리를 잡아당겨 주니까 피부에 전기가 찌릿찌릿 퍼졌다.

"이게 나를 꼼짝 못하게 하려고 생각해낸 아이디어라면 솔직히 너무 짜릿하다는 걸 인정해줄게요."

내가 그와 입술을 맞댄 채로 속삭였다.

"더 짜릿하게 해주고 싶은 마음은 간절하지만 아쉽군, 에바. 여기에서 그런 식으로 내 한계를 시험하는 건 좋은 생각이 아니야.”

“걱정 마요. 그런 거라면 나한테 다른 방법이 있어요.”

기데온은 먼저 러닝머신으로 몸을 풀었고, 덕분에 나는 땀에 젖어 번질거리는 그의 몸을 구경하는 즐거움을 누렸다. 많은 사람들의 시선 속에서 내 남자를 보는 뿌듯함까지 맛보면서. 아무리 훔쳐봐도 볼 때마다 여전히 흥분으로 달아올랐다.

머리를 뒤로 묶은 모습은 또 어쩜 그리 멋진지. 살짝 그을린 피부 밑으로 불거진 근육, 세련미가 풍기는 힘찬 몸동작도 마음을 홀리긴 마찬가지였다. 그렇게 세련된 도시 남자가 슈트를 벗고 동물적인 야성미를 과시하고 있으니 내 모든 성감대가 찌릿거렸다.

도저히 눈길을 뗄 수가 없었다. 그리고 그럴 필요가 없다는 게 행복했다. 어쨌든 그는 내 남자였고, 그 사실이 내 몸에 훈훈한 쾌감을 밀어보냈다. 게다가 헬스클럽 안 다른 여자들도 모두 그를 눈여겨보고 있었다. 그가 자리를 옮길 때마다 수십 개의 흠모 어린 시선이 그를 좇았다.

곁눈질하다 그와 눈이 딱 마주친 나는 유혹적인 시선을 쏘아 보내며 혀로 아랫입술을 핥았다. 그는 한쪽 눈썹을 치켜들며 아쉽다는 듯 살짝 미소를 지어 나를 흥분으로 달뜨게 만들었다. 운동을 하면서 그렇게 흥분했던 적은 처음인 것 같았다. 한 시간 반이 휙 지나가버렸다.

다시 벤틀리에 올라타 그의 펜트하우스로 향하면서 나는

가만히 있지 못하고 몸을 꼼지락거렸다. 시선이 나도 모르게 자꾸만 기데온에게 향하며 무언의 유혹을 보내고 있었다.

그가 나와 손가락을 깍지 껴 잡았다.

"기다려."

나는 깜짝 놀랐다.

"네?"

"알면서 시치미는."

그가 내 손가락에 입을 맞추며 짓궂은 미소를 지어 보였다.

"기다림 뒤의 희열 말이야, 앤젤."

"왜 그래야 하는데요?"

"저녁식사 후에 서로에게 달아 올라서 얼마나 흥분하게 될지 생각해봐."

나는 앙구스가 우리의 말에 무심할 만큼 자기 일에 프로라는 걸 알면서도, 앙구스가 듣지 못하게 하려고 그에게 더 바짝 붙었다.

"기다리든 안 기다리든, 그건 어차피 느끼는 거잖아요. 그러니까 기다리지 말고 하자고요."

하지만 그는 생각을 바꾸지 않았다. 그러기는커녕 우리 둘모두를 고문했다. 서로 옷을 벗겨준 다음, 따뜻한 물로 샤워를 하며 서로의 몸을 애무하고 어루만지게 해놓고선 저녁 만찬을 위해 다시 옷을 입게 했다. 그는 검은색 정장을 입었지만 넥타이는 생략했다. 빳빳하게 다려진 흰색 셔츠는 칼라의 단추를 풀어서 맨살을 노출시켰다. 나를 위해서는 베라 왕의 실크 드레스를 골라주었는데, 위쪽은 어깨끈 없이 몸통 부분이 딱 붙고 등이 드러나는 스타일이었고 아래쪽은 무릎 위로 몇 인치 올라오는, 층이 진 티어드 스커트였다.

나는 그 드레스를 보고 생긋 웃었다. 저녁 내내 그 드레스를 입은 나를 보면서 그가 흥분해서 미쳐버릴 상황이 눈에 선했다. 드레스는 정말 예쁘고 마음에 들었지만, 작은 키에 볼륨 있는 여자가 아니라 키가 크고 홀쭉한 모델들을 위한 스타일이었다. 자비를 베풀어줄 겸 노출 절제를 위해 머리는 가슴을 덮도록 풀어 내렸지만 기데온의 표정을 보니 그것도 별 도움이 안 되는 모양이었다.

"이런, 에바."

그가 바지를 단정히 입다가 말했다.

"그 드레스 말인데, 마음이 바뀌었어. 보는 사람들이 많은 데서 그 드레스는 안 되겠어."

"내 마음을 돌리기엔 이미 늦었어요."

"그렇게까지 노출이 심한 줄은 몰랐다고."

나는 씩 웃으며 어깨를 으쓱했다.

"내가 어쩌겠어요? 당신이 산 건데."

"다시 생각해봐야겠어. 그 옷 벗는 데 얼마나 걸릴 것 같아?"

나는 혀로 아랫입술을 쓱 훑으며 말했다.

"글쎄요. 직접 확인해 보지 그래요?"

그의 눈이 짙어졌다.

"그랬다간 못 나가지."

"난 불만 없어요."

그는 정말 뜨겁게 흥분한 듯 보였고 나도 그를 원했다. 언제나처럼 정말 강하게 원했다.

"그 위에 걸칠 만한 재킷 같은 게 없을까? 파카가 괜찮을까? 아니면 트렌치코트?"

나는 깔깔 웃으며 화장대에서 내 클러치 백을 집어 들고 그에게 팔짱을 꼈다.

"걱정 마요. 다들 당신을 보느라 바빠서 나한테는 별 관심도 없을 테니까."

내가 그를 침실 밖으로 잡아당기자 그가 얼굴을 찡그렸다.

"그나저나, 그새 당신 가슴이 더 큰 거야? 가슴이 옷 밖으로 쏟아질 것 같잖아."

"난 스물네 살이에요, 기데온. 발육이 멈춘 지 몇 년이나 지났다고요. 보이는 그대로 받아들여줘요."

"그래. 하지만 그건 나만 봐야 하는 거 아닌가. 그걸 받아들이도록 허락된 사람은 나뿐이니까."

우리는 거실로 나왔다. 현관홀을 나가기까지의 그 짧은 시간 사이에 나는 기데온의 집에서 풍기는 고요한 아름다움을 기분 좋게 감상했다. 기데온의 집은 포근하고 마음을 끄는 매력이 있어서 매우 좋았다. 고풍스러운 장식은 아주 우아하면서도 놀랄 만큼 아늑했다. 아치형 창밖으로 보이는 근사한 경관은 인테리어를 살려주면서도 과하지 않아 시선을 빼앗지는 않았다.

짙은 색 목재, 멋스러운 빈티지풍의 석재, 따스한 색감, 강렬한 보석 포인트, 여기에 벽에 걸린 그림들까지 한데 어우러져 확실히 사치스러운 분위기를 풍겼지만 전체적으로 그런 부의 과시가 멋스러웠다. 뭐를 만지거나 어디에 앉기가 조심스러울 만큼 거추장스러운 그런 집은 아니었다.

우리는 전용 엘리베이터에 올랐다. 문이 닫히자 기데온이 나를 마주 보더니 대뜸 내 드레스 상체 부분을 위로 끌어올리려 했다.

"괜히 잘못하다간 뜯겨서 내 가랑이가 드러날 수도 있어요."

내가 보다 못해 한마디했다.

"빌어먹을."

"이참에 우리 재미있는 놀이해요. 나는 당신의 거시기와 돈을 노리는 골빈 금발 머리 백치녀처럼 행동하고 당신은 평소처럼 자연스럽게 구는 거예요. 새로 바꿔치운 노리개를 데리고 다니는 억만장자 바람둥이요. 내가 당신에게 착 붙어 몸을 비벼대며 달콤한 목소리로 당신에게 찬사의 말을 속삭일 테니까 당신은 지루하고 느긋한 표정을 짓고만 있는 거예요."

"그런 거 재미없는데."

그가 시큰둥하게 대꾸했다가 금세 얼굴이 밝아졌다.

"스카프를 두르는 건 어떨까?"

위험에 처한 여성과 아이들을 위한 새로운 쉼터 마련을 돕기 위해 열린 저녁만찬장에 도착하자 우리는 두 줄로 선 기자들 사이로 지나가야 하는 곤욕을 치러야 했고, 내 안에서 또 한 번 노출에 대한 두려움이 일어났다. 나는 기데온에게 관심을 집중했다. 기데온만큼 내 정신을 온전히 딴 데로 돌리게 해줄 대상은 없었다. 그렇게 관심을 바짝 쏟은 덕분에 그가 사적인 모습에서 공적인 모습으로 변하는 순간을 볼 수 있었다.

그 특유의 가면이 스르륵 그의 얼굴을 덮었다. 그의 눈동자는 얼음처럼 차가운 푸른빛으로 변했고 관능적인 입은 굳게 다물어졌다. 그의 태도는 우리를 에워싸는 기분이 들게 했다. 그가 그러길 바라는 것만으로, 우리와 세상 사이에 방패막이 쳐지는 것 같았다. 그의 옆에 있으면 아무도 나에게 접근하거나 말을 걸지 않을 것 같았다.

하지만 접근을 허용치 않는 그 기운이 그를 쳐다보는 시선까지는 미치지 못했다. 우리가 만찬장으로 들어가자 기데온에게 수많은 관심이 쏟아지며 여러 시선이 기데온을 좇았다. 나는 그가 끌어모으는 그런 관심 때문에 초조함으로 경련이 일 지경이었지만 그는 무심한 데다 너무 침착해 보였다.

내가 그에게 사랑을 속삭이며 몸을 비벼대고 싶어도 줄을 서서 기다려야 할 판이었다. 그가 걸음을 멈춘 순간 사람들이

떼 지어 몰려들었다. 나는 앞다투어 그의 관심을 끌려는 사람들에게 자리를 내주고 잠시 샴페인을 찾아 어슬렁어슬렁 돌아다녔다. 워터스 필드 앤 리먼에서 무료로 자선만찬 광고를 해주어서 내가 아는 사람들도 몇 명 눈에 띄었다.

지나가는 웨이터의 쟁반에서 얼른 잔 하나를 집어 들고 있는데 누군가 내 이름을 불렀다. 돌아보니 스탠튼 아저씨의 조카인 마틴이 활짝 웃으며 다가오고 있었다. 짙은 색 머리와 초록색 눈을 가진 그는 나와 비슷한 또래였다. 방학 때 여러 번 엄마를 보러 오면서 친해진 사이였는데 이렇게 만나니 반가웠다.

"마틴!"

나는 팔을 벌려 살짝 안았다 놓아주며 인사를 건넸다.

"잘 지냈어? 좋아 보이네."

"그건 내가 하려던 말인데."

그가 내 드레스에서 눈을 떼지 못하며 말했다.

"안 그래도 네가 뉴욕으로 이사 왔다는 얘길 듣고 만나보려고 했어. 언제 온 거야?"

"얼마 안 됐어. 이제 몇 주쯤."

"샴페인 마셔. 그리고 같이 춤추자."

내 몸 안에서 샴페인이 기분 좋게 톡톡 터지는 것을 느끼며 우리는 빌리 홀리데이가 부르는 '썸머타임Summertime'을 들으며 댄스 플로어로 나갔다.

"그럼 지금 회사에 다니는 거야?"

그가 물었다.

우리는 함께 춤을 추면서 그간의 근황과 안부 등을 물었다. 그는 역시나 예상대로 스탠튼 아저씨의 투자 회사에 다니고 있고 잘 적응하고 있다고 했다.

"언제 근처로 가서 밖에서 점심 사고 싶은데."

그가 말했다.

"좋지."

나는 노래가 끝나서 뒤로 물러서다가 뒤에 있던 누군가와 부딪쳤다. 그 사람의 두 손이 내 허리를 잡으며 나를 똑바로 잡아주었다. 기데온이었다.

"여기 있었군. 소개 좀 해주지?"

그가 얼음같이 차가운 시선으로 마틴을 보며 소곤거렸다.

"기데온, 이쪽은 마틴 스탠튼이에요. 몇 년 전부터 나와 알고 지낸 사이죠. 새아버지의 조카예요."

나는 크게 숨을 들이쉰 다음 말을 이었다.

"마틴, 이쪽은 내 소중한 사람, 기데온 크로스."

"크로스 씨."

마틴이 씩 웃으며 손을 내밀었다.

"당연한 얘기지만, 당신이 누군지 알아요. 뵙게 되어 기쁘네요. 잘하면 언젠가 가족 모임에서도 만날 수 있는 건가요?"

기데온이 내 어깨에 쓱 팔을 둘렀다.

"그렇게 될 테니 기대해요."

마틴은 누군가 아는 사람이 부르자 허리를 숙이며 내 볼에 입을 맞추었다.

"점심 먹으러 가서 전화할게. 아마 다음 주쯤?"

"좋아."

그때 내 옆에서 기데온이 뿜어내는 기의 진동이 강하게 느껴졌지만 내가 그를 흘끗 돌아봤을 때 그의 얼굴은 차분하고 침착했다.

그가 루이 암스트롱의 '왓 어 원더풀 월드What a Wonderful World'에 맞춰 나를 리드하며 투덜거렸다.

"저 친구 별로 마음에 안 드는데."

"마틴은 좋은 애예요."

"그건 저 친구가 당신이 내 여자인 걸 잘 아는 경우에만 해당되는 얘기고."

그가 내 관자놀이에 자신의 볼을 꾹 누르며 드레스의 등 쪽 맨살에 손을 가져다 얹었다. 내가 그의 여자라고 확실히 표시하는 듯한 행동이었다.

많은 사람들 앞에서 그의 기분 좋은 몸에 바짝 붙어 있는 기회를 누리고 있다니, 즐거웠다. 그의 체취를 들이마시고 그의 능란한 리드에 느긋이 몸을 맡기며 내가 말했다.

"행복해요."

그가 내 얼굴에 코를 비비며 소곤거렸다.

"나도 그래."

희열의 순간이었다. 그 희열은 춤과 함께 계속 이어졌다.

우리가 댄스 플로어에서 나올 때 옆쪽에 떨어져 있던 막달레나가 보였다. 나는 그녀를 바로 알아보지 못했다. 그녀는 머리카락을 잘라 윤기가 흐르는 단발머리 스타일로 바뀌어 있었다. 그녀는 날씬하고 세련된 몸매가 더 돋보이는 심플한 검은색 드레스 차림이었다. 하지만 그런 그녀도 옆에서 함께 얘기를 나누고 있던 한 여자에게는 외모가 밀렸다. 짙은 색 머리에 눈에 확 띄는 여자였다.

성큼성큼 걷던 기데온이 멈칫하며 조금 걸음을 늦추더니 다시 평상시 속도로 걸었다. 그가 바닥에 있는 뭔가를 피하려 했나보다, 생각하며 아래를 내려다보고 있는데 그가 조용히 말했다.

"소개해줄 사람이 있어."

나는 그가 발길을 돌리려는 쪽으로 시선을 옮겼다. 막달레나와 함께 있던 그 여자가 기데온을 보자 돌아서서 그를 마주봤다. 그리고 두 사람의 눈이 마주치는 순간, 그의 팔이 긴장으로 굳어지는 것이 느껴졌다.

그 이유를 알 것 같았다.

누군지는 몰라도 그 여자는 기데온을 깊이 사랑하고 있었다. 그녀의 얼굴에도, 비현실적이게 연푸른 그 눈에도 그런 마음이 그대로 비치고 있었다. 그녀의 미모는 눈이 부셨다. 매우 아름다워서 이 세상 사람 같지 않았다. 허리까지 흘러내리는 새까맣고 풍성한 생머리, 그녀의 드레스처럼 시리도록 푸른 눈, 햇볕에 황금빛으로 그을린 피부, 팔다리가 길쭉길쭉하게 뻗은 데다 흠잡을 데 없이 볼륨이 잡힌 몸매까지.

"코린."

그가 평상시보다 더 허스키한 목소리로 그녀의 이름을 부르더니 나를 놓고 그녀의 두 손을 잡았다.

"올 거면 말하지. 그랬으면 태우러 갔을 텐데."

"집으로 음성메시지 몇 번 남겼는데."

그녀가 세련되고 나긋나긋한 목소리로 말했다.

"아, 내가 요즘 메시지 확인을 못해서."

그제야 내가 옆에 있다는 것이 생각난 모양인지, 그가 그녀의 손을 놓고 나를 자기 옆으로 끌었다.

"코린, 이쪽은 에바 트라멜. 에바, 코린 지로라고, 내 오랜 친구야."

나는 손을 내밀며 그녀와 악수를 나누었다.

"기데온의 친구 분이시면 제게도 친구죠."

그녀가 따뜻한 미소를 지으며 말했다.

"그 말이 여자친구에게도 해당되는 말이면 좋겠네요."

그녀가 나와 눈을 맞추며 알겠다는 듯한 눈빛을 띠었다.

"특별한 여자친구시군요. 잠깐만 기데온 좀 빌려가도 괜찮을까요? 제가 기데온에게 소개해주고 싶은 사람이 있어서요."

"그럼요."

나는 차분한 목소리로 말했지만, 마음속은 전혀 차분하지
못했다.

기데온이 내 볼에 성의 없이 키스를 해주고는 코린 옆으로
바짝 다가가 그녀에게 팔을 내밀었고, 옆에 있던 막달레나는
어색하게 서 있었다.

그녀는 보는 내가 더 안쓰러울 만큼 크게 낙심한 표정이었다.

"새로 바꾼 머리 스타일, 정말 잘 어울려요, 막달레나."

그녀는 굳은 입을 한 채 나를 흘끗 쳐다봤다가, 곧 체념조
의 한숨을 내쉬며 굳어진 입매를 풀었다.

"고마워요. 바꿀 때가 된 것 같아서요. 그런데 머리 말고도
바꿀 게 많은 것 같네요. 그녀가 돌아왔으니 더는 떠나버린
사람을 흉내 낼 이유도 없고요."

나는 어리둥절해서 얼굴을 찡그렸다.

"그게 무슨 말이에요?"

"코린 얘기예요."

그녀가 내 얼굴을 유심히 살피며 말을 이었다.

"몰랐군요. 코린과 기데온은 약혼했던 사이예요. 1년도 더
넘게 약혼한 상태로 지내다가, 코린이 파혼을 하고 돈 많은 프
랑스 남자랑 결혼해서 유럽으로 떠났죠. 하지만 그 결혼이 깨
진 모양이에요. 지금 이혼 절차가 진행 중이고 다시 뉴욕으로
돌아왔대요."

약혼했던 사이라고?

얼굴에서 핏기가 급격히 다 빠져나가는 느낌이었다. 나의 시선은 내가 사랑하는 남자가 한때 사랑한 여인과 함께 있는 곳으로 천천히 옮겨졌다. 그는 그녀의 허리께에 손을 짚은 채였고, 그녀는 그런 자세가 익숙한 듯 웃으며 그에게 몸을 기대고 있었다.

질투와 불안감으로 뱃속이 꼬였다.

내가 참 바보 같았다는 생각이 스쳤다. 어리석게도, 나는 그가 나를 만나기 전까지 진지한 사랑을 해본 적이 없을 거라고 믿고 있었다. 저렇게 섹시한 남자를 놓고 그렇게 믿다니, 나는 정말 바보였다.

막달레나가 내 어깨에 손을 얹었다.

"좀 앉아야겠어요, 에바. 얼굴이 너무 창백해요."

나는 호흡이 너무 가빴고 심장이 터질 듯 빠르게 뛰었다.

"그래야겠어요."

나는 가장 가까운 곳의 빈 의자로 가서 앉았다. 막달레나가 내 옆으로 앉았다.

"기데온을 사랑하는군요. 몰랐어요. 미안해요. 처음 만났을 때 그런 말을 했던 것도 미안해요."

"당신도 기데온을 사랑하잖아요."

내가 초점 잃은 눈으로 멍하게 말했다.

"그땐 나도 사랑인 줄 몰랐어요. 그땐……, 미처 몰랐어요."

"드시겠습니까?"

나는 웨이터가 권하는 샴페인을 고맙게 받으며 그가 허리를 펴고 가버리기 전에 막달레나의 것도 집었다. 우리는 잔을 부딪치며 굴욕감에 빠진 여자들끼리 서로에게 연민을 보냈다. 그곳에서 떠나고 싶었다. 일어나서 나가버리고 싶었다. 기데온이 내가 가버린 걸 알고 나를 따라 나오게 하고 싶었다. 내가 느끼는 고통을 그도 느끼게 하고 싶었다. 그런 어리석고 유치하고 마음 아픈 생각이 자꾸만 이어져서 내 자신이 초라하게 느껴졌다.

막달레나가 나를 가엾어하며 옆에서 말없이 앉아 있어주는 게 그나마 위안이 되었다. 기데온을 사랑하며 그를 간절히 원하는 마음을 잘 아는 그녀였다. 하지만 한편으론 나만큼이나 풀이 죽어 있는 그녀를 보면서, 코린이 얼마나 위협적인 존재인지 확실히 느꼈다.

기데온이 그동안 내내 그녀를 놓지 못하고 있었던 게 아닐까? 그래서 다른 여자들에게 마음을 꽁꽁 닫았던 건 아니었을까?

"여기 있었군."

올려다보니 기데온이 내 앞에 와 있었다. 물론 코린은 여전히 그의 팔짱을 낀 채였고, 두 사람은 연인 같은 분위기를 자아내고 있었다. 둘이 그렇게 있으니, 정말로 이루 말할 수 없이 보기 좋았다.

코린이 내 옆으로 와 앉았다. 기데온이 손가락 끝으로 내 볼을 가볍게 어루만지며 말했다.

"누구와 얘길 좀 해야 하는데, 뭐라도 가져다줄까?"

"스톨리 앤 크랜베리요. 더블로요."

강한 술이 필요했다. 미치도록.

"그래, 알았어."

그는 그렇게 대답은 했지만 얼굴을 살짝 찌푸리며 다른 쪽으로 걸어갔다.

"만나서 정말 반가워요, 에바. 기데온이 당신 얘길 많이 하던데요."

코린이 말했다.

"설마요. 그 잠깐 사이에 어떻게요."

"우린 평상시에 거의 매일 얘기해요."

그녀가 미소를 지으며 말했고 그 표정에는 거짓이나 악의가 전혀 없었다.

"우린 오랜 친구 사이거든요."

"친구 이상이죠."

막달레나가 끼어들어 말했다.

코린은 막달레나를 보고 얼굴을 찡그렸다. 나에게 그 사실을 숨기려 한 모양이었다. 나에게 알리지 말자고 한 사람이 그녀였을까, 그였을까? 아니면 두 사람이 같은 생각이었을까? 누구의 생각이었든, 숨길 게 없다면 그럴 필요가 있었을까?

"그래요, 맞아요."

그녀가 마지못해 하는 표정을 눈에 띄게 드러내며 인정했다.

"하지만 그건 몇 년 전 얘기예요."

나는 자리에서 몸만 돌려 그녀를 마주 봤다.

"아직도 기데온을 사랑하잖아요."

"그것까지는 뭐라고 탓하지 말아줘요. 여자라면 누구나 기데온과 사랑에 빠지지 않을 수가 없어요. 정말 멋있고 완벽한 남잔데 어쩌겠어요."

그녀가 더 부드러운 미소를 띠며 말을 이었다.

"기데온에게 들었어요. 당신이 마음을 열 수 있게 해주었다면서요. 고마워요."

'당신을 위해 그런 게 아니에요.' 이 말이 목구멍까지 올라왔지만 곧이어 사악한 의심이 고개를 들어서 움찔했다.

나도 모르는 사이에 내가 이 여자에게 좋은 일만 해주고 있었던 게 아닐까?

나는 빈 샴페인 잔의 맨 아래를 잡고 테이블 위에서 뱅뱅 돌렸다.

"기데온은 당신과 결혼하려고 했어요."

"그래서 그 사람을 떠난 게 내 인생 최대의 실수였어요."

그녀가 손을 목으로 가져가며 가느다란 손가락을 계속 꼼지락거렸다. 평상시에 차고 다니던 목걸이를 만지작거리기라도 하는 듯이.

"난 그때 어렸고 기데온이 좀 무서웠어요. 그 사람은 소유욕이 너무 강했어요. 결혼을 하고 나서야 알았어요. 소유욕이 무관심보다는 훨씬 낫다는 걸요. 적어도 나에겐 그래요."

나는 시선을 돌리며 목구멍 안에서 올라오는 메스꺼움을 꾹 참았다.

"당신은 왜 그렇게 말이 없어요?"

코린이 막달레나에게 말했다.

"내가 할 말이 뭐가 있겠어요?"

막달레나가 되받아쳤다.

우리는 모두 그를 사랑했다. 모두 그의 연인이 되고 싶어 했다. 결국 우리 중 누굴 선택할지는 그의 마음이었다.

"당신이 알아야 할 게 있어요, 에바."

코린이 그 맑은 아쿠아마린빛 눈으로 나를 바라보며 말했다.

"당신은 기데온에게 정말 특별한 사람이에요. 기데온이 그렇게 말했어요. 전 다시 여기로 돌아와 같이 있는 당신 두 사람을 마주하기까지 용기를 내기가 쉽지는 않았어요. 2주 전에는 비행기 표를 예약했다가 취소하기도 했고요. 기데온이 어떤 자선행사에 강연자로 참석했을 때였는데 그때 괜히 전화를 걸었다가 행사장에서 일을 보던 기데온을 방해하고 말았죠. 돌아가려고 하는데 거처를 정하게 도와달라고 부탁하느라고요."

나는 몸이 얼어붙었다. 금이 간 유리처럼 기분이 아슬아슬하게 곤두섰다. 그녀는 지금 가정지원센터 자선만찬 때 얘기를 하는 것 같았다. 틀림없이, 기데온과 내가 처음으로 섹스를 나눴던 그날 밤의 얘기였다. 리무진에서 첫 관계를 가진 후 갑자기 싸늘해진 그가 나를 자선만찬장에 놔두고 가버린 그날이었다.

그녀가 계속 말을 이었다.

"기데온이 다시 전화를 했는데 만나는 사람이 생겼다고 하더군요. 내가 돌아오면 당신과 나를 소개해주고 싶다고요. 그 말에 그만 용기를 잃어버렸죠. 기데온이 자기가 만나는 여자를 소개해주고 싶다고 말한 건 처음이었거든요."

맙소사. 나는 막달레나를 흘끗 쳐다보며, 속으로 기막혀했다. 기데온이 그날 밤에 나를 두고 그렇게 급히 가버린 것이 그녀, 코린 때문이었다니.

21

"먼저 실례할게요."

나는 테이블을 밀어내고 나오며 기데온을 찾았다. 바 쪽에 있는 그가 보였다.

그가 잔 두 개를 받아들며 막 바텐더에게서 돌아서려 할 때였다. 내가 잔 하나를 빼앗아 들고 벌컥벌컥 들이켰다. 잔을 확 꺾는 통에 이가 얼음에 부딪쳐서 얼얼했다.

"에바."

그가 살짝 나무라듯 말했다.

"나, 갈래요."

나는 매몰차게 말하며 그의 근처에 있는 바 테이블에 빈 잔을 내려놓았다.

"이건 도망가는 게 아니에요. 미리 간다고 말하면서 같이 갈 선택의 기회를 주고 있는 거니까요."

그가 거칠게 숨을 내쉬었다. 내 기분을 눈치 채고는, 내가 코린과의 관계를 알았다는 걸 감 잡은 모양이었다.

"난 지금 못 가."

내가 돌아섰다. 그가 내 팔을 잡았다.

"당신이 가버리면 나도 계속 못 있어. 알잖아? 당신은 지금 아무것도 아닌 일로 화를 내는 거야, 에바."

"아무것도 아닌 일이요?"

나는 나를 붙잡은 그의 손을 노려봤다.

"전에 내가 화내고 질투하게 될지 모른다고 경고했죠. 지금 당신이 바로 그럴 만한 구실을 줬다고요."

"경고했다고 해서 바보 같이 굴어도 괜찮은 건 아니잖아?"

그가 차분한 표정을 지으며 낮고 침착한 목소리로 말했다. 멀리서는 우리 사이의 긴장을 알아차리지 못하겠지만 그의 눈은 타오르는 욕망과 차가운 분노로 팽팽했다. 너무 능숙하게도 두 가지 감정을 동시에 담고 있었다.

"지금 누가 누구보고 바보 같다는 거예요? 개인 트레이너 다니엘에게 당신은 어땠는데요? 내 새아버지의 가족인 마틴은요?"

내가 몸을 더 바짝 숙이며 속삭였다.

"그래도 난 그 남자들 누구하고도 잔 적은 없어요. 결혼 약속은 말할 것도 없고요! 매일같이 얘길 나누지도 않아요!"

갑자기 그가 내 허리를 붙잡아 자기 품 안으로 끌어당겼다.

"아무래도 당신을 지금 가져야지 안 되겠어."

그가 쉭쉭대며 내 귀에 대고 나직이 말하더니 귓불을 잘근잘근 깨물었다.

"기다리자며 시간을 끄는 게 아니었어."

"미리 알고 그랬던 건지 모르죠."

내가 쏘아붙였다.

"옛 연인이 갑자기 당신 삶 속으로 되돌아올 경우를 대비해 아껴둔 거겠죠. 더 자고 싶은 사람을 위해서 말이에요."

기데온이 자기 잔을 툭 던지듯 되돌려주더니 강철 같은 팔을 내 허리에 둘러 자기 옆에 꼭 붙인 채로 사람들 사이를 헤치고 문 쪽으로 데려갔다. 그는 주머니에서 휴대폰을 꺼내 리무진을 대놓으라고 지시했다. 길가로 나왔을 때 길고 번들번들한 리무진이 서 있었다. 기데온은 앙구스가 열어준 문 안으로 나를 떠밀어 태우며 앙구스에게 말했다.

"다른 말이 있을 때까지 이 근방을 돌아줘."

그는 맨살이 드러난 내 등으로 그의 숨결이 느껴질 만큼 내 뒤에 바짝 붙어서 차 안으로 따라 들어왔다. 나는 그에게서 떨어져 반대쪽 자리로 옮겨 앉으려 버둥거렸다.

"가만히 있어."

그가 버럭 소리를 질렀다.

나는 카펫 깔린 바닥으로 무릎을 꿇고 주저앉으며 숨을 거칠게 씨근거렸다. 내가 지구 끝까지 도망가도 벗어날 수 없는 사실이 있었다. 코린 지로가 나보다 기데온에게 더 좋은 상대가 틀림없다는 것. 그녀는 차분하고 침착했다. 반갑지 않는 그녀의 존재에 흥분한 나조차 위로해주려 할 만큼 품위가 있었다. 끔찍한 악몽을 꾸는 것 같았다.

그는 풀어내린 내 머리를 손으로 감으며 꼼짝 못하게 했다. 그리고 자기 다리를 벌려 내 몸을 휘감고 내 머리를 살짝 뒤로 젖혀 그의 어깨에 닿게 했다.

"이제 나와 당신 모두에게 필요한 것을 해줄 거야, 에바. 흥분이 가라앉을 때까지, 얼마가 걸리든 하는 거야. 그리고 코린 때문에 속상해하지 마. 코린이 만찬장 안에 있는 동안 나는 당신 안 깊은 곳에 있을 테니까."

"알았어요."

나는 마른 입술을 핥으며 속삭였다.

"누가 복종하고 누가 지배하는지 따위는 신경 쓰지 마, 에바."

그가 거친 목소리로 말했다.

"난 당신을 지배하길 포기했어. 당신에게 굽히고 당신에게 모든 걸 맞췄잖아. 당신을 붙잡기 위해, 그리고 당신을 행복하게 해주기 위해 난 뭐든 할 거야. 하지만 난 길들여지거나 굴복당하진 않아. 져준다고 그게 약해서 져주는 거라고 착각하진 마."

나는 그를 향한 욕망으로 피가 뜨겁게 끓어올라 침을 꿀꺽

삼켰다

"기데온……."

"두 손을 위로 뻗어서 창 위의 손잡이를 붙잡아. 내가 말할 때까지 놓으면 안 돼, 알았어?"

나는 시키는 대로 두 손을 가죽 손잡이 사이에 넣었다. 손잡이를 꽉 쥐는 순간, 내 몸이 깨어나면서 그가 맞았음을 깨달았다. 나에게 필요한 것이 무엇인지 그는 알고 있었다. 그는 나를 너무 잘 알았다. 내 연인은 이런 사람이었다.

기데온이 두 손을 내 드레스 안으로 밀어 넣어 아프도록 팽팽히 부푼 내 가슴을 꽉 쥐었다. 그가 내 젖꼭지를 애태우는 사이, 고개가 그에게 축 기대어지면서 순식간에 몸에서 긴장이 빠져나갔다. 그가 내 관자놀이에 입술을 비볐다.

"당신이 그렇게 나에게 모든 걸 내맡길 때……, 갑자기 크게 안도하는 것처럼 그렇게 내맡길 때 난 정말 황홀해."

"들어와줘요."

나는 한 몸이 되고픈 욕망이 절실해져서 애원했다.

"제발."

그가 내 머리카락을 놓으며 드레스 밑으로 손을 넣어 팬티를 허벅지로 끌어 내렸다. 그의 재킷이 내 몸을 휙 스쳤다가 좌석 위로 올려졌고, 뒤이어 그의 손이 내 다리 사이로 파고들어왔다. 그는 젖고 부풀어오른 나를 느끼더니 거친 신음을 내뱉었다.

"당신은 나 없인 안 돼, 에바. 내가 당신 안에 들어가주지 않으면 당신은 오래 못 견딜 거야."

그는 여전히 나를 준비시켰다. 능숙한 손놀림으로 애무하며 내 다리 사이가 촉촉이 젖어들게 했다. 두 손가락을 내 안으로 밀어 넣으며 나를 열었다.

"나를 원해요, 기데온?"

나는 쉰 목소리로 물었다. 마음 같아선 내 안으로 들어온 그의 손가락을 품으며 엉덩이를 흔들고 싶었지만 손잡이를 잡느라 팔을 높이 뻗고 있어서 그럴 수가 없었다.

"숨 쉬는 것보다 더 절실히 당신을 원해."

그의 입술이 내 목을 쓸며 어깨로 내려왔다. 그 따뜻하고 부드러운 혀로 내 살결을 뇌쇄적으로 훑으면서.

"나도 당신 없이는 오래 못 견뎌, 에바. 난 당신에게 중독되고……, 사로잡혀 있으니까."

그가 이로 내 살을 살짝 깨물며 거친 신음과 함께 동물적 욕망을 드러냈다. 손가락을 넣었다 뺐다 하는 내내 다른 손으로는 내 클리토리스를 문지르며 나를 몇 번이나 오르가슴에 이르게 해주었다.

"기데온!"

축축이 젖은 손가락이 손잡이에서 미끄러지기 시작할 때 내가 헐떡이며 그를 불렀다.

그의 손이 나를 떠나더니, 곧이어 그가 지퍼를 내리는 자극적인 소리가 들려왔다.

"손을 놓고 똑바로 누워서 다리 벌려."

나는 좌석으로 올라가 똑바로 누워 기대감에 바르르 떨면서 그에게 내 몸을 내주었다. 그의 시선이 나와 마주쳤고 지나가는 차의 헤드라이트 불빛에 잠깐 그의 얼굴이 비쳤다.

"두려워하지 마."

그가 아주 조심스럽게 내 위로 올라왔다.

"너무 흥분해서 그런 건 몰라요."

나는 그를 붙잡고 끌어당기며 그의 단단한 몸을 내 몸에 꼭 밀착시켰다.

"당신을 원해요."

그의 페니스 귀두가 내 중심부의 입구를 슬쩍 찔렀다. 뒤이어 그가 엉덩이를 수축시키며 내 안으로 밀고 들어왔다. 그 타오를 듯 뜨거운 결합에 벅차, 그도 나도 거칠게 숨을 내쉬었다. 나는 좌석 위에서 축 늘어지며 손가락으로 그의 군살 없는 허리를 겨우 붙잡았다.

"사랑해요."

나는 속삭이며 내 위에서 움직이기 시작하는 그의 얼굴을 바라봤다. 온몸 피부 구석구석이 햇볕에 타는 듯 뜨겁게 달아올랐다. 갈망과 숨 쉬기도 힘들 만큼 격렬한 감정에 못 이겨 가슴은 팽팽해졌다.

"그리고 당신이 필요해요, 기데온."

"난 당신 거야. 더 이상 내어줄 것도 없을 만큼 온통."

그가 자신의 페니스를 넣었다 뺐다 하며 속삭였다.

나는 파르르 떨며 몸을 팽팽히 조였고 내 엉덩이는 끊임없이 찌르고 들어오는 그를 맞았다. 그러다 숨을 헐떡이고 소리를 지르며 절정에 이르렀다. 내가 내 성기로 퍼져나가는 엑스터시에 부들부들 떨며 그를 꽉 조이자 그가 신음 소리를 내며 맹렬히 치고 들어오기 시작했다.

"에바."

나는 그 격한 돌입에 맞춰 엉덩이를 흔들며 그를 더 자극했다. 그는 나를 꽉 붙잡고 강하고 세게 내 몸을 타고 들어왔다. 나는 머리를 마구 흔들고 부끄러움도 잊은 채 신음을 토해냈다. 그가 좋았다. 그에게 소유당해 무자비하게 쾌감을 자극받고 있는, 그 퇴폐적인 느낌이 매우 좋았다.

우리는 서로를 향한 미칠 듯한 격정에 휩싸여 야생의 짐승처럼 섹스를 나누었다. 나는 그 원초적 욕망에 너무 흥분되어 내 안에서 점점 고조되는 그 벅찬 오르가슴에 죽을 것만 같았다.

"당신은 끝내줘요, 기데온. 정말 좋아요……."

그가 내 엉덩이를 움켜쥐고 위로 끌어올리며 한 번 더 깊숙이 찌르고 들어왔다. 나는 그 쾌감과 고통으로 숨이 막힐 듯했다.

"오, 에바."

그가 거친 신음 소리와 함께 뜨거운 것을 격렬히 분출시키며 내 몸을 그의 열기로 가득 채웠다. 엉덩이를 움직이지 못하게 붙잡으며 꾹 누르고 들어와 내 안 가장 깊은 곳에 자신을 비웠다.

그렇게 다 비운 후 입으로 거칠게 숨을 내쉬며 두 손으로 내 머리카락을 잡고 축축한 목에 키스했다.

"당신이 나에게 뭘 해주는지 알려주고 싶어. 그걸 말로 표현할 수 있으면 좋겠어."

나는 그를 꼭 안았다.

"나도 어쩔 수 없이 당신에게 바보같이 굴게 돼요. 기데온, 그러지 않으려 해도 잘 안 돼요. 그건……."

"……억제하기 어렵겠지."

그가 다시 한 번 리드미컬하게 엉덩이를 움직였다. 세상의 모든 시간을 다 가진 것처럼 느긋하게. 넣었다 뺐다 할 때마다 더 굵고 길어졌다.

"당신도 억제가 좀 필요하겠어요."

바로 그때, 그가 더 능숙하게 찌르고 들어와 숨이 턱 막혀버렸다.

"나에겐 당신이 필요해, 에바. 당신이 필요해."

그가 열렬한 눈빛으로 내 얼굴을 바라보며 내 안으로 들어왔다.

그날 저녁 내내, 기데온은 내 곁을 떠나지 않았다. 나도 자기 곁에서 떨어지지 못하게 했다. 만찬 내내 오른손으로 내 왼손을 붙잡은 채로, 전에도 한번 그랬듯 이번에도 나를 놓아주느니 한 손으로 먹는 것을 택했다.

그의 옆에 앉아 있던 코린이 그를 호기심 어린 눈길로 쳐다봤다.

"내가 기억하기론 당신 오른손잡이였던 것 같은데."

"지금도 그런데."

그가 말하며 테이블 밑에서 잡고 있던 손을 들어 올리며 내 손가락에 입을 맞추었다. 나는 코린의 꼼꼼한 관찰력이 의식되어 당혹스럽고 불안했다.

그러나 로맨틱한 제스처에도 불구하고 그는 식사 내내 내가 아닌 코린과 얘기를 나누며, 나를 조바심 나고 비참한 기분에 젖게 했다. 나는 기데온의 얼굴보다 뒤통수를 더 많이 봐야 했다.

"그나마 닭요리가 아니라 다행이에요."

그 말소리에 나는 옆에 앉아 있던 남자에게 고개를 돌렸다. 기데온의 대화를 엿들으려 신경을 곤두세우느라 같은 테이블에 앉은 사람들에게 전혀 관심도 기울이지 못하고 있었다.

"저는 닭요리가 좋던데요."

내가 대꾸했다. 물론 그날 만찬에 나온 틸라피아 생선 요리도 괜찮은 편이어서, 접시를 싹 비운 참이었다.

"확실히 틀니를 끼진 않았나 보군요."

그가 씩 웃었다. 그렇게 웃으니 새하얀 백발이 풍기는 나이대보다 훨씬 더 젊어 보였다.

"오, 이제야 웃으시는군요. 아름다운 미소예요."

그가 소곤소곤 말했다.

"감사합니다."

나는 인사를 하며 내 소개를 했다.

"테렌스 루카스 박사예요. 하지만 그냥 테리라고 불러주면 좋겠어요."

"테리 박사님, 만나 뵙게 되어 정말 기뻐요."

그가 또 미소를 지었다.

"그냥 테리라고 불러요, 에바."

우리는 몇 분이 지나도록 계속 얘기를 나누었다. 루카스 박사는 나와 나이 차이가 아주 많은 건 아니었고, 단지 머리가 빨리 센 것뿐이었다. 흰머리의 단점만 빼면 얼굴도 잘생겼고 주름도 없었다. 초록색 눈은 지적이고 다정했다. 다시 찬찬히 보니 나이는 어림잡아 삼십 대 중반이나 후반쯤인 것 같았다.

"가만 보니 지루해하는 것 같던데요."

그가 말했다.

"이런 행사는 쉼터 마련을 위해 엄청난 돈이 모금되어 좋긴 한데 좀 따분하단 말이에요. 나랑 바에 안 갈래요? 내가 한잔 살게요."

나는 테이블 밑에서 기데온에게 잡힌 손을 비틀어봤다. 그의 손이 꽉 쥐어졌다.

"지금 뭐하는 거지?"

그가 작은 소리로 물었다.

고개를 돌려 보니 그가 나를 보고 있었다. 잠시 후 그의 시선이 내 뒤로 와서 서는 루카스 박사에게 꽂혔다. 싸늘함이 한눈에 느껴지는 눈빛이었다.

"에바는 무시당하는 지루함을 덜러 가려는 거예요, 크로스 씨."

테리가 말하며 내가 앉은 의자의 등받이에 손을 올렸다.

"이런 미인에게 기꺼이 관심을 쏟고 싶어 안달인 누군가와 시간을 보내면서 말이죠."

이내 두 남자 사이에 팽팽한 적개심이 느껴져 초조해졌다. 나는 기데온에게 잡힌 손을 세게 잡아당겼지만 기데온은 놓아주려 하지 않았다.

"저리 비켜요, 테리."

기데온이 경고조로 말했다.

"당신은 지로 부인에게 정신이 팔려서 내가 이 테이블에 앉아 있었던 것도 몰랐으면서 왜 이래."

테리가 입가에 미소를 띠며 이번엔 나에게 말했다.

"에바, 갈까요?"

"그대로 있어, 에바."

나는 기데온의 목소리에서 느껴지는 싸늘함에 오싹했지만 마음이 아파 가만히 입 다물고 있을 수가 없었다.

"이 분은 잘못 없어요. 틀린 말도 아니잖아요."

기데온이 아플 만큼 꽉 손을 쥐었다.

"이러지 마. 지금은 안 돼."

테리가 나에게로 시선을 돌렸다.

"저런 식으로 말하는 걸 듣고도 참으면 안 되죠. 아무리 돈이 많아도 이래라저래라 명령할 권리는 없어요."

화도 나고, 고개도 못 들 만큼 창피해진 나는 기데온을 똑바로 쳐다봤다.

"크로스파이어."

잠자리 밖에서도 세이프 워드가 통할지 자신이 없었다. 하지만 그는 나에게 불이 붙기라도 한 것처럼 내 손을 놓아주었다. 나는 의자를 뒤로 밀고 냅킨을 접시 위로 팽개쳤다.

"실례할게요. 두 사람 모두요."

나는 클러치 백을 들고 테이블에서 걸어나와 큰 걸음으로 침착하게 걸었다. 얼른 화장실로 가서 메이크업을 수정하고 마음을 추스를 생각이었는데, 불이 켜진 출구 사인을 보자 메이크업이고 뭐고 도망치고 싶은 충동이 일었다.

나는 밖으로 나오면서 휴대폰을 꺼내 기데온에게 문자를 보냈다.

'도망가는 게 아니라 그냥 먼저 가는 거예요.'

마침 지나가는 택시가 보여 바로 붙잡아 타고 집으로 향했다.

아파트에 다 왔을 때는 욕실로 와인 한 병을 가지고 들어가 뜨거운 물에 몸을 담그고 싶은 마음이 간절했다. 그런데 열쇠로 문을 열고 안으로 들어선 순간, 내 눈앞에는 포르노 영화 한 편이 펼쳐지고 있었다.

놀라서 처음 몇 초 동안은 보면서도 그 상황을 제대로 이해하지 못했다. 나는 문가에 못 박힌 듯 서버렸고 바깥 복도로 쾅쾅 울리는 테크노팝 음악이 쏟아져 나갔다. 한데 뒤엉킨 팔다리와 몸통이 너무 많아서 급히 문을 꽝 닫고 나서야 어느 팔다리가 누구 것인지 구분이 되었다. 맨 밑바닥에 한 여자가 팔다리를 벌린 채 누워 있었다. 또 다른 여자의 얼굴이 그녀의 가랑이에 파묻혀 있었다. 그리고 캐리가 그 여자의 뒤에 대고 섹스 중이었고 그 뒤에서 다른 남자가 캐리의 엉덩이에 그짓을 하고 있었다.

나는 고개를 뒤로 젖히며 죽어라고 악을 써댔다. 그 순간 내 삶 속의 모든 사람들에게 넌더리가 났다. 하지만 오디오 소리가 내 외침 못지않게 요란해서 소리를 질러봤자였다. 나는 신고 있던 하이힐 한 짝을 벗어 오디오 쪽으로 집어던졌다. 그 바람에 CD가 튀었고 그제야 거실 바닥에서 뒹굴던 네 남녀가 놀라면서 내가 들어온 걸 알아챘다. 나는 절뚝거리며 걸어가 오디오를 꺼버리고 그들을 똑바로 쳐다봤다.

"내 집에서 나가. 당장!"

나는 버럭 소리를 질렀다.

"대체 이 여자 누구야? 네 부인이라도 돼?"

맨 밑에 있던 빨강 머리가 물었다.

캐리는 아주 잠깐 얼굴에 무안함과 죄책감을 내비쳤다가 이내 나에게 거만한 미소를 쏘아 보냈다.

"내 룸메이트. 한 명 더 껴도 되는데 낄래, 자기야?"

"캐리 테일러. 내 성질 건드리지 마. 오늘 밤은 정말, 정말로 기분이 별로거든."

그때 맨 위에 있던 까만 머리 남자가 캐리에게서 떨어지며 똑바로 서더니 어슬렁거리며 나에게 다가왔다. 가까이 왔을 때 보니, 그의 갈색 눈은 한눈에 봐도 비정상적으로 동공이 팽창되어 있었고 목의 맥박이 심하게 뛰고 있었다.

"내가 기분 좋아지게 해줄게."

그가 짓궂은 눈길로 추파를 던졌다.

"저리 꺼져."

나는 필요하면 몸으로 막으려고 준비 자세를 잡았다.

"건드리지 마, 이안."

캐리가 소리를 지르며 똑바로 섰다.

"이리 와봐, 자기야."

이안이라는 남자가 살살 구슬리며 캐리가 날 부르는 애칭을 입에 담자 구역질이 났다.

"즐거운 시간이 필요하잖아. 내가 즐겁게 해준다니까."

그가 내 코앞까지 다가온 찰나였다. 갑자기 그가 비명을 지르며 소파로 내던져졌다. 뒤이어 기데온이 내 앞을 막아서며 윽박질렀다.

"이것들 데리고 네 방으로 꺼져버려, 캐리. 아니면 다른 데로 꺼지든지."

그의 목소리가 분노로 부르르 떨렸다.

이안은 소파에서 빽빽 소리를 질러대며 코에서 철철 흐르는 피를 두 손으로 막으려 기를 쓰고 있었다.

캐리가 바닥에서 자기 청바지를 홱 집어 들었다.

"엄마도 아니면서 빌어먹을 잔소리하려 들지 마, 에바."

나는 기데온 옆으로 피하며 받아쳤다.

"트레이와의 사이를 그렇게 망쳐놓고도 아직 정신을 못 차린 거야, 이 바보야?"

"이건 트레이랑 상관없어!"

"트레이가 누구야?"

금발로 염색한 여자가 일어나며 물었다. 그러더니 기데온을 쳐다보고는 대놓고 우쭐거리며 몸매를 과시했다. 솔직히 몸매가 예쁘긴 했다.

하지만 그런 유혹이 경멸의 시선만 잠깐 받는 것으로 끝나고 말자, 그제야 얼굴을 붉히며 금색 원피스를 바닥에서 집어 들었다. 기데온에게 화가 나 있던 나는 한마디 쏘아붙였다.

"너무 기분 나빠하지 마요. 이 남자는 검은 머리 여잘 좋아해서 그런 거니까."

기데온이 무시무시한 눈빛으로 나를 쏘아봤다. 그렇게 화난 모습은 처음이었다. 말 그대로 격분을 억누르느라 부르르 떨고 있었다.

나는 그의 부릅뜬 눈에 겁을 먹고 나도 모르게 뒷걸음질쳤다. 그가 험악하게 욕을 내뱉으며 두 손으로 자기 머릴 쥐어뜯었다. 갑자기 내 삶 속의 남자들에게 너무 지치고 절망적이게 실망한 나는 돌아서며 말했다.

"집 꼴이 이게 뭐야. 좀 치워, 캐리."

나는 통로 쪽으로 가면서 나머지 한 짝의 구두를 발로 차서 벗었다. 그리고 1분도 채 지나지 않아 옷을 벗고 욕실의 샤워부스로 갔다. 물을 틀고 좀 떨어져 서 있다가 물이 따뜻해지자 샤워기 바로 아래로 들어갔다. 너무 피곤해서 오래 서 있기가 힘들어 바닥으로 주저앉았다. 눈을 감고 두 팔로 무릎을 감싸 안은 채 떨어지는 물줄기를 맞으며 그냥 앉아만 있었다.

"에바."

나는 기데온의 목소리를 듣고 움츠리며 몸을 더 동그랗게 웅크렸다.

"빌어먹을, 나를 이렇게 애먹이는 사람은 정말 당신이 처음이야."

그가 버럭 소리를 질렀다.

나는 젖은 머리 사이로 그를 올려다봤다. 그는 욕실을 가로질러 천천히 걸어오고 있었다. 재킷은 어디에 벗어버렸는지 안 보였고, 셔츠 밑단은 바지 밖으로 삐져나온 채였다.

"당신 집으로 가요, 기데온."

그가 멈춰서며 나를 믿지 않는다는 눈빛으로 바라봤다.

"내가 어떻게 가? 캐리가 저렇게 정신줄을 놓고 있는데! 아까 내가 들어왔을 때도 그 약에 취한 개자식이 당신에게 손을 대기 직전이었잖아."

"당신이 아니었어도 캐리가 그냥 내버려두지 않았을 거예요. 아무튼 지금 난 캐리하고 당신을 동시에 상대할 기운 없어요."

솔직히 말하면 두 사람 누구도 상대하고 싶지 않았다. 그냥 혼자 있고 싶었다.

"그럼 그냥 나만 상대하면 되겠네."

나는 짜증스레 손을 휘두르며 얼굴로 내려온 머리를 뒤로 젖혔다.

"그래요? 내가 당신을 우선순위에 두어야 한다는 얘긴가요?"

그가 나한테 한 대 맞기라도 한 것처럼 움찔했다.

"난 우리 둘 다 서로를 우선순위에 두고 있다고 생각했는데."

"맞아요. 나도 그렇게 생각했어요. 오늘 밤이 되기 전까지는

요."

"젠장. 코린 얘긴 그만 좀 하면 안 돼?"

그가 두 팔을 크게 벌리며 말을 이었다.

"난 여기에 당신과 있잖아, 안 그래? 코린에게는 작별인사도 하는 둥 마는 둥 하고 왔다고. 또 당신을 쫓아오느라."

"웃기지 마요. 누가 그래 달래요?"

기데온이 옷을 입은 채로 샤워 부스로 뛰쳐 들어왔다. 그러더니 나를 홱 일으켜 세워 키스를 했다. 내 입술을 잡아먹을 듯이 힘껏 키스하며, 두 손으로 내 팔뚝을 잡아 꼭 붙잡았다.

하지만 나는 이번엔 마음이 약해지지 않았다. 그가 진하고 도발적으로 핥으며 나를 달래려 애를 쓰는데도 넘어가지 않았다.

"정말 왜 이래? 왜 자꾸 날 미치게 만드는 거야?"

그가 입술을 내 목으로 미끄러뜨리며 소곤거렸다.

"당신이 루카스 박사와 무슨 문제가 있는지는 모르겠고, 솔직히 그딴 거에는 관심도 없어요. 하지만 그 사람 말이 맞긴 맞잖아요. 코린이 오늘 밤에 당신의 관심을 너무 많이 빼앗아갔고 당신은 식사 중에 나한텐 아무 신경도 안 썼어요."

"내가 당신에게 신경을 안 쓰다니, 말도 안 돼, 에바."

그의 얼굴이 딱딱하게 굳어졌다.

"당신과 같이 있으면 나는 다른 사람은 아무도 눈에 안 들어오는데."

"웃기지 마요. 내가 당신을 볼 때마다 당신 눈은 그 여자한테 가 있었어요."

"참 답답하군."

그가 내게서 몸을 떼며 얼굴에 붙은 젖은 머리를 밀어젖혔다.

"내가 당신한테 어떤 마음인지 잘 알잖아."

"그런가요? 당신은 날 원해요. 내가 필요하고요. 하지만 사랑하는 건, 코린인가요?"

"오, 제발 이러지 마."

그가 물을 잠그고 두 손으로 나를 샤워 부스의 유리에 밀어붙여 꼼짝 못하게 했다.

"사랑한다는 말이 듣고 싶어, 에바? 그래서 이러는 거야?"

주먹으로 세게 얻어맞은 것 같은 충격에, 뱃속에서 경련이 일어났다. 그렇게 가슴 아픈 고통은 처음이었다. 그런 고통이 있으리라고 생각도 못했다. 나는 눈이 화끈거려 그의 팔 밑으로 휙 빠져나왔다. 자존심 상하게 우는 모습을 보이긴 싫었다.

"집에 가요, 기데온. 제발."

"나에겐 여기가 집이야."

그가 뒤에서 나를 붙잡아 흠뻑 젖은 내 머리에 얼굴을 묻었다.

"당신과 함께 있는 곳이 집이라고."

나는 빠져나오려 버둥거렸지만 너무 지쳐 있었다. 몸도 마음도 모두. 눈물이 줄줄 흘러내리며 멈추질 않았다. 누구 앞에서든 우는 모습을 보이는 건 싫은데.

"가요. 제발요."

"사랑해, 에바. 정말 사랑해."

"오, 이런."

나는 그를 걷어차며 발길질을 해댔다. 너무 큰 고통과 비참함을 안겨주는 이 사람에게서 벗어나기 위해 뭐든 해보려는 발버둥이었다.

"그딴 동정 필요 없어요. 그냥 좀 가버려요."

"못 가. 못 간다는 거 당신도 알잖아, 에바. 그만 싸우고 내 말 좀 들어봐."

"당신의 말 한 마디 한 마디가 날 아프게 해요, 기데온."

"당신에게 사랑이란 말은 맞지 않아, 에바. 그래서 그동안 말하지 못했던 거야. 당신에게 말하기엔, 그리고 내가 당신에게 품은 마음을 표현하기엔 사랑이란 말은 어울리지 않아."

"닥쳐요. 날 조금이라도 좋아한다면, 그 입 닥치고 가버려요."

그가 입술을 내 귀에 붙인 채 집요하게 말을 이었다.

"전에 나는 사랑이란 걸 받아봤어. 코린에게, 그리고 다른 여자들에게도……. 하지만 그 여자들이 나에 대해 대체 뭘 알지? 내 내면이 얼마나 엉망인지도 모르는데 그 여자들의 사랑은 대체 어떤 사랑일까? 그런 게 사랑이라면, 내가 당신에게 느끼는 감정은 그것과는 비교도 안 돼."

261

나는 몸부림을 멈추고 떨면서 거울 속을 빤히 들여다봤다. 마스카라가 번진 내 얼굴과 흠뻑 젖은 머리, 그리고 기데온의 무너진 아름다움. 나를 꼭 안고 있는 그의 모습은 격한 감정에 짓눌려 있었다. 우린 서로에게 좋은 상대가 아닌 것 같았다.

하지만 자신의 진짜 모습을 보지 못하는, 혹은 보지 않으려 하는 사람 곁에 있을 때의 그런 거리감은 이해할 수 있었다. 희망 사항일 뿐 진짜가 아닌 모습을 연기하며 기만적으로 행동할 때 느끼는 그런 자기혐오에 대해서도 나는 잘 알았다. 나 역시 사랑하는 사람이 내 안에 숨겨진 진짜 모습을 알면 등을 돌리게 될까 봐 두려움을 떠안은 채로 하루하루를 보냈던 적도 있었다.

"기데온."

그가 입술을 내 관자놀이에 가져다 댔다.

"당신을 처음 본 순간 당신을 사랑하게 되었던 것 같아. 그러다 리무진에서 처음으로 사랑을 나누면서 다른 어떤 감정으로 변했어. 사랑보다 더 큰 그런 감정으로."

"됐어요. 당신은 그날 밤 코린 때문에 나를 내팽개치고 갔잖아요. 어떻게 그럴 수 있어요, 기데온?"

그는 힘을 살짝 풀어 나를 들어 안고는 문 뒤의 욕실가운이 걸린 곳으로 데려갔다. 나에게 가운을 걸쳐준 후 욕조에 걸터앉혔다. 그러고는 세면대 서랍에서 메이크업 클렌징 티슈를 꺼내와 내 앞에 웅크리고 앉아 내 볼을 살살 닦아주었다.

"그날 자선만찬 중에 코린이 전화했을 때는 내가 바보짓을 저지르기에 딱 좋은 타이밍이었지."

그가 부드럽고 따뜻한 시선으로 눈물로 얼룩진 내 얼굴을 바라보았다.

"그때 당신과 나는 막 사랑을 나눴고 나는 머릿속이 혼란스러웠어. 그러다가 코린에게 전화가 왔지. 코린에게 바쁘다며 지금 누구랑 같이 있다고 말했는데 그 말에 고통스러워하는 코린의 목소리를 들으면서 이런 생각이 들더군. 코린과의 과거를 해결해야만 당신과의 관계를 진전시킬 수 있겠다고."

"난 이해가 안 돼요. 당신은 그 여자 때문에 날 내버려두고 갔어요. 그게 어떻게 우리 관계를 위한 일이에요?"

"난 코린에게 상처를 줬어, 에바."

그가 턱을 뒤로 젖히며 팬더가 된 내 눈을 닦아주었다.

"코린과는 컬럼비아 대학 1학년 때 만났어. 물론 코린에게 관심이 갔었어. 예쁘고 사랑스럽고 누구한테든 다정한 성격이었으니까. 그래서 코린이 나를 유혹했을 때 거절하지 않았지. 처음으로 합의하의 섹스를 나누게 된 사람이 바로 코린이었어."

"난 그 여자 싫어요."

내 말에 그의 입이 살짝 말려 올라갔다.

"농담 아니에요, 기데온. 지금 질투가 나서 속이 뒤집힐 지경이라고요."

"코린과는 그냥 섹스를 한 거였어, 앤젤. 당신은 달라. 원색적이긴 해도 당신과 나는 사랑을 나누고 있잖아. 처음부터, 매번 그랬다고. 내가 그런 관계를 가졌던 여자는 당신뿐이야."

나는 가슴을 부풀리며 크게 숨을 내쉬었다.

"좋아요. 그럼 내가 근소하게 앞선 거네요."

그가 나에게 키스했다.

"코린과 나는 사귀는 사이였다고 말할 수도 있어. 서로 다른 사람과는 잠자리를 갖지 않았고 곧잘 보통의 연인처럼 지내기도 했으니까. 하지만 코린이 사랑한다고 고백했을 땐 놀랐어. 우쭐하기도 했고. 나도 코린이 좋긴 했어. 코린과 함께 있으면 즐거웠고."

"아직도 그런 것 같던데요 뭘."

내가 툴툴거렸다.

"얘기 좀 끝까지 듣지."

그가 꾸짖듯 손가락으로 내 코끝을 툭 쳤다.

"내가 코린을 사랑하는 건지도 모른다고 생각했어. 내 나름의 방식대로……, 나만의 식대로. 코린이 다른 사람과 있는 게 싫었으니까. 그래서 코린이 프로포즈했을 때 승낙했던 거야."

나는 움찔 놀라서 그를 쳐다봤다.

"그 여자가 프로포즈를 했다고요?"

"그렇게 충격받은 얼굴 하지 마. 자존심 상한다고."

그가 얼굴을 찌푸리며 말했다.

갑자기 마음이 확 놓이면서 현기증이 핑 돌았다. 나는 그를 와락 안으며 있는 힘껏 꼭 끌어안았다.

"이봐 아가씨, 이제 된 거야?"

그가 같이 꼭 끌어안으며 물었다.

"네, 네. 이제 됐어요."

나는 몸을 뒤로 빼며 한손으로 그의 턱을 감쌌다.

"다음 얘기도 계속 해줘요."

"나는 그릇된 이유로 승낙을 했던 거야. 2년을 같이 보내는 동안 우린 밤을 끝까지 함께 보낸 적이 없었어. 당신과 나누는 그런 얘기는 한 번도 해본 적이 없어. 코린은 날……, 잘 알지 못했어. 제대로 몰랐지. 하지만 날 사랑해주는 사람을 붙잡아 두고 싶었어. 코린이 아니라면 누가 날 그렇게 받아줄까, 두려웠어."

그가 이번엔 내 다른 쪽 눈의 시커먼 얼룩을 닦아주었다.

"코린은 약혼을 하면 우리 관계가 달라질 줄로 기대했던 것 같아. 내가 더 마음을 열어줄 거라고. 다음 날 수업을 이유로 저녁 일찍 들어가는 대신에 호텔에서 계속 밤을 보내게 될 거라고. 어쨌든 코린은 호텔에서의 하룻밤을 낭만적으로 여겼어. 아무튼 잘은 모르겠지만 그런 기대를 했던 것 같아."

너무나 외로운 얘기였다. 가여운 기데온. 그는 너무 오랫동안 외로움 속에 살아왔다. 아니, 어쩌면 평생을 그렇게 살았는지도 몰랐다.

"그리고 1년 후에 약혼을 깼을 때도, 코린은 그것이 자극이 될 거라고 기대했던 것 같아. 내가 자신을 붙잡기 위해 더 기를 쓸 거라고. 하지만 난 오히려 마음이 편했어. 그때는 코린과 한집에서 함께 살기가 힘들겠다는 생각이 들기 시작했으니까. 각자 다른 방에서 자면서 나만의 공간을 갖기 위해 어떤 구실을 댈지 막막하더군."

"코린에게 속 얘기를 털어놓을 생각은 안 해봤어요?"

"안 해봤어."

그가 어깨를 으쓱했다.

"당신을 만나기 전까지 나는 내 과거가 중요한 문제라는 생각도 안 해봤어. 물론 내 과거가 내 행동 방식에 어느 정도 영향을 미치긴 했지만 모든 일이 순조로웠고 난 불행하지 않았으니까. 솔직히 내가 편하고 복잡하지 않은 삶을 살고 있다고 생각했어."

내가 코를 찡긋거렸다.

"오, 이런. 안녕하세요, 미스터 속편해요님. 전 미스 복잡해요랍니다."

그가 씩 웃었다.

"지루할 틈은 없겠군."

266

22

기데온이 클렌징 티슈를 휴지통에 던져 넣었다. 그러고는 수건을 집어 그가 있던 자리 바닥에 고인 물을 닦아내고는 발끝을 문질러 신발을 벗었다. 그다음엔 나로선 매우 기쁘게도, 젖은 옷을 벗기 시작했다.

나는 넋을 잃고 그를 지켜보며 말했다.

"코린이 아직도 당신을 사랑해서 죄책감이 드는 거군요."

"맞아, 그래. 난 코린의 남편을 잘 알았어. 좋은 남자였고 코린에게 푹 빠져 있었지. 코린이 자신과 같은 마음이 아니라는 걸 알고 그렇게 파탄이 나기 전까지는."

그가 셔츠를 벗으며 나를 쳐다봤다.

"전에는 코린의 남편이 이해가 안 됐어. 자기가 원하던 여자와 결혼해서 내가 없는 다른 나라에 가서 살고 있었는데 뭐가 문제일까, 그렇게 생각했지. 그런데 지금은 이해가 돼. 에

바, 만약에 당신이 다른 누군가를 사랑한다면 난 마음이 갈기
갈기 찢어져서 하루하루가 지옥 같을 거야. 당신이 그 사람이
아닌 나와 같이 있어도 괴로워서 못 견딜 것 같아. 하지만 난
코린의 남편처럼 당신을 놓아줄 순 없어. 당신을 온전히 다 갖
지 못해도 내 여자로 옆에 두면서 가질 수 있을 만큼 가질 거
야."

나는 무릎 위에 올려둔 손에 깍지를 꼈다.

"난 오히려 당신이 다른 여잘 사랑할까 봐 걱정돼요, 기데
온. 당신은 당신 자신의 가치를 잘 모르네요."

"모르긴, 잘 알지. 120억 달……."

"됐거든요."

나는 머리가 핑 돌아 손가락 끝으로 눈 쪽을 꾹 눌렀다.

"당신은 정말 여자들이 반할 만한 남자예요. 홀딱 빠져서
계속 사랑하지 않을 수 없는 그런 남자요. 그거 알아요? 막달
레나가 코린처럼 보이고 싶어서 머리를 길게 길렀다는 거요."

그가 바지를 바닥으로 떨어뜨리며 얼굴을 찡그렸다.

"왜?"

나는 그의 둔감함에 한숨을 내쉬었다.

"당신이 원하는 여자가 코린이라고 믿었으니까요."

"그럼 별로 관심 있게 보질 않았군."

"글쎄, 그럴까요? 코린 말로는 두 사람이 거의 매일 얘길 나
눈다면서요."

"꼭 그렇진 않은데. 코린이 전화해도 나랑 통화가 안 될 때도 많거든. 내가 얼마나 바쁜지는 당신도 잘 알잖아."

그가 이제는 너무 익숙해진 뜨거운 눈빛으로 나를 바라봤다. 나와 같이 있느라 바쁜 그 시간을 얘기하는 것이었다.

"정상이 아닌 것 같아요, 기데온. 매일 전화를 걸다니, 그건 스토킹이잖아요."

기데온이 지금 나에게 그러는 것처럼 자신에게 대단한 소유욕을 보였다던 그녀의 말이 생각났다. 그 말이 섬뜩하게 느껴지면서 신경이 쓰였다.

"그래서 당신이 하고 싶은 말은 뭔데?"

그가 정말로 재미있어하는 어조로 물었다.

"모르겠어요? 당신은 너무 이상적인 남자라 여자들을 미치게 만든다고요. 당신은 최고의 남자예요. 당신을 갖지 못하면 최고보다 못한 남자에 만족해야 하는 거예요. 그래서 당신을 어떻게든 가지려고 들죠. 당신을 갖기 위해 미친 짓도 생각한다고요."

"내가 원하는 한 사람은 빼야지. 그런 생각을 할 필요가 없으니까."

그가 천연덕스레 말했다.

나는 내 앞에 알몸으로 서 있는 그를 부끄러움도 잊은 채 넋을 잃고 빤히 쳐다봤다.

"한 가지만 대답해줘요, 기데온. 왜 나를 원하죠? 당신이라면 나 말고도 정말 괜찮은 사람을 고를 수도 있잖아요? 괜히 띄워주거나 안심시키려는 그런 말 말고 솔직히 대답해줘요."

그가 나를 들어 안아 방으로 데리고 나갔다.

"에바, 우리 사이를 잠깐 만나다 헤어질 것처럼 생각하지 마. 안 그러면 무릎 위에 엎어놓고 엉덩이를 때려줄 테니까."

그는 나를 의자에 앉히고 나서 서랍장을 열었다. 속옷, 요 가팬츠, 탱크톱 따위를 꺼내고 있었다.

"내가 당신하고 잘 때 아무것도 안 입는 거 까먹었어요?"

"여기에서 안 잘 거야."

그가 나를 마주 보며 말을 이었다.

"캐리를 못 믿겠어. 약에 취한 멍청이들을 집으로 더 데려오 면 어떻게 해. 그리고 우리가 같이 자려면 피터센 박사님이 처 방해준 약을 먹어야 당신을 지켜줄 수 있어. 그러니까 우리 집 으로 가자고."

나는 꼬아 잡은 손을 내려다봤다. 만일의 불상사를 대비해 기데온에게서까지 내 몸을 지켜야 한다는 그런 현실이 서글 펐다.

"캐리와는 전에도 이런 적이 있어서 알아요, 기데온. 당신 집에 숨어서 캐리가 알아서 혼자 극복하도록 내버려둘 순 없 어요. 캐리는 지금 어느 때보다 내가 필요해요. 내가 옆에 있 어줘야 해요."

"에바."

기데온이 내 옷을 가져다주며 내 앞에 웅크리고 앉았다.

"당신이 캐리를 도와주고 싶은 마음 이해해. 내일 같이 그 방법을 생각해보자고."

나는 그의 얼굴을 감싸 안았다.

"고마워요."

"하지만 나도 당신이 필요해."

그가 나직이 말했다.

"그건 나도 그래요."

그가 일어나서 다시 화장대로 돌아가 서랍에서 입을 옷을 꺼냈다.

나도 일어나서 옷을 입기 시작했다.

"저기요……."

그가 골반 청바지를 꺼내며 대답했다.

"왜?"

"이제 사정을 알았으니 마음이 한결 놓이긴 하지만, 나는 여전히 코린이 걸려요."

나는 내 탱크톱을 손에 든 채 동작을 잠깐 멈췄다.

"희망의 싹은 빨리 잘라주는 게 좋아요. 기데온, 죄책감은 그만 버리고 코린이 단념하게 해줘요."

그가 침대 끝에 걸터앉으며 양말을 신었다.

"코린은 친구야, 에바. 그리고 힘든 시기를 겪고 있잖아. 지금 관계를 끊는 건 잔인한 짓이야."

"잘 생각해봐요, 기데온. 나도 전에 사귀었던 남자들이 있어요. 내가 그 남자들을 어떻게 대할지는, 지금 당신이 어떻게 처신하느냐에 달려 있어요. 당신이 하는 대로 나도 따라서 할 테니까요."

그가 얼굴을 찌푸리며 일어섰다.

"아주 협박을 하는군."

"기왕이면 강요로 봐줘요. 어차피 관계는 상호적인 거예요. 그리고 코린에게 친구가 당신만 있는 건 아니잖아요. 어려운 시기에 기댈 더 좋은 사람을 만날 수도 있고요."

우리는 필요한 물건을 챙겨서 거실로 다시 나갔다. 나가 보니 난장판 그대로였다. 사이드 테이블 밑에 연한 청록색 브래지어가 나뒹굴고 크림색 소파는 여기저기 튄 핏자국으로 얼룩져 있었다. 캐리가 아직 집에 있었으면 뺨을 때려서라도 정신을 좀 차리게 해주었을 텐데.

"내일 캐리랑 담판을 좀 벌여야겠어요."

나는 화도 나고 걱정도 돼서 턱에 힘을 꽉 주며 말을 내뱉었다.

"젠장, 아까 기회가 있었을 때 두들겨 팼어야 했는데. 아주 기절을 시켜서 다시 머리가 제대로 돌아갈 때까지 방에 가둬놓았어야 했어요."

기데온이 내 허리에 손을 얹으며 살살 어루만져주었다.

"내일 하는 게 낫지. 캐리가 혼자 있고 숙취로 힘들어할 때.

그런 상태일 때가 상대하기 더 좋다고."

아래층으로 내려가자 앙구스가 기다리고 있었다. 나는 리무진 뒷자리에 오르려다가 기데온이 혼잣말로 뭐라고 욕을 내뱉어서 멈춰 섰다.

"왜요?"

"깜빡하고 놔두고 온 게 있어서."

"그럼 내가 열쇠 줄게요."

나는 기데온이 들고 있는 작은 가방 쪽으로 손을 뻗었다.

"괜찮아. 나한테도 열쇠 있어."

내가 눈썹을 치켜 올리자 그가 미안해하는 기색도 없이 씩 웃었다.

"당신에게 돌려주기 전에 복제해둔 게 있거든."

"정말요?"

"당신이 주의해서 봤다면."

그가 잠깐 말을 끊으며 내 정수리에 입을 맞추었다.

"알았을 텐데. 내가 열쇠를 돌려주면서 당신 열쇠고리에 우리 집 열쇠도 끼워놨던 걸."

내가 입을 벌리고 멍하니 바라보는 사이에 그가 날쌔게 도어맨을 지나 건물 안으로 들어갔다. 우리 관계가 끝났다고 생각하고 있던 그 나흘 동안의 고통과 봉투 안에서 내 손바닥으로 열쇠가 미끄러져 나왔던 그 순간 가슴 에이던 아픔이 기억났다.

그런데 그 시간 내내 내가 그와 함께할 열쇠를 가지고 있었다니.

나는 고개를 내저으며 내 제2의 고향인 뉴욕을 둘러보았다. 주변의 모든 것이 사랑스러웠고 이곳에서 찾아낸 그 멋진 행복의 샘물에 감사했다.

기데온과 나는 헤쳐 나가야 할 일이 아직도 많았다. 우리가 서로를 아무리 사랑해도 과거의 상처를 극복해내리라는 장담은 할 수 없었다. 하지만 우리는 서로의 생각과 감정에 대해 이야기를 나누며 서로에게 솔직했다. 그리고 둘 다 너무 고집이 세서 쉽게 단념하지 않는 성격이었다.

덩치가 크고 털 손질이 멋들어진 푸들 두 마리가 역시 머리 스타일이 멋진 주인과 함께 내 앞을 지나갈 때 기데온이 다시 눈앞에 나타났다.

나는 리무진 안으로 들어갔다. 차가 출발하자 기데온이 나를 끌어당겨 무릎 위에 앉히며 꼭 끌어안았다.

"힘든 밤이었지만 우린 잘 극복해냈어."

"네, 그래요."

나는 머리를 뒤로 젖히며 키스해달라고 입술을 내밀었다. 그는 기꺼이 키스를 해주었다. 느긋하면서도 달콤한 키스였다.

나는 그의 목덜미에 손을 가져다 대며 손가락으로 그의 부드러운 머리카락을 쓸어내렸다.

"침대로 돌아갈 때까지 못 기다리겠어요."

그가 섹시하고 거친 신음을 나직이 내뱉더니 내 목을 기분 좋게 물고 키스하며 우리를 괴롭히는 과거의 망령과 그 그림자들을 몰아냈다.

적어도 잠깐 동안은.

시리즈 2부 《크로스파이어 중독》(가제)으로 이어집니다.

KI신서 4583

크로스파이어 유혹 2

1판 1쇄 발행 2012년 12월 11일
1판 2쇄 발행 2013년 2월 28일

지은이 실비아 데이 **옮긴이** 정미나
펴낸이 김영곤 **펴낸곳** (주)북이십일 19.0
부사장 임병주
MC기획1실장 김성수 **DC개발팀장** 정지연
책임편집 이보람 **디자인** 윤정아 **해외기획팀** 정영주 조민정
영업본부장 최창규 **영업** 이경희 정병철 정경원
마케팅본부장 주명석 **마케팅** 민안기 김해나 김다영 이은혜
출판등록 2000년 5월 6일 제10-1965호
주소 (우 413-120) 경기도 파주시 회동길 201(문발동)
대표전화 031-955-2100 **팩스** 031-955-2151
이메일 book21@book21.co.kr

ISBN 978-89-509-4540-4 04840
      978-89-509-4541-1 04840(SET)
책 값은 뒤표지에 있습니다.